老古板的小嬌妻 2

清棠 著

風文創 1178

風文創 1178

目錄

第二十三章

謝慎禮沒解釋，只問：「這裡的事情交給下邊人就行了？」

顧馨之點頭。「嗯。」

「那走吧。」謝慎禮便欲往外走。

顧馨之卻不是很想動。「謝大人，我剛站了好久，這會兒累得慌，有什麼事你就趕緊說吧。」

謝慎禮溫聲道：「正是要帶妳去歇歇，喝口茶……還是妳想直接回莊子？」

顧馨之想到要顛簸大半個時辰，皺了皺鼻子。「好吧，我選喝茶。」

謝慎禮眸中閃過笑意。「那，請？」

顧馨之也不客氣，當先往外走。

謝慎禮長臂一伸，擋在她前邊。「前邊畢竟是鋪子，人多口雜……走側門吧。」

顧馨之一愣。「哦。」

這回謝慎禮帶頭，兩人一前一後往院子裡走。

香芹亦步亦趨。

顧馨之看她除了有些緊張，並沒有別的情緒。畢竟，除了她，沒人覺得她跟謝慎禮的親事莫名其妙……胡思亂想間，幾人便繞到一處偏僻小門。

蒼梧正駕著車等在門外。

看到他們幾人，蒼梧拱了拱手權當行禮。「主子，顧姑娘。」然後朝後邊的香芹也點點頭。

顧馨之笑笑。「蒼梧小哥，又見面了啊。」

香芹福了福身，看看左右，有些猶豫。

謝慎禮卻已走上前，挽起寬袖，探身拎出車凳擺好，然後回身招呼顧馨之。「走吧。」

顧馨之狐疑的看向他。「我坐你車出去？這不合適吧？」

「無妨，不會讓旁人看見。」

重點是這個嗎？顧馨之搖頭。「算了，你告訴我地方吧，我坐自家車過去。」

謝慎禮耐心道：「已經讓人去前邊通知振虎了，待會兒他會跟上來。」

顧馨之瞪他。「怎的這般多此一舉，我方才直接從前頭出去不就好了。」

謝慎禮好脾氣的解釋。「我這邊出了點事，妳走前邊，我怕別人會對妳指指點點。」

顧馨之頓時想到雲來諸位管事們詭異的態度，忙問道：「出了什麼事？」

謝慎禮敲了敲車身。「走？」

「你好囉嗦啊。」顧馨之一臉嫌棄的說完，直接提裙，噔噔噔爬上車，鑽了進去。

謝慎禮眸中閃過笑意，慢條斯理上車。

蒼梧剛收好車凳，見狀拍拍身邊的位置，低聲招呼她。「香芹姊姊，坐這兒！」

香芹連忙爬上去。剛坐好，就聽謝慎禮的聲音道：「走吧。」

「是。」蒼梧輕甩韁繩，馬車噠噠往前慢行。

車裡，顧馨之看著坐到對面的謝慎禮，問：「這裡能說了吧？」

謝慎禮看著她。「這會兒不擔心不合適了？」

顧馨之無語。「合不合適那是給人看的，我都坐在這裡了，我還擔心什麼？」她斜睨了眼對面人。「再說，你都不擔心吃虧，我擔心啥。」

謝慎禮神情放鬆。「妳說說，我有什麼地方能吃虧的？」

這可就有得聊了。顧馨之坐直了身體，上下打量他，揶揄道：「謝大人長得這般秀色可餐，哪個地方被占便宜了，都吃虧吧？」

謝慎禮頷首。「看來妳對我頗為滿意。」

顧馨之覺得自己怎麼反被調戲的感覺？

謝慎禮又道：「這麼說，妳對我們的親事已經無異議了。」

顧馨之可不樂意。「誰說的，我還要再想想。」

謝慎禮略有些無奈。「行。」

他不唧歪，顧馨之反倒詫異了。「你怎麼不問問我原因？」

「問了妳就會同意嗎？」

「那肯定不行。」
「那就無須問。」
「你這是不是有點太敷衍了，你不是應該先把問題問出來，然後努力解決問題嗎？」
謝慎禮從善如流。「那，敢問顧姑娘是有何擔憂，為何對我們的親事猶豫不決？」
見她不答，謝慎禮淡笑。「看，這便是我不問的原因。」
顧馨之忍不住嘀咕。「死直男，怪不得光棍這麼多年。」
謝慎禮聽到了，問：「直男何解？」
「就你這樣的。」顧馨之瞪他，還順勢踢了踢他。「說啊，發生什麼事了？你家那鋪子的管事們，今天看到我都奇奇怪怪的。」
謝慎禮頓住，垂眸，看向那隻探過來的素錦繡花鞋上。
顧馨之輕咳一聲，收回腳，掩回裙下。「那什麼，不小心的。」
都怪這傢伙坐得太端正了，大長腿板板正正的曲著，手分開搭在大腿上，端正又古板。她下意識就……
謝慎禮慢吞吞抬眸盯著她，語速很慢。「顧姑娘，這便是妳說的占便宜嗎？」
顧馨之小聲呸了下。「這算什麼占便宜？」
謝慎禮眼神詭異。「妳還想怎麼占便宜？」
顧馨之掃過他老幹部般的端肅姿勢，再看他複雜的神情，又想逗他了。但想想她現在的處境，還是忍住了，只嘟囔了句。「我才不要占你的便宜。」

好在，馬車停了。

「主子，到了。」蒼梧小聲在外邊提醒。

謝慎禮眸中閃過遺憾，微微揚聲。「知道了。」然後壓低聲音，朝對面姑娘道：「下回再讓妳占便宜。」

顧馨之簡直想怒吼。誰說這傢伙直男來著？這不是很會撩嗎！

見這廝起身出去，她忿忿跟上。

出了馬車，才發現他們身處一條小巷。一名打扮乾淨的小二候在那兒，正要接蒼梧的韁繩，看到她鑽出來，立馬彎腰低頭，不敢直視。

顧馨之收回視線，扶住車邊。

站在階下的謝慎禮探手過來。「車身靠得近了些，車凳放不下，我扶妳——」

顧馨之提裙跳下車，謝慎禮只能默默收回手。

顧馨之放下裙襬，抬頭看他。「你剛才說什麼？」

「無事……走吧。」謝慎禮無奈，率先走入旁邊的小門。

顧馨之隨即跟上，一邊四處打量，一邊嫌棄。「又說請我喝茶，彎彎繞繞這麼遠，我還不如回莊子呢。」

謝慎禮語氣溫和。「妳回莊子要大半個時辰，到這裡不過半盞茶工夫，自然是這邊近了些。」

顧馨之側目。「你平日裡脾氣都這麼好的嗎？」

謝慎禮一頓，慢吞吞道：「還算不錯。」

後頭的蒼梧無語。主子這也算脾氣好？

顧馨之自然不知道旁人如何評價。她來到這裡這麼久，確實沒怎麼見謝慎禮發火，唯一有點生氣那回，還是自己先撩的火。故而她跟著點頭。「我覺得也是。」

蒼梧臉都木了。

幾人穿過小園子，來到一棟雅致樓房前。

立刻有人迎了上來，腦袋低垂著，壓根兒不敢看他身後的姑娘。「謝大人。」

謝慎禮微微頷首。「雅竹軒有客嗎？」

「沒有沒有，給您留著呢。」小二躬著身在前頭領路。

踏上迴廊，在樓側登階而上，穿過廊道，越過數間掛著牌子的房門，來到謝慎禮口中的「雅竹軒」。小二打開門，恭請幾人入內上座。

等顧馨之坐好，謝慎禮才吩咐小二。「勞你上份好茶，再來幾份點心——」他頓住，回頭問：「妳用過午膳了嗎？」

顧馨之點頭。「用過了，不過點心還是吃得下的。」

謝慎禮莞爾，繼續吩咐小二。「多上幾份點心。」

「是。」小二見謝慎禮沒再吩咐，躬身退了出去，臨走還不忘幫他們把門掩上。

顧馨之好奇的打量左右，屋裡佈置簡單，牆上掛了幾幅竹枝圖，牆角擺了兩盆矮竹，桌椅陳設均是淺竹色，桌上壺盞都描了竹葉圖，雅致非常。

屋裡開了一窗，隱約能聽見外頭的喧囂。顧馨之好奇的起身去看。窗外是小片竹林，竹林過去，隔著高高的院牆，才是熱鬧的街道。

顧馨之轉回來。「這是取大隱隱於市的味道？」

謝慎禮啞然。「圖個清靜罷了……妳不喜歡？」

顧馨之回到座位。「那倒不是。這樣確實安靜點……也方便說話。」當然，說什麼話，懂的都懂。

「妳我還未成親，總不能把妳接回府中，這裡閒雜人等少，帶妳來此，較為合適。平日妳若是有事，也可以來這裡喝茶議事。」

顧馨之好奇。「你經常來？」

「偶爾。」謝慎禮彷彿解釋。「晏書喜歡在此宴客，這間雅竹軒是他常訂的廂房。」

哦，讀書人的風雅愛好？顧馨之懂了。「我還以為這裡也是你的產業。」

謝慎禮頓了頓，道：「我的產業不少，卻大都是走南闖北的行當，賺不了幾個銀子。」

顧馨之信他個鬼，斜他一眼。「幾個銀子是幾個？」

謝慎禮唇角微勾。「顧姑娘現在便想將家業接過去管起來了？」

顧馨之正要啐他一臉，外頭有人敲門送茶水點心了，她只得作罷。

謝慎禮揮退蒼梧跟香芹，自己提壺給她倒茶。

這也不是第一回了，顧馨之且當他是紳士風度，淡定的接過茶，道了聲謝後就問：「又要讓我品品？」

謝慎禮啞然，識趣道：「茶水就是用於解渴，品，不過是錦上添花。」

顧馨之點頭。「孺子可教也。」

上點心的小二差點把盤子摔了，謝慎禮寬袖微晃，穩穩托住盤子，擱到桌上。小二臉都白了，便要跪下。

謝慎禮擺手。「這裡不用伺候了，出去吧。」

這便是不計較的意思，小二千恩萬謝的出去了。

顧馨之以手托腮，看著他連番舉措，讚道：「謝大人身為當朝太傅，沒有半點高高在上的臭毛病，不錯不錯。」

謝慎禮正給自己斟茶，聞言掀眸看她一眼，放下壺，嘴角微勾。「顧姑娘滿意便好。」

顧馨之深覺可惡，這束手束腳、沒法槓下去的感覺，真難受。

謝慎禮卻換了個話題。「布料都到位了，妳那布坊何時開張？」

提起布，顧馨之終於想起某個問題，她敲敲桌子。「差點被你扯開話題，說好了過來告訴我發生什麼事的呢？」

這語氣，就跟質問差不離了吧……一旁的蒼梧抹了把汗，緊張兮兮的看向謝慎禮。

謝慎禮卻彷彿心情很好，沒在意顧馨之的態度，甚至還挽袖給她挾了塊點心，才慢條斯理道：「不是什麼大事，說不說也無妨。」

「大不大我說了算。」顧馨之嗤笑。「你那鋪子裡的管事哪個沒經過大風大浪的？今天看到我跟撞了鬼似的，這事是不是跟我有關——」她震驚。「你是不是把我們那不靠譜的親事告訴他們了？」

謝慎禮皺眉。「何謂不靠譜？」

顧馨之不敢置信。「你真說了？」

謝慎禮道：「沒有，不過——」

外頭突然傳來喧譁聲。

「怎麼，那雅竹軒被那柳家老大包了不成？我今兒就要那一間，別的都不成！」

緊接著便是低低告饒和請求聲。

謝慎禮微微皺眉，朝蒼梧使了眼色。「處理一下。」

「是。」

蒼梧快步走到門邊，正要開門——

砰！房門被用力推開，打頭一青衫男子大步闖進來。「我管你哪個大人，這——」

對上謝慎禮微冷的目光，男子臉上怒容瞬間收起，換成一副幸災樂禍模樣。「喲，謝大人——喔不，您剛被罷黜，該稱您一聲謝先生了。怎的如此有閒心——」

視線一掃，看到謝慎禮對面的姑娘，男子吹了聲口哨。「哎喲，這位想必就是那引得叔姪——嗷！」

男子慘叫了聲，捂住冒血的嘴坐倒在地。

蒼梧看著那根落地的筷子，暗嘖了聲。瞧瞧，瞧瞧，誰敢說他家主子脾氣好的？

「謝慎禮！你竟敢動手？」男子捂著嘴含糊罵道：「你以為你還是太傅嗎？」

謝慎禮神色淡淡。「你若是不會說話，我可以代侯爺教導一二。」

男子鬆開手，看到手心裡的血，翻身爬起來，指著他罵道：「你算個什麼東西？沒了那太傅身分，你就是謝家的一條狗！」

謝慎禮挨罵卻無甚反應，抬眸看向男子身後幾人，問：「幾位要留在雅竹軒品茶嗎？」

後面幾人縮了縮脖子，接連後退。

「不不不，我們只是路過，路過！怎敢打擾謝大——謝先生。」

「我們這就走，這就走！」

謝慎禮緩緩開口。「慢著。」

眾人立馬站住，戰戰兢兢的看著他。

謝慎禮眼神一掃。「把他帶走。」

那位侯爺公子跳腳。「休想——唔！」

一群人一擁而上，捂嘴、拽胳膊的，眨眼工夫就把他帶出包廂。擠在門外的小二忙不迭將地上筷子撿起，哈腰關上門。

來回不過片刻，快得顧馨之還未反應過來，屋裡已經恢復原樣。

謝慎禮回頭。「抱歉。」

顧馨之皺眉問他。「你被罷黜了？為什麼？」她遲疑道：「跟我有關？」她可沒漏聽方才那人說的話。

謝慎禮輕描淡寫。「不過是個由頭……早晚會有這麼一遭。」

顧馨之信他鬼扯。「說說，怎麼跟我扯上關係的？」

謝慎禮見她堅持，無奈，只得三言兩語，草草介紹了下事由。

顧馨之茫然。「這荊家，是怎麼知道我——你的事情的？」

謝慎禮提醒她。「金華寺那位方夫人，其父正是荊御史。」

「你是說，那位方夫人告的狀？她怎麼知道——」想起那天謝慎禮確實出現在金華寺，顧馨之不敢置信。「就憑那片刻的見面，哪裡能看出來？」

謝慎禮神色平淡。「若是有心，見一面足矣。」

「還是你得罪的人太多？」

謝慎禮眼神詭異。「在下以為，這方家、荊家，是妳招惹回來的。」

「不是吧？」就她因為回絕了方家兒子？不至於吧？

「當然，也有旁人推波助瀾之效。」這些就無須與她細說了。

顧馨之想了片刻，皺眉。「不對啊。我們倆清清白白的，他們哪來的證據彈劾你？皇上不至於這麼傻，別人說什麼就信什麼吧？」

謝慎禮無奈。「慎言。皇上明察秋毫，若是聽幾句話就下定論，這天下早就亂套了。」

「那怎麼把你罷了？」

謝慎禮遲疑不答，顧馨之瞪他，他才輕咳了下，答道：「我主動認了。」

既然說出口了，謝慎禮索性說開。「因為我主動認下了……咳，罪名。」

顧馨之滿臉驚疑。「什麼罪名？」

謝慎禮看著她，慢條斯理道：「覬覦姪媳之罪。」

顧馨之狠狠瞪他。「我跟你那好姪兒和離了。」什麼姪媳？哪來的姪媳？

「他畢竟是我姪兒。將來我們成親，免不了遭人詬病，正好有人參我，我便認下了。」

顧馨之瞪著他半天，才道：「這親事本就是玩笑而起，認它做甚？」

謝慎禮皺眉。「我謝慎禮從不開玩笑。」

「那你不當官了？」

「不著急，剛好休息一段時間。」謝慎禮接著道：「倘若能乘機當個閒人，種田栽花，也是不錯。」

顧馨之搖頭。「大哥你不合適。」

謝慎禮挑眉。「何以見得？」

顧馨之盯著他看了半天，猶自不敢相信。「你是不是傻，這事不管是不是真的，你壓下來不行嗎？為了這等小事丟官，多不值啊。」

「值不值，我說了算。再者，我若是不認，將來妳名聲怕是不好聽。」

顧馨之很坦然。「我不覺得我有這般魅力，讓當朝太傅為我神魂顛倒，你也不必拿那等話來糊弄我。你實說吧，我爹當年究竟給了你什麼大恩大惠，讓你這般費盡心思幫我。」

謝慎禮嘆氣。「妳真的想多了，其實妳娘也知道一二。」

「那你說啊。」

謝慎禮想了想，索性將當年之事一一道來。

剛上戰場時，謝慎禮不過十八、九歲，彼時，已是一名小將的顧元信見他力氣了得，特意將他帶在身邊，加以教導。謝慎禮很快便嶄露頭角，成為顧元信的左臂右膀。

西北日常戰事不停，在某次戰事中，按照大將安排，顧元信帶人設伏，斬斷敵軍的右翼支援之路，謝慎禮也在其中。

然而這計策不知何時洩漏了出去，他們反遭敵軍埋伏。顧元信拚死帶他們重創敵軍，伏擊險勝。這一仗為主軍拖了時間，戰事大捷，也因此有了後續的請封。只是，顧元信也因此受了重傷，其中致命的一箭，是替謝慎禮擋的。回到營帳沒幾天，顧元信便不治而亡。

謝慎禮說完，道：「顧大哥對我有救命之恩，所以三年前我盡力為顧大哥請封，為妳籌謀親事，為妳們母女換來足夠過日子的田莊鋪子。」

顧馨之認真聽著。

「但，僅此而已，倘若妳繼續與宏毅——」謝慎禮看著她，不甚舒服的皺了皺眉。「只要妳們母女吃穿不愁，我是不會多管的。那幾年，不也是如此嗎？」

顧馨之一時無言。

「至於後續，我希望妳再回謝家，不過是想著，在謝家我尚且盯不住，往後妳嫁進別人內宅，我更是鞭長莫及。相比之下，謝宏毅反倒比較好拿捏。」想到什麼，他嘆氣。「至於令堂，在下當時，確實是無能為力。」

顧馨之沈默。以許氏當年那個情況，不管怎麼安排，都沒什麼用。「倘若我當時不肯再回謝家，非要與旁人訂親呢？」

謝慎禮知她意思，道：「無非就是利益交換，略麻煩些而已。」

顧馨之震驚。這就是大佬的思考方式嗎？

「所以，妳還有何疑問？」

顧馨之還沒回神。「什麼疑問？」

謝慎禮無奈，提醒道：「妳我的親事。」

「你真要娶我？」

「有何問題？」

顧馨之反問。「你看我，我既不端莊文雅，也非殊色，還不是出身名門望族。區區和離之婦，你堂堂太傅，娶了不覺得虧嗎？」

「在下鰥夫一名，年紀不小，如今還無官無職，將來前途未卜……顧姑娘可是嫌棄？」

兩人四目相對。

顧馨之突然彎起眉眼。「行了，我知道了。」

謝慎禮挑眉，顧馨之卻不再多說，抄起筷子，毫不客氣道：「這些點心看著不錯，要是好吃，我待會兒要打包一份回去。」

謝慎禮莞爾。「悉聽尊便。」

這一番對話下來，兩人都放鬆了許多。

顧馨之平靜下來，便開始愁她的鋪子。「你這事鬧得大不大啊？我正準備開鋪子呢，你可別給我招惹什麼麻煩啊。」

謝慎禮想了想。「應該問題不大。」

顧馨之半信半疑。「是嗎？那我按部就班，準備開業？」

謝慎禮點頭。「嗯。」

第二十四章

信他個大頭鬼！

見完謝慎禮的第二天，在莊子裡研究新品的顧馨之迎來了柳霜華。車才停穩，她催著人放腳凳，提著裙子就跳下來，到顧馨之面前，左右打量、嘖嘖有聲。

「妳來幹什麼？不用帶小寶了？」

「天啊，這時候誰還管得了孩子？我得來看看，是哪家的狐狸精，勾得清心寡欲的謝太傅動凡心，寧願丟官、寧願頂著枉顧人倫的罵名，也要求娶。」

柳霜華繼續繞著她打量。「我真沒想到啊……你倆什麼時候看對眼的？陸大哥跟我說的時候，我都驚呆了！怪不得在金明池那會兒，謝大哥對妳如此照顧！沒想到啊沒想到。」

顧馨之一臉淡定。「所以，妳是來瞻仰我的風采？」

柳霜華噗哧一聲。「可不得瞻仰一番，妳現在不知道是多少閨閣少女的妒恨對象，要是妳住京裡，家門口都得被踏破。」

顧馨之不信。「難不成她們要來找我麻煩？」

「哪能啊，謝大哥都把事情扛下來，在滿朝文武面前，說妳是堅毅勇武、潔身自好的好姑娘，是他違背禮德看上妳……誰敢找妳麻煩，不怕謝大哥報復嗎？」

昨天謝慎禮輕描淡寫的，顧馨之以為真是小事……這事，竟是在滿朝文武面前被提及的嗎？「謝大人不是罷官了嗎？還怎麼報復？難不成謝大人會半路套麻袋揍人嗎？」

「噗——誰知道呢？」柳霜華笑得不行，半晌才緩過勁來。「這事太刺激了，嚇得我大老遠跑過來，要是請妳到我府裡，我家可就要不得安寧了。」

柳霜華還反過來叮囑她。「反正啊，妳這段時日別往京裡去。」

顧馨之無奈。「我那鋪子後日開張。」

柳霜華震驚。「這麼巧？要不，改期算了？」

顧馨之卻笑得咬牙切齒。「改什麼改？我不光要按期開張，我還要大張旗鼓的開張！」

農曆四月二十八，黃道吉日，宜開張開業。

早市方歇，午市未開之時，路上行人三兩。

鑼鼓聲陡然傳來，舞獅隊現身街尾。一路舞獅敲鑼，在街道上穿行。還有數名半大小童跟在舞獅隊後，一邊拍掌一邊和著鑼鼓，唱著亂七八糟的歌謠——

「長福路，十二巷，布具一格喜開張。太傅誇，百官唱，不拘一格做新裳。

「東家姑娘，西家婦，上門看看顧家布。孩兒衣衫，萬福帳，買布就送詩百張！」

路人驚奇。

「這是布坊開業？」

「聽著像什麼不拘一格？還頗有新意的。」

「以往都是酒樓開張舞龍舞獅，這布坊怎麼也玩這套？還沿街傳唱，夠大手筆的。」

「太傅誇、百官唱……好大口氣！」

「怎麼買布送詩？這什麼亂七八糟的？」

舞獅隊幾乎繞了半座城，唱歌的小孩都換了兩批方甘休。耗資不大，但效果卓絕。

顧馨之站在鋪子對面，看著鋪子人來人往的繁華模樣，笑得見牙不見眼，耳邊彷彿能聽到銀兩入袋之聲，直到一行車馬停在鋪子前。

「這就是那顧家布坊？」下車來的幾名姑娘站在鋪子前。

「這也太小了吧？看著還不如我那書房大。」

「小小鋪子，也配唱太傅誇、百官唱？譁眾取寵！」

「走，進去裡頭看看，若是名不副實，咱就砸了她的招牌！」

顧馨之挑眉。嘖，還真來了。

她轉頭吩咐。「水菱，去通知一下，大主顧們上門了。」

長長的車隊堵在門口，將布坊門口堵得嚴嚴實實。鋪子裡的人都在忙著，壓根兒顧不上門口。

顧馨之吩咐後頭的振虎，道：「你去找大錢領些銀錢，到對面買些清爽的點心，給各家各送一點，再客客氣氣的請他們將車開到街口等候。」

振虎應聲去了。

顧馨之帶著香芹往門口走去，那些姑娘夫人們還都在門口排隊，挨個兒從小張姑娘手裡抽籤子呢。

鋪子主要是張嫂、李嫂照看，一個早班一個晚班，繁忙的午間是兩個人同在。小張姑娘和小李子就由兩家人安排，顧馨之只要求大的上崗時間不許超過三個時辰，小的只跑跑腿、打下手。

當然，開業這天所有人全都得上，連許氏、莊姑姑都放心不下，早早進了鋪子幫著招呼客人呢。

顧馨之則是在門口守著，謹防突發狀況，比如，面前這批姑娘、夫人。

這會兒，這批姑娘夫人正被鋪子裡僅有的兩名小孩攔住。

小張姑娘虛齡十四，實則不到十三，小李子更是只有八歲。兩人紮著雙髻，穿著統一的布坊制服，可愛的站在門口，小李子提了個小籃子，甜著嘴，挨個兒給她們送布藝小簪花，連丫鬟們都沒漏。

那些姑娘夫人不好意思為難小孩，便都乖乖排上隊。

小張姑娘則站在門口，捧著籤筒，嘴裡伶俐的介紹著。「歡迎光臨，姑娘，這是我們鋪子的開業抽獎籤，人手一支，待會兒抽獎環節會用到這根籤子，請您收好。」

那姑娘剛收了小禮物，便順勢接過來，掃了眼，詫異問：「這是詩箋？」

小張姑娘笑咪咪。「是的，這是印了我們鋪子標記的竹詩箋，每一支都寫了不同詩句，待會兒抽籤時，主持人念出對應上句，客人以此為證，領取我們鋪子精心設計的禮品。」

那姑娘好奇了。「若是不認識的詩句，不確定能否對上怎麼辦？」

小張姑娘甜甜的道：「姑娘們都是飽讀詩書之人，哪會有不知道的？我們還怕出得簡單了，惹大夥兒笑話呢。」

那姑娘被哄得高興。「那送的什麼禮品？」

「姑娘進去便知了。」

「這樣啊。」姑娘遲疑了下，捏著籤子，領著丫鬟踏進鋪子。

小張姑娘忙招呼下一位。「歡迎光臨，夫人……」

「聽見了聽見了，給我根籤子就是了。」

「誒，好的好的，夫人慢走。」

顧馨之見兩個孩子遊刃有餘，心中滿意不已。門口招待情況良好，她從另一邊進去。

鋪子是三開門，一門正在排隊，一門被小桌子堵了，另一邊則是工作人員進出。顧馨之在眾人驚詫的目光中，穿過那道門，大大方方走進鋪子。

鋪子兩邊都是牆，左右各有別的鋪子，無法開窗，顧馨之便將靠街這片牆打了聯排窗，加上三開門，採光便差不多了。

但只有採光，怎麼夠。顧馨之讓人在鋪子上空加了橫平豎直的木柵格，上面纏上栩栩如生的綠葉彩花藤，藤下是高低錯落的雅致燈具。

那燈具不同於尋常燈籠，半圓的淺色燈罩虛籠而下，中間一根鐵絲吊著，燈罩中心是一個托盤，上面擺著看不出形狀的燭盞。燈罩倒扣向下，彷彿將燭火壓下，在地上暈出一圈淺淺光環。頭頂是高低錯落、成排成列的燈具，地上便是淺淺淡淡、一圈一圈的光暈。燈罩上還描了圖，或一枝紅梅，或三兩竹枝……甚至還有題詩寫句。

門口光亮覺不出名堂，越往裡走，那精緻華麗之感便撲面而來，驚豔非常。

再看產品展示，尋常布坊，大都是打幾張木桌，一疋一疋的布料堆在上頭，任由客人挑選。若是成衣，則懸掛在牆，以作展示。

顧馨之卻不是。她仿照現代手機店，在鋪子裡擺了幾張長條桌，桌上再擺上兩排支架，每個支架上架著一個竹繡繃。要展示的布料剪一塊下來，壓在繡繃上，邊緣垂下，方便客人觸摸觀看。

沒有一大堆布疋的堆疊，每個繡繃都籠在一個光暈裡，好看又雅致。

外頭排隊的姑娘、夫人陸續進來，加上前頭進店的路人們，各種驚呼接連不斷。

「好漂亮。」

「上面那藤條花朵，我怎麼瞅著像布堆的？」

「這燈具好特別，我也想在家裡掛幾個了。」

「布料這樣展示，倒是第一回見……」

「這裡的布料肯定很貴吧？」

「不會，妳看，繡綳前都擺了價格呢。」

「還真是……湖棉，一丈六十銅——誒，真不貴，我記得千工布坊也是這個價。」

「這樣挺好，明碼標價，童叟無欺。」

「這都是那顧家姑娘想出來的？別不是謝大人的主意吧？」

「以前都沒聽說過這位姑娘有何作為……我看著像。」

顧馨之正偷聽得高興呢，冷不防話題便拐到這裡，頓時無語了。

好在，主持人上場了。

今兒好好捯飭了一番的李嫂站在鋪子中央——那兒特地搭了個一尺來高的小臺子。李嫂笑吟吟拍拍掌，將眾人目光吸引過來後，便開始介紹今日活動。

「歡迎諸位光臨我們布具一格，今日開業大酬賓，所有布料、成衣皆是在標價上再打八折，買滿一兩，送毛巾一條，買滿金額，還會加贈當代知名才子詩作百篇！」

李嫂的稿子，是顧馨之寫的，教她練習的時候，特地讓她在「當代知名才子」上重讀。大部分人只覺優惠不錯、贈禮挺多，送詩篇有點奇怪，並無多想。但顧馨之正等著炒作話題呢，當然是找了樁腳。

「什麼當代知名才子？是不是指謝大人？」

「才子多了去了，誰說一定就是謝大人了？」

「你不知道嗎？聽說這家鋪子的當家姑娘，跟謝大人……」

「那這詩篇，難不成都是謝大人的？」

「誰知道呢？畢竟是生意人，說不定就想打謝大人的招牌攬客呢？」

「有道理。那我們也買點？幾疋布也不貴，換謝大人的詩作，也不錯啊。」

「那我也買點。」

李大錢也不知道哪兒找來的婦人，混在那群姑娘夫人裡小聲嘀咕，遠的路人聽不見，周邊全都不落下。顧馨之看著這幫夫人、姑娘們一個個臉色詭異起來，心中暗樂。

這時代還沒有化工產品，全是純粹的棉麻絲，過幾次水就顯舊，撐個一年半載算結實。布料就是各家各戶的日常用品。尤其是這些大戶人家，穿舊衣都覺得丟臉的，囤點布料不為過。

臺子上的李嫂還在繼續。「還有我們精選的抽獎活動，獎品豐富多樣，請大家保留手中籤子，待會兒憑籤領取獎品。」

這些夫人、姑娘們對獎品倒是無甚感覺，開始追問道：「什麼時候能買布了？」

李嫂頓了頓，忙道：「各位別著急，我們店鋪除了布料，還有成衣訂製——」

「誰家布坊沒有成衣，這些無須說明吧？」

「對啊，好囉嗦啊。」

李嫂慌了下，看到人群中淡定自若的顧馨之，又冷靜下來。「那我們廢話不多說——

大錢，把東西拉出來。」

「來嘞！」後邊的李大錢等人已等候多時，聞言立馬拉著粗繩走出來。只聽得轆轆悶響，兩名漢子拽著低矮不足半尺的長板車出來。車上不知放著何物，足足有人高，上罩紅布，看不分明，眾人好奇打量。

跟著板車出來的張嫂小心揭開紅布的瞬間，一片譁然。紅布之下，是三座人高的支架，其上垂掛著三條長裙，每條裙子各不相同。

不，應當說，與大家平日所見的裙子都大不相同。

當中那條是漸變桃紅的料子裁剪而成，粉白相間，豔而不俗，桃色濃重的地方，還墜著連片立體桃花，布料堆疊而成的桃花上甚至還帶著蕊，栩栩如生，豔麗非凡。

左手那條顏色從未見過，比杏色略重些，又不是棕褐那等俗色。腰身微微收緊，上墜一朵大大的花兒，以花兒為界，裙襬上疊了許多層淺色羅紗，上面綴著點點碎銀，華貴異常。

右手邊那條則是天青色。這顏色顯冷，少有人用來裁製羅裙。可這條裙子從左肩的肩線到右下角裙襬都是天青正色為主色，暈染漸變彷彿煙霧繚繞，全裙無甚繡紋，只有左肩上綴著一朵吐蕊蘭花，花瓣下墜著兩條煙霧色絲條，更顯飄逸出塵。

這三身，各具特色，不管哪套穿出去，妥妥都能成為宴席上的奪目明珠。

張嫂看到眾姑娘目光灼灼，滿意不已，揚聲開口，道：「這三套衣裙，是我們布具一格首推的三款訂製款，今日送出，一年內皆不會再出同款。」

顧馨之深知這時代沒有智慧財產權的保護，所謂一年不出同款，就是個名頭。她不做，別的布坊，大戶人家裡的針線繡娘都能做。但沒關係，她只要走在前邊，就足夠了。

有小姑娘當即道：「多少錢？我買了。」

「我要我要！誰也別想跟我爭！」

張嫂笑咪咪。「這三套裙子，只贈不賣。今日訂單價格前三位，可依次挑選。」也就是說，買得最多的三人才能挑選。

讓人不由驚嘆，好高明，不光送謝大人的詩作稿件，還送這般從未見過的漂亮裙子……

「你們有多少湖綢，我都買了。」

「把你們的江綾、蘇羅全都拿出來，我買了。」

「你們趕緊去，綾羅綢緞什麼都不拘，能買多少買多少！」

普通顧客猶在驚嘆店鋪裝潢新奇好看、鋪子的衣裙訂製好看，那幫帶著丫鬟的姑娘、夫人們已經開始大掃貨。

站在角落的顧馨之爽了。不到一個時辰，這幫貴人就把顧馨之特意勻出來的布料全買光了，三條新裙也被逐一挑走。

沒搶到裙子的姑娘們又氣又妒，那三位拔得頭籌的姑娘得意洋洋，眼見兩撥人就要吵起來，顧馨之順勢站出來。

「鄙店接受成衣訂製，歡迎各位姑娘、夫人訂購喔。」她笑咪咪道。

有那小姑娘氣憤。「我就要那三件！」

顧馨之搖搖手指。「那三件一年內都不會再做。但是……」她掏出一本冊子。「我們鋪子還有別的好看的裙子，品相絕對不輸那幾件，要看看再說嗎？」

還有圖紙？眾姑娘連忙湊過來看。

冊子是顧馨之特地讓人製作的，一尺來長，厚紙板，每一張都是她自己親自畫的設計草圖，依照這時代的穿衣風格進行調整，糅合各種現代元素、異國風情，各式各樣。

「哇！這件好看，我要這個。」

「這個、這個，我都要！」

「這真的能做出來嗎？能的話我要十件！」

顧馨之順利接下一大堆訂製訂單，接下來半年都不用愁銀子了，喜得見牙不見眼。一通忙活下來，各贈品陸續送出，獎品也陸續抽出。

有了那幾件驚豔成衣打頭，那些毛巾、布料等禮品便感覺平平無奇。倒是用碎布製成，點綴著銀蕊的花簪、花飾大受好評。這些布料不知如何縫製的，挺括又生動，看起來栩栩如生。不光貴人覺得好看，普通人家也覺得好看又值錢——畢竟鑲了銀呢。

至於那當作噱頭的詩作冊子……

「張仲成的〈月夜〉？張仲成是誰？」

「許周的〈詠菊〉？」

掃貨的夫人和閨閣姑娘，看到手裡詩作，都有點懵。

有那路人聽了幾句，詫異道：「誒，許周我記得，好像是今年的探花？」

「哎喲你這麼一說，我也想起來了，張仲成不就是上一屆的榜眼嗎？」

「這個這個，好像是與我哥同屆的進士，如今在高州上任來著！」

諸位貴人面面相覷。

顧馨之笑得狡黠。這些詩句，都是她找人從各大書鋪查抄回來，再耗費巨資抄錄成冊的呢。

都是當代知名才子呢！她可沒虛假宣傳啊。

第二十五章

這會兒正當午，柳霜華來給顧馨之的店鋪送開業賀儀，順帶看看鋪子。

恰好上午的開業活動暫告一段落，顧馨之帶著她晃了一圈，就把人帶到旁邊酒樓用飯。落坐後，柳霜華自然要問問鋪子情況。顧馨之也沒什麼不可說的，便將上午的情況簡單說了，把柳霜華逗得不行。

柳霜華笑得差點岔氣，緩了好久才順了氣。「妳好壞啊，怎麼想到整理這當代知名才子詩集的？」

顧馨之笑道：「人慕名而來，總不能讓人空手而歸吧？」

柳霜華又笑得不行。「也不知慕的哪個名。」

「當然是當代知名才子們的名頭。」顧馨之朝著謝家方向拱了拱手。「這還得多謝謝大人，百忙之餘，還不忘給我招攬生意。」

柳霜華還沒緩過來，又一次笑倒。

顧馨之說笑完畢，又道：「是真得謝他，若非他給我帶來這批貴客，我那貨款還不知道什麼時候能攢齊。」

她開店的貨都是仗著雲來的名頭，用低價訂金拿到的。否則，光靠她那幾百兩夠幹麼？

幾箱雲綢錦緞就能掏空她的家底了。謝慎禮帶來的這一波客潮，著實解了她的燃眉之急。開業第一天就把頭批布料的尾款搞定，回頭她再拿布就方便多了。

柳霜華也沒細問她的情況，只道：「沒影響妳開店就好，若是被壞了生意，讓謝大人賠妳！」

顧馨之笑了。「那不至於。」

柳霜華提醒道：「他惹出來的爛攤子，怎麼著也不能讓妳受著。回頭還不知會惹來什麼麻煩，妳可得注意著。」

顧馨之不以為意。「能有什麼麻煩，左不過就是被說幾句閒話，我不痛不癢的。」

柳霜華欲言又止。

顧馨之乾脆轉移話題。「妳看我那鋪子裝潢如何？不會丟人吧？」

提及那店鋪裝潢，柳霜華頓時將那些話題丟開，雙眼灼灼道：「怎麼會丟人啊，好好看啊，精緻又顯華貴，卻不像皇宮侯府那樣，雕龍畫鳳，富麗堂皇的。還有那布料啊，我還沒見過別的鋪子這樣展示布料的。若非妳將價格擺出來，我都不敢碰了。」

顧馨之笑笑。「哪至於。其實我也沒花什麼心思，將牆刷白，櫃子、架子什麼的都少放，清清爽爽。主要還是燈影，燈光弄得好，茅房都能高大上。」好比現代商場、娛樂場所的洗手間。

柳霜華依舊嘆為觀止。「別說那燈多美了，回頭我也讓人打幾個放屋裡。」

「妳要的話，我給妳送幾個。」顧馨之解釋。「這燈是我自己設計的，如果壞了一時半刻買不上，我就讓人多打了些。」

柳霜華大喜。「那我就不跟妳客氣了。」

顧馨之笑道：「你們送我的賀禮這般貴重，我都沒客氣呢。」

她說的是實話，徐姨那些算得上親厚的人家，都送了慶賀開業常用的瓜果點心禮盒。但從謝慎禮、陸文睿夫婦，都給她送了大禮。謝慎禮送了金鑲玉貔貅，陸文睿夫婦送了白菜玉石，連僅有一面之緣的柳晏書也給她送了禮，是件青翠欲滴的玉葫蘆擺飾。

這三樣，每一個拿出來都比她那小鋪子值錢。

柳霜華擺手。「那都是家裡扔著沒用的玩意兒，不拿來送禮幹麼。」

顧馨之沒跟她爭，心裡有數。這些回頭都要還的，人情人情，有來有往才叫人情。

因顧馨之還要看鋪子，這頓飯沒吃多久，柳霜華便告辭離開。臨走，她還找顧馨之要了幾本當代知名才子詩集，說要拿去送禮。

見柳霜華不似作偽，顧馨之只得讓人跑回鋪子，取了幾本回來。柳霜華一看，扉頁上還大剌剌寫著「當代知名才子詩篇」，再次噴笑。

送走柳霜華，顧馨之再次回到鋪子。

此刻還是午歇時候，沒有了舞獅隊的招攬，鋪子裡只有一撥客人。顧馨之略看了下，見李嫂招呼得輕鬆，便去了後邊庫房處，許氏等人都在這裡。

顧馨之詫異。「怎麼都在這兒？用過午飯了嗎？」

因為開業，她特地在酒樓訂了幾桌席面，許氏、李大錢等人自不必說，李嫂、張嫂兩家都能輪流過去用膳的。

可這會兒，除了看店的、守門的，大部分都在這裡了。

許氏喜笑眉開的看著她，道：「在盤點呢，妳勻出來一半的貨，上午全賣完了，我們看看要補什麼，趕緊去採購回來。」

要這麼急嗎？

不過，大家高興，顧馨之也就隨大流，跟著一起盤點起來。

有了上午那批貴客的相助，顧馨之現在列採購清單也大方了許多，上回不敢要的絲綢，都斟酌著列了一批。

正點著呢，前邊鋪子傳來喧譁聲。

幾人正詫異，就見小李子衝進來。「姑娘，姑娘，不好啦！有人來鬧事！」

眾人驚詫，再顧不得清點，跟著顧馨之往前邊趕去。

還未走進店鋪，就聽見幾名聲音高亢的婦人嗓音在外頭大罵，什麼「不下蛋的母雞」、什麼「勾引叔叔」、什麼「不守婦道」。怎麼難聽怎麼罵，連那市井粗語也不停冒出。

許氏幾人臉都變了，憤然加快腳步。

前頭的顧馨之卻停了下來，神態輕鬆，問小李子。「知道外頭來的什麼人嗎？」

小李子茫然搖頭，又點頭，說：「娘說那些都是鄉里潑婦。」

「那你還記得方才是什麼情況嗎？」

小李子半點不猶豫，一口氣就說出來。「她們一群人突然過來，也不進鋪子，就在門口站成一排，堵著不讓客人進出，然後就站在門口罵人。」

顧馨之挑眉。「那我大概知道什麼情況了。」她轉頭道：「大錢，去看看振虎他們吃完沒有，吃完了該幹活了。」

「好，奴才這就去。」李大錢拱了拱手立馬跑走。

顧馨之轉頭又吩咐莊姑姑。「姑姑，得麻煩妳帶著邱嬸她們擋在前頭，別落人口舌。」

莊姑姑笑咪咪。「放心，奴婢會注意的。」說罷，福身離開。

「走吧。」顧馨之領著許氏等人，慢悠悠踱出鋪子。

鋪子裡幾撥客人，此刻已無心看布，全都驚疑不定的看向鋪外。

敞開的三扇大門無遮無掩，門外那一群扠腰大罵的健婦自然就無法忽視。這些健婦一個個膀大腰圓，身上也都是粗布衣衫，看起來就是那市井潑婦，一個都不太好惹，還站了一長排。

許多路人看到都繞道而行，離得遠遠的。

那排朝著鋪子怒罵的健婦看到顧馨之一行出來，喜不自勝，罵得更起勁了。

「浪蹄子不知羞恥！」

「有娘生沒爹教，敗壞門風！」

「喪門星剋爹——」

許氏聽著那些污言穢語，氣得臉都紅了。

顧馨之拍拍她胳膊，略掃了眼外頭，毫不在意的轉回來，微微揚聲朝店內客人道：「擾了各位清靜，待會兒幾位的東西再多打八折——李嫂記一下。」

李嫂「誒」了聲，響亮道：「知道了姑娘——張夫人、劉夫人、秦姑娘、左姑娘家的單子再打八折！」

意外驚喜啊。店裡客人頓時不管外頭的怒罵，轉回去繼續挑布料。

顧馨之滿意點頭，這才慢慢走向門口，隔著鋪子，掃視街上各處，在不遠處巷口停著的馬車上停留一瞬，暗哼一聲，收回視線。

這麼會兒工夫，振虎、莊姑姑等人已經出現在門外。

顧馨之朝這些罵人的婦人微微一笑，隨手一揮。早就準備好的莊姑姑、振虎等人一擁而上，護衛踹腳、抓胳膊，婦人按倒綁麻繩、嘴裡塞上破布條。

片刻工夫，堵住三扇大門的健婦們都被捆粽子似的，扔到路邊。

顧馨之居高臨下的站在她們面前，語氣神態卻極為溫柔的問：「請妳們來的人可有說，我脾氣不太好？」

被堵住嘴的健婦們又氣又怕，嗚嗚嗚的瞪著她。

「看來是沒說。」顧馨之煞有介事的點點頭，看向莊姑姑。「煩勞姑姑把人扔回謝家去吧，謝大夫人的禮太厚，我們收不起。」

莊姑姑福身。「誒，奴婢曉得。」

顧馨之又道：「大錢，咱家請的鑼鼓師傅還在嗎？讓他們一路送回去吧，歡快點，熱鬧點，別浪費了謝大夫人的禮。」

李大錢樂了。「下晌不還有一次表演嘛，師傅們都還在呢。奴才這就去安排！」

被堵住嘴的婦人們又是一頓嗚嗚聲，顧馨之才懶得管她們。

她早就防著她那位小心眼的前婆婆了，如今謝慎禮被罷官，沒了太傅身分，估計鄒氏又要橫起來了，加上她現在跟謝慎禮還有那麼點緋聞……

唔，反正她是麻繩、棍棒全備齊，只等這一刻了。

顧馨之再次掃了眼巷口那輛馬車。裝，讓妳繼續裝。

一如她所料，這邊鑼鼓一響，莊姑姑等人推著那些健婦往外走，李大錢那大嗓門隨即嚷起來——

「感謝謝家大夫人贈送壯婦十二名，辱罵若干！」

莊姑姑等人攆著這幫健婦往前走，巷口那馬車終於動了。

「感謝謝家大夫人贈送壯婦十二名，辱罵若干！謝大夫人果然大度慈善——」

「閉嘴！」

隨著叱喝，車身直接擋在李大錢面前，車夫一鞭子揮下來，差點甩在他身上。李大錢連滾帶爬躲開，心有餘悸的瞪著車夫。

車簾晃動，車上下來一主一僕。打頭的中年婦人，正是顧馨之的前婆婆，鄒氏。

鄒氏盯著俏生生站在鋪門口的顧馨之，眼神淬了毒般厲聲質問。「顧馨之，妳怎敢潑我髒水?!妳這種蕩婦，當初我就該把妳抓去浸豬籠！」

顧馨之微笑的看著她。「謝大夫人，浸豬籠這種好事，我怎麼能搶在妳前面呢？」

鄒氏大怒。「妳怎配與我相提並論？我可沒有與人和離，還在和離後勾引前夫小叔叔！虧妳還讀過書，禮義廉恥都沒有了吧?!」

顧馨之眨眼。「我沒記錯的話，是謝太傅傾慕於我吧？」她嘆氣。「只怪我太優秀，連堂堂太傅都拜於我石榴裙下。」

鄒氏驚住了。「我竟不知妳這般厚臉皮。若非妳蓄意勾引，就謝慎禮那樣的，怎麼可能會喜歡妳？」

顧馨之隨意點頭。「嗯嗯，妳說什麼就是什麼吧，反正我也沒法反駁，反正妳也不聽別人意見。」

鄒氏氣急敗壞。「什麼我不聽——我知道，妳就是想嫁給謝慎禮，好回謝家耀武揚威、欺負我們母子對吧？妳想錯了，謝慎禮如今丟了官，等族老們到齊，他連族長身分都沒了！我看妳嫁給他還有什麼好結果！」

顧馨之皺眉。「謝大人都沒來我家提親呢，謝大夫人怎麼能一口一個嫁的……難不成妳想來當這個媒人？這不好吧，妳充其量只是謝大人的嫂子，輩分不太夠喔。」

鄒氏被氣了個倒仰。「妳這不要臉——」

「顧姑娘，」微沈的嗓音從另一側傳來，語氣帶著幾分無奈。「妳這意思，是要應下這門親事了？」

顧馨之循聲瞪向正在下車的某人，皮笑肉不笑道：「謝大人沒了官職，果然閒得很，大中午的竟然在街上溜達。」

謝慎禮明白。「是在下不對，如此清閒，竟沒把人管好。」

顧馨之這才收了那副眼睛不是眼睛、鼻子不是鼻子的模樣。

鄒氏又不是傻子，當下就開口告狀。「小叔，你看清楚，這小蹄子竟要使人一路敲鑼打鼓，沿路罵我們謝家，你怎好意思還與她眉來眼去的？」

謝慎禮神色轉冷。

顧馨之卻沒有被罵的憤怒，甚至還貼心補充。「謝大夫人想多了，只是罵妳而已，謝家還沒到這種程度，配不上這些鑼鼓。」

鄒氏漲紅了臉。「妳這小浪蹄子——」

謝慎禮打斷她，斥道：「鄒氏，妳身為鄒家女、謝家婦，如何學來這滿嘴的污言穢語？倘若妳不知如何說話，那便不要出來丟我謝家臉。」

鄒氏不敢置信。「小叔你是慾令智昏了嗎？你沒聽我說——」

「哎呀，我來晚了嗎？」溫溫柔柔的嗓音突然響起。「出門的時候突然遇到事情了，來晚一步，小叔莫怪！」

顧馨之循聲望去。一輛馬車剛剛駛近鋪子門口，一名端莊柔美的婦人掀起簾子，朝著這邊說話。

正是二房的莫氏。

謝慎禮見莫氏到來，便停話不語。

那莫氏下車來，先朝他行了個禮，再轉回來打量顧馨之，然後笑道：「一段時間不見，馨之精神氣好多了，可見莊子養人。」

顧馨之對她還算有好感，福身行禮。「二夫人。」

莫氏「誒」了聲，感慨道：「往後都要這般生疏了。」她看了眼謝慎禮，又笑著打趣。「說不定往後還有機會再成一家呢。」

顧馨之笑笑不說話。

鄒氏卻聽不得她們在此敘舊，怒道：「妳來做甚？」

莫氏笑著轉向她，客客氣氣道：「小叔讓我來把大嫂帶回去呢。大嫂是要自己回去，還是我請妳回去？」

「憑什麼要我回去？這小蹄子——」

「如此看來，大嫂是想要我送一送了。」莫氏打斷她，然後細聲細氣吩咐身邊幾名僕婦道：「去請大夫人上車，注意點，別讓大夫人磕了碰了。」

「是。」

鄒氏驚了，急忙後退。「妳想幹什麼？我是謝家大房夫人，妳膽敢讓人綁我？」

鄒氏身邊兩名丫鬟立馬護在她身前。

莫氏笑得溫柔。「大嫂說笑了，妳現在不太方便，我只是送一送妳——還不趕緊的！」

那幾名僕婦立馬撲上去，擠開丫鬟，攙胳膊扶腰，半強迫的將她往莫氏這邊的馬車帶。

「妳們好大膽子，我是謝家大夫人，妳們這般對我，明兒我就把妳們全部發賣了！」

莫氏笑吟吟。「大嫂說笑了，這些可都是我的陪嫁，妳怎麼賣？」

「莫桑茹妳別以為謝慎禮會幫妳，他現在自身難保——」

莫氏皺眉。「堵住嘴，別讓她胡說八道的。」

「是。」

幾下工夫，鄒氏就被莫氏帶來的人堵住嘴，推上了馬車。

莫氏朝顧馨之福了福身。「讓顧姑娘見笑了，剛知道妳今兒開業，回頭我讓人給妳送上一份開業禮，祝妳生意興隆。」

顧馨之看她三言兩語，痛快的把鄒氏摁住，對她頗有種惺惺相惜之感。聽了這話，也不客氣。「那我就等著收二夫人的禮了。」

莫氏笑咪咪。「好。我這邊還有事，失禮告辭了。」

「二夫人慢走。」

莫氏朝謝慎禮行了個禮。「小叔，我先回去了。」

謝慎禮頷首。「二嫂慢走。」

莫氏便重登馬車，帶著鄒氏飛快離開。

謝慎禮轉回來。「事情了了，我亦——」

「慢著。」顧馨之打斷他，示意他看向那串粽子健婦。「把這些帶走。」

周圍還有看熱鬧的群眾，謝慎禮嚥下到嘴的話，拱了拱手，道：「今日多有打擾，日後再向妳賠禮道歉。」

顧馨之挑眉。「你道歉還是誰道歉？」

謝慎禮道：「我。」

顧馨之沒好氣的嫌棄。「你確實也該道歉，看給我招了多少麻煩事……趕緊把人帶走，現在看到你就頭疼。」

「她當真這麼說？」

「對的對的，奴才聽得真真的。」

「然後呢？」柳大夫人樂不可支。「慎禮如何作答？」

「謝先生沒吭聲呢。」

柳大夫人又是一陣哈哈哈。

回答的下人忍著笑。「接著謝先生就跟顧姑娘借了那些僕婦護衛，把人押走了。」

柳大夫人好奇。「那顧姑娘如何說？」

下人輕咳一聲，掐著嗓子學道：「謝大人丟了官職就是不一樣，連人都要跟我借了。回頭要不要再給您送點錢，省得您日子過不下去啊？」

柳大夫人再次笑倒，連屋子裡的丫鬟姑姑們全都忍不住笑出聲。

正當此時，微胖的柳山長踏進小廳，見狀，很是詫異。「什麼事情這般樂呵？」

柳大夫人很詫異，站起身問：「怎麼這個點回來了？可是有什麼事？」

丫鬟婆子們也忙行禮。

柳山長擺手，擦了擦額上的汗，道：「應允了今日給人帶的經解，漏在屋裡了，我回來拿一下……妳剛才笑什麼呢？許久不曾見妳這般高興了。」

柳大夫人啐他一口。「什麼叫我許久不曾這般高興，我哪天不高興了？」

柳山長乾笑，忙改口。「不是不是，我就是說，妳好久沒有笑得這般——唉，妳就說妳為什麼這般高興就行了唄。」

柳大夫人白他一眼，朝那稟事的下人道：「你給他說說。」

「是。」那下人拱了拱手，再次將事情一五一十的道來。

柳山長聽得直皺眉，那下人還未將事情說完，他已板起臉。「當真是……君子動口不動手，哪有把人綁了還敲鑼打鼓送回去的道理？」

柳大夫人無語。「難不成就讓人站在門口罵嗎？那些話多難聽，哪個姑娘家受得住？」

柳山長依舊不樂意。「那也不該綁人，粗魯，毫無大家閨秀的風範。」

「那可不是，人家姑娘的爹就是武將出身呢。」

柳山長語塞，半晌，才道：「那她怎麼就知道那是謝家夫人所為，萬一弄錯了呢？」

柳大夫人斜他一眼。「那鄒氏都出來認了，你在這兒叨叨什麼？人家姑娘就是聰明，一眼就看出來了，不行嗎？」

柳山長說不過。「反正這就不是什麼好姑娘，睚眥必報，飛揚跋扈，做事毫無章法，還不懂規矩！慎禮怎能被這樣的姑娘家耽誤？」

柳大夫人哼道：「你看不上人家，人家顧姑娘還看不上你那愛徒呢。阿和，把後面的都說了。」

柳山長皺眉，卻也沒吭聲，直把眼睛瞪向稟報的下人。

那下人嚥了口口水，快速清晰的將後續事情全部道來，尤其顧家姑娘最後幾句話。

柳大夫人再次哈哈笑出聲。「聽到沒有？顧姑娘對你那愛徒，要多嫌棄有多嫌棄。慎禮想娶人家，人家還不樂意呢！」

柳山長甩袖就要離開。

「哎，等會兒。」柳大夫人忙止住笑，從桌上撿起一冊書。「拿一冊去書院那邊。」

柳山長皺眉。「什麼書？我現在不得空——」

「誰讓你看了？我是給你那些學生們看，得空也抄一抄，學一學。」

柳山長順手接過來，頓時皺眉。「《當代知名才子詩篇》？誰這般傲氣？還自封當代知名才子！」

柳大夫人又忍不住笑了。「哈哈哈哈，你看看啊，你看看便知道了。」

柳山長狐疑的看她兩眼，低下頭，翻開書冊，看到一熟悉名字，皺了皺眉，正要說話，眼角一掃，下一個名字也很熟悉。他頓了頓，再顧不得說話，飛快翻閱起來。

他也不細看，只挑著人名和詩題掃過去，一目十行，越看越驚喜。

草草翻完一遍，他又忍不住倒回來再翻，嘴裡念念有詞。「詠物、詠時節、道別離、訴情懷……好，好！」

他雙眼放光，看著柳大夫人。「這是將十年來擅詩的進士名錄都收進來了吧？竟然還將詩作分門別類整理了，非常不錯！正好拿去給學生們學習抄寫……這是哪家書鋪出的冊子？他們什麼時候這般厲害了？」

柳大夫人似笑非笑。「正是你嫌棄的那位顧家姑娘整理的啊。」

柳山長笑容一僵，看看書冊，再看看她。「不可能，她一個閨閣女子，如何得知這十年來的進士名單？還知道哪些人的詩作水準上佳，還要去找出本人作品……不可能，不可能！」

柳大夫人笑呵呵。「你忘了嗎？你有個過目不忘的愛徒啊。」這些東西，還不是信手拈來。「哎喲，你那愛徒，可真是……情真意切啊！」

柳山長氣極了！

可惡！怎如此不長進！

第二十六章

布具一格開業好多天，柳大夫人也抽空過去看了一遍，回來對顧馨之更是讚不絕口。

柳山長聽得眼睛不是眼睛，鼻子不是鼻子，直說她不好好賣布，折騰什麼燈啊架啊，一看便是不務正業，譁眾取寵，瞎折騰。氣得柳大夫人把他攆出去書院住了幾天。

這麼多年了，柳山長也習慣了，灰溜溜回到書院，端著姿態，到處逮人問題摸底。沒兩天，全書院都知道，柳山長又被山長夫人嫌棄，回來找他們麻煩了。

書院學子們早已習慣，除了背書勤一點，別的該幹麼就幹麼。

因此，當柳山長巡視到書院某處，發現幾名學生正對著某書的詩篇激烈討論時，還頗為溫和的安撫他們，道：「仁者見仁，智者見智，我們非詩者本人，不一定能全知其詩中涵義，得一二分意境足矣。」

有一學生卻提出異議。「山長，道理我們都懂，但這位集冊之人，卻將白先生的夜雨詩併入詠志篇，但夜雨全篇都是景致描寫，這不太合理。」

「哦？」柳山長詫異。「哪篇？我看看。」

學生將詩作遞過來，柳山長低頭一看，皺了皺眉，下意識翻到扉頁——當代知名才子詩篇。他僵了僵，他認得筆跡，正是面前這名學生的。「你們也抄錄了啊。」

「是。」那名學生拱手。「學生覺得很有用處，抄一份賞析。」

「我也抄了一份。」

「我也是……」

「我就隨口一說。」柳山長擺擺手，繼續看那篇詩作，低聲誦了遍。「早蛩啼復歇，殘燈滅又明。隔窗知夜雨，芭蕉先有聲……」

「是。通篇都是景物，學生以為，應當放入詠景篇。」

柳山長閉上眼，將詞句含在嘴裡吟誦。「啼復歇……殘燈……明滅……芭蕉聲……」他倏地睜開眼，大喝一聲。「好！好詩！」

學生們都習以為常。「山長，我們自知這是好詩，但著書者歸類，不太嚴謹啊——」

柳山長瞪他。「你壓根兒沒品出來！」他點著詩句解釋。「這白居易大晚上不睡覺，聽蟲鳴反覆停歇，殘燈滅了又點，晚上關著窗，外頭下雨打在芭蕉上，他隔著窗都能聽見……這不就是夜深難寐嗎？哦，這白居易是不是至今還沒被派官？這不就寂寥愁苦嗎？還不是詠志是什麼？你們幾個琢磨半天，還覺得人家分類出錯，竟是連個閨——」

他止住到嘴的話，捲起書冊，挨個兒給人一下，怒道：「將這首詩句好生抄寫個百八十遍，醒醒腦子！」

柳山長哼了一聲，扔下他們，大步離開。回到書房，發現他帶回來的那冊《當代知名才子詩篇》又回到他桌上——學生們已抄了幾份，這份原稿就送回來了。

他瞪著書稿咬牙切齒了半天，扭頭喊道：「去，把謝慎禮給我喊過來！」

布具一格順利開張，顧馨之放下心頭大事，但也更加忙碌了。

布坊講究四大樣，布料、繡工、染色、裁剪。繡工上，她不打算跟老鋪子爭。一是她請不起好的繡娘，二是製作工期太長、賺錢太慢，短時間也很難打過京裡其他的布坊衣鋪。

布料，她打算推香雲紗。這世界也有香雲紗，但都是遠從南邊採購而來。香雲紗製作繁瑣，產量少，加上路途遙遠，運費昂貴，這香雲紗的售價也就居高不下。

她打畢業開始就接觸香雲紗，從事這個行業已近十年，加上有現代高科技分析技術，她對各步驟的製作原理理解得更為透澈，絕對不比這個時代的老師傅差。

香雲紗是她打算拿來當鎮店布料的。現在第一批香雲紗已入庫，後續的製作卻卡在薯莨這裡，她上回已經託雲來的管事幫著留意，看看能不能在入夏前再弄一點。香雲紗最好的銷售季節，是在夏日，如今剛入農曆五月，不著急，也急不來。

所以她把布坊的亮點，放在染色和成衣裁剪上。

正統的布料是基本盤，她肯定要賣。但她也要創新，染色是她選的路子。

她在現代用的染料都是化工產品，到了這裡，只能天然萃取，怕弄不好，所以才從小物件試起。毛巾是她的嘗試產品，毛巾染了幾批，她才敢往布料上操作。

起初不敢多染，確實也失敗了幾疋，最終才成了三疋，也即是那三套做樣板的裙子，一套桃粉漸變、一套天青漸變，還有一套是香檳色。尤其是香檳色，用上了黃、紅、黑、白、藍五種色，非常難調。但效果喜人，讓她這段時日的辛苦沒有白費。

她站在巨人肩膀上，對顏色的經驗和把控，是這些只靠口口相傳的傳統老師傅們比不上的，往後她的布具一格，除了傳統布料，還可以染一些新鮮顏色的布料，讓那些挑剔的貴人們買回去讓他們家僕人裁剪縫繡。

除了染色，還有裁剪。

她浸淫布料行業多年，香雲紗是她的拿手技藝，染色調色是她從小玩到大的行當，剪裁設計，就純粹是愛好了——畢竟做布料的，哪個沒有當設計師的夢想？

她雖熟悉布料，做設計也許創意不夠，審美卻是妥妥的。且說她的創意不夠，是指在瞬息萬變的現代社會，在這裡以她的設計理念和審美觀點，無疑是走在最時尚前面。

這不，一下便收到幾十套訂製單子，接的訂製款製作倒不難，只是在這時代的傳統服飾上加些巧思，也能忙好幾個月了。

如此一來，她家鋪子，除了繡工，布料、染色、裁剪，都能立起來了。現在單子有了，布疋貨源也穩妥，就差染料了。薯莨是其一，其他顏色，也不能放過。

顧馨之目前試出來的幾種顏色，大都是在莊子周邊或採買、或採摘回來的。如今要批量使用，便不能再靠這種零碎打鬧的方式。

她也沒自己累著，前些日子鼓搗的時候，許氏和徐叔都跟著，對這些草木都算認識，這會兒倒是方便，只將需要的材料清單交給他們，顧馨之就當了甩手掌櫃。

她開始琢磨新的顏料，如今的色調還是太簡單，她得多試一點。

布坊裡的工作上了正軌，染色材料有許氏操心，她便開始帶著水菱、香芹及振虎等人，漫山遍野的跑，經常早早出門，晚上揹著一堆樹葉、草根、枝條回來，煮水看色，試染。忙起來，就把謝慎禮忘到了腦後。直到有客人找上門來。

彼時，顧馨之正在小廚房熬煮她那些五顏六色、奇奇怪怪的植物，聽見有客人，頭也不抬道：「誰啊？讓我娘或者徐叔去接待，我這裡不得空。」

香芹有些委屈。「奴婢也不認識，那人就指明要見您來著。」

顧馨之瞪她。「妳姑娘是接客的嗎？誰說要見就得出去？」

香芹嚇了一跳，急忙擺手。「姑娘這話可胡說不得……這不是，那位老人家看著年紀挺大，氣派也足，奴婢怕給家裡惹事嘛。」

顧馨之無奈。「那妳不得問問人家姓甚名誰嗎？」

香芹連忙點頭。「有的有的，他說您認識他家夫人，正好他過來這邊踏春，就順便上門來討頓飯。」

這問了跟沒問似的。顧馨之看了眼鍋裡的草木，朝一旁的水菱吩咐。「再煮滾一次就停火，等我回來再說。」

顧馨之略擦了擦手，大步流星往外走。一路快走，片刻工夫，便抵達待客的大廳。

屋裡一老一少兩位，老的那位背著手站在堂前盯著她自己寫的對聯，少的候立在旁。

顧馨之挑了挑眉，踏進屋裡，問：「恕小女子眼拙，敢問先生是……」

老者聞聲回頭，上下打量她一眼，皺眉。「妳便是顧家姑娘？怎的一身邋遢髒污就出來見客？」

顧馨之面無表情。「老先生，不是你說上門討頓便飯的嗎？怎麼還挑剔起主人的衣著打扮呢？」

老者語塞，有些羞惱。「來者是客，妳怎可這般無禮？」

「你又沒遞帖子讓我準備準備，還怪我不換衣服接待。你這人好生不講理啊。」

句句在理，講得老者啞口無言。

顧馨之還惦記著她那鍋顏料，也懶得應付，遂逐客。「行吧，既然你這般講究，恕我家缺糧少肉，請不起這頓便飯——老先生，請了。」

他何曾被人這般掃地出門……這顧家姑娘，當真可惱！老者甩袖離開。

顧馨之只覺這老頭莫名其妙，轉頭就叮囑香芹，別什麼亂七八糟的人都放進來，說不定就是來打秋風的。香芹受教了，拍著胸口說下回絕對不會被人矇騙。

顧馨之雖持懷疑態度，不過這些都是小事，她轉瞬就丟到腦後，轉回去繼續研究她的花花草草。

另一邊——

正在家裡看書練字的謝慎禮再次被喊到琢玉書院，他以為有事，打馬飛奔出城。到了地兒，剛看到人，還未來得及行禮，就被劈頭蓋臉一頓臭罵。

謝慎禮從一大堆之乎者也、引經據典裡摘出重點，皺眉。「您是說，顧家姑娘對您無禮了？您什麼時候見她了？」

柳山長頓住，含糊道：「我哪有去見她，就是巧合，巧合！」繼而又忿忿起來。「世上怎會有如此無禮之人？竟不分青紅皂白，直接將客人掃地出門，可惡至極，這般無禮之人，若是成了當家主母，必定敗壞門風！」

謝慎禮沒被糊弄。「先生，您去莊子找她了？」

柳山長氣鼓鼓的。「胡說八道，這般小兒，值得我去見嗎？我、我就是去踏春！對，我那是踏春！我是去觀山賞水，聊表詩興！」

都過端午了，還踏春……謝慎禮頭疼。「先生，您沒事跑去找她做甚？」

「我何時去找她了?!」柳山長瞪他，聲音卻漸漸轉弱。「要不是那邊十里八村找不到歇腳的地兒……」

謝慎禮無奈。他一路著急著慌趕過來，生怕這位老人家出什麼事，結果……他暗嘆了口氣，道：「說吧，好端端的，她為何趕您？」

柳山長當即來勁，如此這般一頓控訴，完了還嫌棄道：「好好一個姑娘家，也不知道乾淨些，髒兮兮的，如何見人？」

謝慎禮捏了捏眉心，問：「先生，您知道她是開布坊的嗎？」

「廢話。」柳山長很是不耐。

謝慎禮道：「那您知道，她那些顏色新穎的布，都是自己染出來的嗎？」

柳山長詫異，不能理解。「她染的？為什麼不找匠人幹活？」

謝慎禮耐心解釋。「她手裡沒什麼錢，只能自己來，似乎也有幾分天賦在其中。而且，學生看她，是樂在其中的。」

數月前，他去莊子找剛剛和離的顧馨之時，她便是滿身泥水，彼時他還產生誤會。讓人去打聽，才知道她只是在研究布料染色……雖然他不甚明瞭染色為何與泥巴相干，但，術業有專攻，無傷大雅。

柳山長皺眉。「這等匠人活計，難登大雅之堂，你既要娶她，往後便讓她停了吧。」

謝慎禮想了想，道：「先生，學生正是看上她這份磊落坦然與堅韌不拔，為何在娶她進門後，卻要掩去她這些優點？」

柳山長驚了。「你將這些奇技淫巧定為磊落坦然、堅韌不拔？」

「她一閨閣女子，無依無憑，能放下身段，自學染布技術，擔起家計，贍養寡母，為何不能稱堅韌不拔？世人多輕匠人，她卻從不自傷其業，更不會隱而不露、避而不談，自然也算得上磊落。千磨萬擊還堅勁，任爾東西南北風。倘若這不算堅韌，何謂堅韌？」

柳山長默然，不期然想起顧家莊子大堂上那副對聯……半晌，他猶忍不住嘀咕。「那她趕我，是為不敬尊長。」

謝慎禮試圖講理。「先生，您不是說，只是路過嗎？那她知道您是誰嗎？您說她身上衣物髒污，可見是正在忙活布料之事，您臨時到訪，她依然出來見客，已是禮遇……想必您是見面便教訓她了吧？」他輕咳一聲。「她性子較為……直爽，您多擔待。」

柳山長氣憤。「我為何要擔待？這哪是直爽，分明是無禮。不管我是誰，我這般年紀，她不說敬著點，還趕我，就是不對！」

謝慎禮挑眉。「先生，您這是倚老賣老了。」

柳山長惱羞成怒。「謝慎禮，你高處待久了，如今連老師都不放在眼裡了是吧?!」

謝慎禮無奈，放低姿態。「學生不敢。先生，因學生拖累，她如今已被世人所指。請您看在學生分上，不要與她計較。」

「你連累她，你自己去與她道歉，我為何要替你扛著？」

謝慎禮難得嘆氣。「待風頭過去了再說吧，上回見她，已被她嫌棄，短時間內可不敢叨擾她了。」

柳山長恨鐵不成鋼。「還沒娶進家門，你就開始懼內，像話嗎？」

謝慎禮輕咳一聲，道：「這是愛護，怎能說是懼內呢？再者，這也是跟先生學習的。」

於是，還未坐下喝口茶的謝慎禮，就被最近被柳大夫人趕出家門的柳山長轟出了書院。

又過了兩日，柳山長憋不住，再次晃悠著馬車來到顧家莊子外。

書僮熟門熟路上前拍門，用的還是那個理由。

看門的婆子打量了他們的馬車一眼，哼道：「上回就想來打秋風了，害我老婆子被香芹姑娘一頓叨念，這回我可不會再上當了！」砰的一聲，把院門給關了。

書僮為難，返回來低聲問目睹全程，氣得不輕的柳山長。「山長，咱大老遠來一趟不容易……不如，送個帖子進去吧？」

「送什麼送，上趕著去貼人冷屁股嗎？」柳山長氣起來，竟連這種粗俗之語都冒出來。

書僮哭笑不得，想了想，試探道：「先生，您若是不想暴露身分，要不，試試用謝先生的帖子？」

「你帶了？」

書僮覰著臉。「誒，帶了，還帶了夫人的帖子，端看您要用哪個。」

柳山長輕咳一聲。「那就用那臭小子的吧，用夫人的，這身分就掩不住了。」

「誒，是。」書僮得令，趕緊從車廂裡摸出帖子，屁顛屁顛又轉去門房那邊。

那婆子聽見敲門聲，警惕的打開一絲門縫。「你們怎麼還不走？」

書僮忙笑著遞上帖子。「大姊明察，我們不是來打秋風的，我們是謝大人府的……妳看看，上面寫著呢。」

那婆子半信半疑的接過帖子。「我又不識字，我怎麼看得出來……在這兒等著吧，待我去問問。」

「誒，誒，煩勞妳了。」

砰——大門又被關上。

書僮跟著山長大人這麼些年，閉門羹都沒在顧家吃得多，柳山長更是臉臭得不行。好在，那婆子沒多久就返回來，打開大門放他們入內。

柳山長怒道：「竟然不出來迎接？」

書僮忙不迭哄著。「我們畢竟是外男，她一個姑娘家的，不甚方便吧。」

柳山長臉色稍緩。「也對。」甩袖入內。

那婆子皺眉盯著他們，嘀咕道：「別不是哪裡撿來的帖子，實則還是打秋風的吧？」

前頭兩人自然不知被誤會。顧家莊子小，隔著一個不大的庭院，就進到待客大廳。

柳山長再次看到那副對聯——

行到水窮處，坐看雲起時。偶然值林叟，談笑無還期。

字體疏朗圓融，頗具風格，詩也是好詩。

突然，腳步聲響起，聲音也跟著傳來。「怎麼又是你們？」

柳山長回身，見那顧家姑娘依然東一塊暗綠、西一塊土黃，宛如剛從泥地裡爬出來，忍不住皺眉。「妳怎麼又是這般模樣？」

顧馨之很無奈。「這位老先生，我在家裡，什麼模樣都不妨礙別人吧？」

柳山長語塞。

「你今兒不是路過啦？」顧馨之低頭看了眼手裡帖子。「你拿著謝大人的帖子過來，是替他辦事的？上回怎麼不直說？」

柳山長微惱。「若非妳家下人不知禮數，將我拒之門外，我何必借慎禮的帖子進來！」

顧馨之挑眉，扭頭朝香芹道：「今晚給妳和邱婆婆加雞腿！」

柳山長更氣了。「妳就是這般掌家的？」

顧馨之理所當然。「對啊，不知客人姓甚名誰、來意為何，就放進來，萬一遇到賊寇，豈不是遭殃？今天這樣，才是正確做法，下人做對了，我自然要賞，有何問題？」

柳山長氣結，卻又無可辯駁。

「你特地借謝大人的帖子進來，就是要來吃頓飯？附近就有村子，你去那邊不是更方便嘛，幹麼非要來我這小莊子——哦，你是要見我？」

「誰要見妳這小姑娘——咳咳。」柳山長臉色有些不自然，眼角一掃，立馬轉移話題。「這對聯，是妳寫的？」

顧馨之狐疑的看他兩眼，隨口道：「是我寫的啊，不過這不是對聯，這是詩句。」

柳山長點頭。「怪不得不見橫批……那妳為何寫成兩帖，左右放置？」

顧馨之眨了眨眼。「這牆壁光禿禿的，掛點東西好看唄……既然要掛，當然是左右對稱好看啊。」

柳山長又問：「這詩也是妳作的？全詩如何？」

「當然不是，是王維，王先生的。」顧馨之順嘴將詩句念了一遍。

柳山長低吟幾遍，連連點頭。「好詩好詩……寫出這般好句，定有驚才，怎麼從不曾聽說這位王維先生的大名？」

「這是個好問題，大概是命吧。」沒有穿越時空的命。

柳山長皺眉。「妳怎麼——寫出這般詩句的人，心性定然開闊疏朗，妳讓他過來找我，我看看他是否真有長才。若是有，定不會讓他埋沒。」

「我就寫個詩，還要認識詩人本人嗎？說不定人家在別的世——國家封侯拜相、名流千古呢。」

柳山長惋惜。「王先生竟不是大衍人？可惜了。」

這哪來的老頭，大老遠跑過來跟她談詩論文、挖掘人才？眼看老頭又開始對著那兩帖詩句搖頭晃腦，顧馨之有點頭疼。

「老先生，你到我這裡究竟有什麼事，不妨直說吧。」她是真的很忙啊。

柳山長輕咳一聲，顧左右而言他。「連別國詩人的詩作妳都能知道，想必學識過人，我考考妳。詩詞文章——妳還會什麼？」

顧馨之死魚眼。「我什麼都不會，我大字不識一個。」

柳山長瞪她，嚴肅道：「過於謙虛，便是虛偽。做人不可沾染這等陋習。」

柳山長訓完又有些懊惱，清了下嗓音，微微放軟聲音。「我看妳字寫得不錯，在詩文上也頗有造詣，那經義、論、策——」

「沒有沒有。」顧馨之連忙打斷他。「我不通詩文，經義論策更是半點不通，我就是會背幾首詩，僅此而已。」

柳山長擺手。「這點眼力我還是有的，那本《當代知名才子詩篇》是妳整理的吧？雖說集冊名過於張揚，但是，如此短時間便能將詩篇收集並整理到位，絕非庸才。」

「謝大人告訴你的？」顧馨之在心裡把謝慎禮罵了八百遍。這又是給她招了什麼麻煩？

柳山長猶自繼續。「當然。既然妳說不通，那我就不考了。不過，妳連外邦詩文都有涉略，可見平日看閱極多……倒是適合開個書鋪？」他雙眼一亮。「這個主意不錯，就把妳那布坊關了，改成書鋪吧，又清淨又雅致。」

顧馨之吐槽。「就是不賺錢。」

「錢這種東西，生不帶來死不帶去，不能看得太重。」柳山長諄諄善誘。「妳那布坊，聽說很是精緻華麗，俗，忒俗！若是改成書鋪，滿屋子書韻墨香，不比那些譁眾取寵的東西好嗎？出去說道，旁人聽著也雅致。」

她還得養家餬口呢！顧馨之已經不耐煩了。「老先生，我看你也是個俗人。」

柳山長錯愕。「何出此言？」

顧馨之問他。「何謂俗？何謂雅？誰來定這個標準？」

柳山長張口就來。「棋為雅博為俗——」

「停停停，我不是要聽你掉書袋。你都這把年紀了，論背文章，我肯定比不過你。我就是覺得你這麼多書都白念了，世上千萬事、千萬人你不關心，倒來關心我家鋪子雅不雅俗不俗的……古語有言，夫唯大雅，卓爾不群，你有什麼卓爾不群的大雅之事可與人說道啊？

「還有，沒事別瞎看那些酸腐書生寫的文章，尤其是關於雅啊俗的，好好的東西，非要分個高低上下……也沒見他們把自己大卸八塊，把兜糞、盛尿的器官給摘了，讓自己雅不可及啊。」

劈頭蓋臉被訓一頓的柳山長驚呆了。「這、這是什麼胡話？」

「你說吃飯粗俗，用膳品菜方顯優雅；你說屎尿屁粗俗，五穀輪迴才是含蓄……這雅這俗，誰評的？」顧馨之沒好氣。「我賣布俗不可耐，有本事你身上別披布料，光溜溜上街，坦蕩蕩赤裸裸，才最顯你高雅呢。」

柳山長瞠目結舌。「妳、妳——什麼亂七八糟的，我何曾說過賣布俗不可耐，我說妳那鋪子不好好鼓搗布料，偏去搞些華而不實的——」

「你怎麼知道我沒好好鼓搗布料？再說，我那鋪子如何陳設，干卿底事？老先生，我尊你一聲老先生，不代表我是你學生——」

老頭，滿嘴詩文雅俗，知道《當代知名才子詩篇》出處，拿著謝慎禮的帖子過來……顧馨之突然知道面前老頭是誰了，她眯起眼睛，問：「你姓柳？」

柳山長愣住，頗有些心虛。「誰、誰說的？」

顧馨之了然。「那就是了。說吧，柳山長山長水遠跑到我這兒，對我各種教訓指點，是想幹麼？」

身分暴露得太快，柳山長一下子反應不過來。

「因為謝大人？」顧馨之冷哼道：「你自己學生管不好，來找我麻煩幹麼？仗著我無依無靠，隨意可欺？」

柳山長頓時訕訕。「誰欺負妳了？我這不是、這不是……來考考妳，看看妳配不配得上慎禮嗎……」

顧馨之氣急而笑。「我配不上？就你那好學生……」

「無官無職。」閒得蛋疼。

「帶著一府人憎狗厭的拖油瓶。」特指謝家大房。

「年紀一大把，還是棄武從文，說不定是在戰場上受了傷、留下後遺症，甚至可能不舉。」氣得嚴重人身攻擊。

「我配不上他？我呸！就這種老菜皮，送我我都不要！」顧馨之列舉完扭頭。「香芹，送客！跟邱婆婆說，下回再看到山長大人和謝大人，放狗攆出去！」

第二十七章

怒極的顧馨之將那柳山長主僕轟出去，立馬擺開筆墨，奮筆疾書一封，讓每日進城收款的李大錢快馬加鞭送出去。

於是，在書房裡翻著卷宗的謝慎禮，平白無故的，就收到一封言辭直白粗俗的怒罵信。但通篇只有罵他害人不淺、沾上倒楣三年之類的憤慨言語，半點不知所為何事。

謝慎禮一頭霧水。以顧馨之為人，斷不可能為了多日前的事情找他撒氣，這麼說，這兩日又出了什麼事？他凜然，當即抬頭。「青梧，去查一下這幾日有什麼——」

「謝慎禮！」咆哮聲由遠而近。

接著，他那六十有一的老先生邁著與年紀極不相符的腳步，風似的颳進來。

砰！柳山長將他那酸枝木書桌拍得山響。「我告訴你，這顧家姑娘，你不許娶！想都別想！」

得，他知道那怒罵信的緣由了。謝慎禮捏了捏眉心，問：「您又去找她麻煩了？」

柳山長跳腳。「何來的又？我何曾找她麻煩?!我是這樣的人嗎！我就說了她幾句，她就暗指我無德！豈有此理！當真豈有此理！」柳山長氣得臉都紅了。「我都不計較她這般詆毀你，她竟然又趕我！還說下回要放狗咬我！聽聽，聽聽，像話嗎？」

謝慎禮有不祥的預感。「她如何詆毀我了？」

「這是重點嗎？啊？這是重點嗎？」柳山長又開始拍桌了。「你沒聽到嗎？她說要放狗咬我！還有你，她也要放狗咬你！恐怖如斯，恐怖如斯！這顧家姑娘，簡直是個潑婦！」

謝慎禮覺得頭開始痛了。

「好好的姑娘家，什麼話都敢往外說！」柳山長氣急敗壞。「屎尿屁就算了，竟然堂而皇之將不舉掛在嘴邊！像話嗎？像話嗎?!」

謝慎禮皺眉。「她說誰不舉？」

「還能有誰？當然是你啊！誰讓你一把年紀，鰥居多年，連個妾侍都沒有，怪不得旁人這般猜測！看看，連顧家姑娘都嫌棄你是老菜皮，配不上她了！你讓我如何說你?!你還想求娶人呢，如今人家都要放狗咬你了！」

謝慎禮心累。這怪他嗎？

顧馨之把柳山長轟走，又寫信把謝慎禮臭罵了一頓，這氣就過去了。

她發現有種灌木的根莖，煮出來的顏色著色快、固色也快，而且色淺，非常適合用來調色，但她忘了在哪裡拾回來的。趁著最近天氣好，她帶著人將去過的地方再繞了一遍，只尋到幾叢。好在有村民認識這種灌木，告訴他們村子北邊那座山，背陰處幾乎都是這種灌木。

建安村村民如今大都認識這位平易近人的顧家姑娘，聽說她要去找木頭，都勸她別去，說那裡常有野物出沒，還多蛇蟲，很危險。顧馨之自然不會涉險，但根莖還是要去收的。

她家裡就那麼幾名護衛，拳腳功夫可能還行，進山這種活計，估計就不太合適。她便想著去請一些獵戶、壯漢，集結成隊，一次去採個夠。

但田裡水稻正是插秧的重要時候，佃戶全家老小都得下地幹活，連張管事等人都天天往田地裡跑，這當口，她不可能捨本逐末，扔了田地的活兒去挖草根，只得將此事暫且擱置。

她對田桑之事一無所知，半點也幫不上忙，只能隔一段時間給大夥兒加個蛋什麼的，多了也不敢做——升米恩斗米仇，她可不想養出一堆白眼狼。

田裡忙得熱火朝天，許氏擔心城裡鋪子生意，隔三差五往城裡跑，反倒讓顧馨之突然閒了下來。人一閒，就喜歡鼓搗點東西。

顧馨之這段時間鼓搗草葉，發現一種草，長得平平無奇，因一掐就出汁液，沾手上還不好洗，她本以為是個好的染色材料，殊不知，這玩意兒煮過之後，顏色倒是挺深的，就是不上布料，非常雞肋。

但這草，煮了會出膠，宛如她那個世界的仙草。

顧馨之饞了，但她還是很惜命，問過村人，又拿去城裡問過大夫，確認無毒，只是性微涼，不宜多吃，她才敢開工。

熬煮，撈出草葉，加點薯粉勾芡冷卻後，用小刀切了幾塊，用莊子裡的雞鴨牛馬實驗了遍，確認沒事了她才吃。

黑黝黝的凍切成方方正正的小塊，加入提前調好的糖水，一口下去，清甜爽口，還透著股類似薄荷的涼意。顏色是詭異了點，味道口感卻出奇的好。

顧馨之大為驚喜。好東西啊！她一口氣吃了兩碗，有客來訪時，她正準備撈第三碗。

這回是正兒八經、遞了帖子進來的客人，柳山長夫人。

顧馨之下意識皺眉，再想到曾經與柳大夫人的接觸，眉頭又鬆了開來。她想，柳大夫人應當不是來找事吧？

這麼想著，她便順手讓人裝了幾碗仙草凍——姑且就叫仙草凍，帶著一起去見客。

還未踏入大堂，就聽到幾聲嗚咽，顧馨之微詫，加快腳步拐進前院，望向聽堂方向。

曾有過幾面之緣的柳大夫人正坐在那兒喝茶，身邊帶著兩名丫鬟，還有方才出來迎客的水菱。除此之外，廳堂的角落地上，擺著一個大大的竹筐，嗚咽聲彷彿是從那邊傳來。

顧馨之眨眨眼，加快腳步踏進大廳。

柳大夫人聽見動靜，抬頭望來，見是她，立馬彎了眉眼，擱下茶盞起身。

顧馨之心下稍鬆，走前兩步，福身。「柳夫人大安。」

柳大夫人扶了下她胳膊，笑道：「今日貿然打擾，希望顧姑娘不要見怪。」

顧馨之跟著笑。「怎麼會，您能過來，我是蓬蓽生輝呢。」想到什麼，忙朝後頭的香芹招手，然後跟柳大夫人道：「您這個點過來，想必路上熱得很，我這兒剛做了新鮮吃食，還挺解暑的，您要不要嚐嚐？」

柳大夫人好笑。「這還沒入暑呢，妳就開始鼓搗解暑的東西了？」

顧馨之半點不尷尬，道：「中午也挺熱了……好吧，其實就是饞了。」

柳大夫人莞爾。「那好吃嗎？」

「挺好吃的。」

柳大夫人點頭。「在路上確實熱出了一身汗，正渴得慌。」

無須顧馨之吩咐，香芹連忙從食匣裡端了碗出來，置於柳大夫人手邊小几上。

柳大夫人順勢望去，忍不住皺眉。「這……是什麼？」

顧馨之輕咳。「我稱之為仙草凍。因為是草葉熬製，所以顏色深了點，但我讓大夫看過了，無毒，有點涼，不宜多吃。」

柳大夫人看了她一眼，打趣道：「我還以為，因為我家那老頭子上門鬧了兩回，妳要給我下毒呢。」

顧馨之尷尬。「哪能啊……我剛還吃了兩碗呢。」

柳大夫人哈哈大笑，也不急著吃，反而主動跟她提起了柳山長。「我那老頭子，博古通今、學富五車，詩詞歌賦、經文論策，皆是信手拈來，教書育人也是不錯，算得上桃李滿天下……就一點，書念太多，有點傻。

「我自家人知道自家事，也不為他做什麼辯解。」柳大夫人指著牆角那竹筐，道：「聽他說，妳說他下回要再來打擾，就要放狗攆他。這不，我就讓人尋摸了幾條幼犬，妳好好養著，下回等他來了，妳記得放出來。」

這很難不讓人同情柳山長。顧馨之乾笑。「柳大夫人說笑了。」

柳大夫人擺手，頗有些咬牙切齒道：「不說笑，他整日給我找麻煩，要不是他背後學生多，我早就兜不住了。」

顧馨之突然又很想同情這位柳大夫人了。

柳大夫人卻轉過頭，端起那碗仙草凍，打量了兩眼，捏著小匙舀了一口進嘴。下一瞬，她臉現驚詫，看了眼顧馨之，半點沒有不自在，坐在那兒慢條斯理的繼續吃。

顧馨之跟著坐下，吩咐水菱給柳大夫人帶來的丫鬟也嚐嚐，丫鬟連忙推辭。

柳大夫人抬頭，笑吟吟道：「都別客氣，嚐嚐，真挺好吃的，回頭咱跟顧家姑娘買下方子，妳們嚐過了回頭才知道好歹。」

丫鬟這才不推辭，上前接了碗，直接站在那兒吃。

顧馨之也不勉強，只對柳大夫人笑道：「若是喜歡，待會兒我把做法寫給您就是了，怎麼還提買呢。」

柳大夫人嚥下最後一口仙草凍，頗為不捨的看了眼碗底，再答她。「這不行，妳方才說了，這是妳做的新鮮玩意兒。我呢，手裡有個嫁妝鋪子，賣點吃吃喝喝，妳這仙草凍新鮮又好吃，我是想放鋪子裡賣來著，白拿做法就不合適了。」

顧馨之想了想，點頭。「那行，您意思意思給點就行了，不是什麼難做的東西。」

柳大夫人笑呵呵。「好好。」她探頭看食匣。「我這可是要做買賣的，方才那碗我沒品仔細，再給我來一碗。」

「這凍性涼，萬一吃出問題……這幾條狗子可還沒養大呢。」

柳大夫人愣了下，噗哧笑了，指了指她。「妳這丫頭！」

顧馨之無辜。「山長大人好凶的。」

柳大夫人哈哈笑。「妳還怕他凶？我都多少年沒見他氣成那樣了。」

顧馨之慚愧了一秒。「老人家沒事吧？」年紀在那兒呢，可別氣出好歹了。

柳大夫人擺手。「沒事沒事，連他學生都懶得哄他，妳就別擔心了。」

顧馨之挑眉。那學生，說的是謝慎禮？

柳大夫人打量她一遍，問：「既然不讓吃仙草凍，可得空帶我逛逛？」

顧馨之本就閒著，要不然也不會去鼓搗仙草凍，聞言便點頭。「有的，不過這會兒有點曬，夫人介不介意戴個斗笠？」

柳大夫人笑呵呵。「不介意不介意。」她迫不及待站起來。「我來時就看到農人在伺弄田地，那便是插秧了吧？我還沒近距離看過，走走，去看看。」

顧馨之主隨客便，讓人送來斗笠，幾人戴上後，便出門了。

五月的天，陽光雖烈，卻有徐徐和風。遠處青山藍天相輝映，近處有長河如練、水田如鏡，天上白雲朵朵，地上白雲飄飄，端的是美景如畫。

一行人走在村民踏平的田邊草地，柳大夫人絲毫不管沾了塵泥草葉的裙襬，扶著斗笠四處張望，感慨道：「怪不得世人總寫田園詩，確實漂亮，讓我都想搬到莊子住了。」

顧馨之好笑。「住幾日還行，住久了就覺出不便了。」吃穿用度，想要點新鮮的都得去城裡買，不方便極了。

柳大夫人看她一眼，道：「回頭妳住膩歪了莊子，想買宅子，可以來找我，我經常幫著學生租宅子、買宅子，對這事還算熟悉。」

「那我就提前謝謝夫人了。」

柳大夫人笑咪咪點頭。「謝什麼，早晚都是一家人。」

還不等顧馨之說什麼，柳大夫人又主動轉開話題。「說起來，上一回讓老頭子氣得這般狠，還是十幾年前。」

這是要回憶過去？不開她玩笑就成。顧馨之隨口接了句。「當時是誰氣著山長了？」

柳大夫人笑著看她一眼。「就慎禮啊。妳猜，我們第一回見慎禮，是因為什麼？」

「因為求學？」畢竟柳山長教書教了一輩子。

柳大夫人搖頭。「不是，是因為打架。妳知道慎禮天生神力吧。」

顧馨之很是驚訝，遲疑點頭。

「當時他不過八歲多點，因為一點小事，跟書院裡十幾歲的學生打了起來。」柳大夫人憶及多年前的往事，忍不住莞爾。「他還把那些學生揍成了豬頭，雖然他也沒討著好。」

謝慎禮小時候就這般凶殘了嗎？顧馨之忍不住好奇。「然後就找家長了？」

柳大夫人微詫。「找家長？這說法倒是新鮮。確實沒錯，我家那老頭起初不知道他們是跟小孩打架，氣壞了，直接找上謝家，打算找謝家要個說法來著。」

顧馨之猜測。「然後跟謝老爺子吵起來了？」

柳大夫人搖頭。「哪能啊。老頭子那會兒雖不是山長，名聲也不小，謝老爺子自然是客客氣氣的。」

顧馨之不解。「那怎麼說把老爺子氣得不行呢？」

柳大夫人嘆了口氣，道：「這事吧，說大不大說小不小，大家和和氣氣、互相道個歉賠個禮，這事就算過去了。老頭子見對方是個小孩，更是內疚，禮都沒收，直說回去要教訓自家學生、還反過來跟謝老爺子道歉……誰知道，他前腳一走，後腳，謝老爺子就把慎禮打個半死。」

柳大夫人想到當年情景，面露不忍。「老頭子得知此事，找大夫趕過去的時候，聽說連肉都爛了，足足養了三個多月才能下地。才八歲大的孩子，怎麼就忍心下這樣的狠手呢？」

顧馨之驚呆了。「怎麼……不是說老來子，通常都比較寵愛的嗎？」

柳大夫人看看左右，除了兩人丫鬟，再無旁人。她想了想，道：「這些事，原不該由我來說。但妳若是從旁人口中聽說，恐會有誤差……」

顧馨之眼巴巴地看著她。

當年，謝老爺子不過四十餘，原配過世，兒子也都成親，再有幾房妾侍伺候，也過得舒舒坦坦的。奈何謝老爺子這人好色，他看上了一名小吏的女兒，年方十七，漂亮可人。

彼時，他正在刑部侍郎任上，他示意求娶，那小吏自然歡天喜地，三個月不到就把女兒嫁了過去。

但小姑娘實則心有所屬，且兩家也交換了庚帖。謝老爺子橫插一槓子，直接攪黃了兩家親事。小姑娘悲憤交加又反抗無能，嫁出去前，把自己給了那青梅竹馬。

這情況自然瞞不過謝老爺子，但他正新鮮，每日裡摁著哭哭啼啼的小姑娘顛鸞倒鳳，很是快活。殊不知，成親不到一個月，小姑娘就出狀況，找來大夫一查，竟是有孕三月有餘。

這還得了？謝老爺子大怒，硬摁著小姑娘灌下打胎藥——卻是一屍兩命。

本來，這事掩一掩也就過去了。但小姑娘那位青梅竹馬卻是個能人，不知怎的，搜羅了謝老爺子的一堆罪證，生挨了五十大板，拚死把他告了！還成了。

謝老爺子直接被罷黜，終生不得再入仕途。

這下可捅了馬蜂窩了，謝老爺子不光給那小吏、青梅竹馬家使絆子，回到家中還抓著小姑娘兩個陪嫁折磨洩憤。一個不堪其辱，很快就投湖，剩下一個，就是謝慎禮的娘，蘇氏。

她沒來得及死，是因為她懷孕了。

但她壓根兒不得寵，連個姨娘的名兒都沒有，孕中別說被照顧，隔三差五還要繼續被謝老爺子折磨。到了生孩子時，還是老爺子的幾個姨娘看不過去，幫著請大夫張羅的。

這般情況下，謝慎禮的出生，壓根兒不受重視，飢一頓飽一頓的長大。

若非謝家大爺、也即是謝慎禮大哥準備入仕，怕得個苛待庶弟的罪名，謝慎禮說不定連族譜都入不了，更別說讀書習字。

顧馨之聽得一愣一愣的，心裡卻怎麼也沒法把那可憐巴巴的小庶子，跟謝慎禮聯想到一起。想到端肅凜然、氣場強大的謝慎禮當年可能經常挨打、經常餓肚子、穿不上新衣裳……她心裡有幾分不得勁。

柳大夫人彷彿真的只是來逛一逛，說完謝家的豪門秘辛，隨意轉了一圈，便告辭離開。臨走，還不忘找她要了仙草凍方子。顧馨之不光抄了方子，還把家裡庫存的仙草全部送給柳大夫人。

送走柳大夫人，顧馨之坐在那兒發起了呆。

香芹過來問道：「姑娘，那些小狗怎麼辦？」

顧馨之回過神。「什麼小狗——哦，那個啊，交給張嬸養著唄，養幾條狗看家也不錯。」

香芹震驚。「到時真要放出來咬人啊？」

顧馨之沒好氣。「這小奶狗能咬動什麼？趕緊帶走。」

「喔。」

水菱忍笑，拉著香芹一起，抬起竹筐出去了。

顧馨之決定不想了，伸了個懶腰，準備去歇個遲來的午覺——

「姑娘！」香芹又大呼小叫的奔進來，氣喘吁吁，指了指外頭。「謝大人——喔不，謝先生又讓人送來一窩小狗。」

這年頭，京城流行送狗了嗎？

「還有一封信。」

這才是重點吧？顧馨之無奈，接過信。

沒有署名，但正兒八經封泥。顧馨之暗自翻了個白眼，嘶啦一聲扯開信。裡頭有兩張薄紙，疊得整整齊齊。

這廝如此多話嗎？顧馨之心中詫異，隨手翻開頭一張。

什麼搏而不浮，什麼洪圓微弦，什麼腑藏劍脈……看起來像是脈案，但她本就是半個文盲，又不懂醫，看得雲裡霧裡的。

這傢伙搞什麼鬼？顧馨之嘀咕著打開另一張。

顧姑娘，在下身體康健，不會誤妳餘生。落款單一個禮字。

字體蒼勁渾圓，內容精簡至極，彷彿啥也沒說。顧馨之一臉懵逼，又看了一次。

突然，她看懂了——

他身體康健與否，關她屁事！

第二十八章

謝慎禮很快收到回信。

「除了信，還送了什麼？」他捏著信，隨口問道。

這幾個月，每逢節點、時令，顧馨之總會往他這裡送東西，偶爾弄點什麼新鮮的，也會送過來。每逢回信，更是會搭上點時蔬瓜果。故而他有此一問。

青梧頓了頓，低下頭含糊道：「這回沒有。」

「這是生氣了？」謝慎禮彷彿自言自語，看了眼未封口的信箋，自嘲般搖了搖頭，取信展開。

已變得熟悉的字體依舊圓潤疏朗，這次，顧馨之給他回了滿滿四頁的內容，洋洋灑灑，宛如鴻篇巨制。謝慎禮勾了勾唇角，捏著紙張，慢慢看了起來。

字數雖多，內容其實沒多少，通篇看下來，重點有二。

一是指責他無所事事、遊手好閒、閒得放屁。二是謝他送的狗，還說他若是實在抱歉，可以借點人給她，她想要進山採點材料。

謝慎禮眸中閃過笑意。

前者便罷，這小姑娘看著潑辣，罵人卻極有分寸，除了有些粗俗，半點不帶髒字，更不會有歹毒之語，讀來只讓人會心一笑。至於後者……當初，她嫌人情麻煩，想要薑莨都不願意煩勞他，如今卻能直接開口要人要東西。

是好事。以她的性子，定會拐著彎回禮，但這般坦坦蕩蕩的態度，著實喜人。

謝慎禮又倒回去從頭翻閱。方才看的是內容，現在是細細品味其字形墨意、遣辭用句，甚或書者的情態神韻……

他從未與人這般閒聊通信。

顧馨之在府裡養病時，兩人也有過鴻雁傳書……那會兒他便得出了幾分樂趣。等她回了莊，兩人的書信也不曾斷過，次數不多，卻也斷斷續續的聯繫著。

帶繭的指腹摸了摸紙上墨字，彷彿隔著紙張，觸碰到那眉眼彎彎的可愛姑娘……

「唠噠」輕響，謝慎禮回神，看見給他換茶的青梧躬了躬身，安靜的退到一邊。

謝慎再次低頭看信。

顧馨之寫信，喜歡用直白口語。言辭簡單，流暢自然，還會引用成語、諺語，且從不錯用，偶爾會冒出陌生典故，但聯繫上下文也能讀通，不像憑空而來，但他確實從未見過。查過幾回，也遍尋不著。

是筆誤嗎？

不像。

慢條斯理將信件疊好，放入一精緻的木匣裡，他暗忖著，是不是得查一下這小姑娘平日裡都看些什麼書？

她怕是會生氣。

憶起顧馨之生氣時那灼人的情態，謝慎禮覺得嗓子略有些乾，喉結忍不住滑了下。

片刻後，他還是抬頭，吩咐青梧。「找個不顯眼的，去東府那邊問問，姑娘在的時候，都看些什麼書。」

他口中的姑娘，身邊伺候的都知道是誰。

青梧道：「是。」

顧馨之送了罵人的信出去，接連兩天都沒收到回信，她也不放在心上。

他倆的通信狀況經常如此，不是她忙起來忘了，隔了幾天才回，就是謝慎禮有事，拖上數日才回。個把時辰來回的路程，生生被兩人聊成了郵政通信。

倒是那柳大夫人轉天就讓人送來了二百兩白銀，說是家裡掌櫃看好這仙草凍的買賣，要買斷配方。

一個仙草凍配方，哪至於二百兩。

顧馨之心知，這是柳大夫人知道她手裡缺錢，拐著彎給她送賠禮。

又過了一天，定期去鋪子收帳的李大錢回來，告訴她，前一天柳山長夫人帶了好些貴婦人，幾乎把鋪子裡的上等布料搬空。但新布料還得等幾天才到，他受李嬸幾人所託，趕緊來求助。

看來柳大夫人覺得那二百兩的分量不夠，又給她帶了生意啊。她就喜歡這樣的富婆！顧馨之暗忖。

看在柳大夫人的分上，下回柳山長再來，她就不放狗了。

索性她現在不差什麼錢，她就吩咐，把缺貨的料子撤下去，緩幾天再上，這幾日多鋪點新染織的毛巾撐著。

李大錢領命而去。

顧馨之則急急跑去找許氏，讓她加緊備貨，同時，將這兩日閒著想出來的新品扔給她，讓她帶著織女想辦法鼓搗。

許氏如何頭疼不說，顧馨之分配完工作，又是一身輕鬆，還突發奇想，打算在河邊泥地挖個洞，搭個簡陋小窯，窯雞煨紅薯。

說做就做。

莊子裡的人大都下地幹活去了，連那半大的孩子都在田埂上忙活，她也不好意思搞得太大陣仗，索性自己帶著水菱、香芹，在半乾不濕的河道邊哼哧哼哧的挖坑。

最後挖出個一尺深的洞，在周圍架上石頭。

廚房幫忙料理的雞已經醃製好，用寬大葉子包好。顧馨之在外頭裹上一層河泥，扔進坑裡，添柴點火。等柴火燒得差不多，再抓河泥堵住石頭縫。

這又是挖坑、又是裹雞，最後還要抓泥填坑。一連串下來，一主二僕都渾身髒兮兮的。兩名丫鬟不說，都快習慣了，顧馨之更是無所謂。她在莊子向來不穿好衣裳，經常穿著半舊的棉布裙到處亂晃，髒了也不心疼。

故而，當謝慎禮尋過來時，只看到三隻泥猴。

謝慎禮嘴角抽了抽。

毫無所覺的顧馨之仍蹲在那兒，隔著泥巴試溫度，嘴裡叨叨。「裡頭熟了沒啊？要燜多久？要不我們敲一個口子看看？算了算了，萬一不熟更糟，唉妳扯我幹麼？妳手都是泥——呃。」

她拍拍雙手，淡定起身，看向河堤上的高大男人，問：「謝大人怎麼突然有空過來？」

謝慎禮打量她一遍，不答反問。「妳這是童心未泯？」順勢朝後頭行禮的水菱、香芹擺了擺手。

「我在窯雞。」

謝慎禮挑眉。「妳會？」

顧馨之輕咳。「能吃就行了，我們享受的是過程，結果不重要。」

謝慎禮懂了。「那就是不會。」

顧馨之死魚眼看他。「謝大人是特地過來調侃我的嗎？」

「不是妳找我過來的嗎？」

「我哪有？」

謝慎禮複述了幾句信件內容，顧馨之立刻否認。「我那是借人——借壯丁！借武夫！借能打能抗能進山的！」

謝慎禮語氣謙遜。「在下自認力氣武功都還行。」

好像也是。再看這傢伙，果真換了身裝束，不是平日寬袍大袖的書生裝，而是窄袖短衫的俐落打扮。

「你能過來了？你不是要避嫌的嗎？」

謝慎禮頷首。「放心，應該沒人看到在下出城。其餘雜事也處理完畢，這兩日應當不會有人找，也不會有人發現我不在府裡。」

「重點是這個嗎？」

謝慎禮目光卻突然移開，落在地上那冒著幾縷煙氣的小土包，道：「在下彷彿聞到些許焦味——」

「啊！我的雞！」顧馨之飛撲過去，拿木棍手忙腳亂去戳土包。

一隻大手從旁伸過來，拿過她手裡木棍，順勢將她揮開。「我來吧。」

顧馨之跳著腳。「快點快點！」

謝慎禮莞爾，半跪下來，手裡棍子幾下就劃開土包，露出裂了幾絲縫隙的泥包雞。他順勢一棍子敲上去，薄薄泥塊應聲四裂，香味撲面而來。焦掉的只是背部一小塊，無傷大雅。

顧馨之激動。「好香啊——走走走，去洗手！」

片刻後，洗了手的幾人再次回來。

雞肉還燙著，顧馨之下了兩回手都被燙得「嘶哈嘶哈」的，只能將分雞的活兒交給謝慎禮，還不忘指揮。「我要雞翅膀！這個雞腿給你——水菱、香芹要腿還是翅膀？」

兩丫鬟連忙推拒。

顧馨之看了眼謝慎禮，不勉強。「行吧，下回再給妳們烤。」接著扭頭給了青梧一隻雞腿。「跟著這種主子，辛苦了。」

青梧受寵若驚，接也不是，不接又不是，趕緊去看謝慎禮。

顧馨之催他。「快快，燙死我了！」

青梧迅速接過去，然後緊張兮兮的看向自家主子。

謝慎禮好笑不已。「吃吧，顧姑娘的好意。」

青梧這才鬆口氣。「多謝姑娘惦記。」

顧馨之擺擺手，看向那隻已被大卸八塊的雞，想了想，道：「水菱、香芹不吃的話，那兩隻雞翅膀歸我，剩下的給你。」她為了吃窯雞，午飯沒吃多少呢。她猶豫了下，忍痛道：「你要是想吃雞翅膀，我也可以分你一隻的！」

謝慎禮看她那心疼模樣，哭笑不得。掃了眼絕對超過五斤的雞架子，他委婉提醒。「如今彷彿剛過午。」午飯還沒消化完畢呢。

顧馨之沒好氣。「什麼剛過午，你從京城到這裡都得半個時辰，哄誰呢？大老爺們的，別說自己不行，趕緊吃！」

顧馨之沒聽到回答，對上謝慎禮詭異的視線，才發覺說錯話了，趕緊乾笑。「我就這麼一說，你能吃多少就吃多少。」

謝慎禮果真沒再計較，溫聲應下。「好吧，我儘量。」

顧馨之頓時眉開眼笑，謝慎禮將雞翅膀遞給她，顧馨之接過來，道了聲謝，剛要咬，就見他坐在河堤上，一手搭在膝上，另一手抓著雞腿，慢條斯理的吃起來。

明明很瀟脫的動作，配上他端肅的神情姿態，彷彿手裡不是雞腿，是潑墨狼毫。

顧馨之頓時嘴癢。「要是知道你要過來，我就不窯雞了。」頓了頓，她壓低聲音，忍笑道：「我會烤腰子，這個適合你啊。」

看到謝慎禮僵住的臉，顧馨之直接笑出鵝叫。

特地坐遠了些的青梧三人雖有不解，卻沒敢上前打擾。

謝慎禮的視線落到一臂外的顧馨之身上，她依舊捂著肚子狂笑。他非常有禮貌的問：「顧姑娘想要試試嗎？」

試什麼——

顧馨之差點被嗆死。她不敢置信的瞪著謝慎禮。「你在跟我開黃腔？」堂堂太傅？開黃腔？

謝慎禮語氣平淡。「我以為，顧姑娘方才是在拐著彎邀請我。」

顧馨之對上男人黑不見底的深眸，心虛的縮了縮脖子，嘟囔了句。「你倒是敢。」

謝慎禮不語。

顧馨之見狀，頓時反應過來——對啊，就謝慎禮這性格，他哪裡會動手？再說，就算動手……就謝慎禮這模樣、這身材……她也賺了！她頓時又硬氣起來，朝他做了個鬼臉。「吃你的吧，吃完給我幹活去！」

顧馨之忍不住又笑，逗正經人就是好玩。帶著這般愉快的心情，她高高興興地啃完兩隻大雞翅膀。

謝慎禮也慢條斯理的吃。

當然，這麼大的雞幾人確實吃不完，最後還是分了幾塊骨架跟胸肉給水菱、香芹並青梧三人，才把這隻雞吃光。

顧馨之舔了舔帶著香汁的手指，意猶未盡的道：「真好吃，過幾天再窯一次，讓娘也試試。」

謝慎禮的視線緩緩滑過那沾著濕意的蔥白手指，眸色轉深。

顧馨之毫無所覺，突然想起一件事。她盯著挖了個坑的窯洞說：「我……好像還煨了紅薯。你說，這些紅薯還活著嗎？」

謝慎禮道：「看看。」

顧馨之眨巴眼睛看他，謝慎禮認命，撿起木棍，開始掏挖。

青梧想要上前幫忙，被他揮退。

顧馨之也道：「不用不用，玩的就是自己挖的樂趣。」甚至還指揮他。「挖這邊，我記得我都埋這兒了。」

謝慎禮好脾氣，按照她的指示往下挖，滾出幾塊硬邦邦的東西。他戳開一塊。「嗯，焦了。」

兩人對視一眼，顧馨之尷尬。「意外，意外。下回不會了。」

謝慎禮這才丟了棍子，兩人去河邊洗了手，再次坐回河道邊。

顧馨之問他。「你真是特地過來幫忙的？這會兒上山不合適啊。」

「無妨，順便給妳帶了點東西。」

「嗯？」顧馨之疑惑。

「薯莨。」

顧馨之聞言驚喜，一下跳起來，提裙就要跑。

謝慎禮伸臂攔住她，問：「去哪兒？」

顧馨之著急。「去看看薯莨啊。」

「跑不了。」謝慎禮示意她坐下。「先說會兒話。」

「好吧。」顧馨之不捨的看了一眼莊子方向，勉為其難再次落坐，噼哩啪啦提問題。

「你讓貨行的人去南邊採買的？來回一趟花了多長時間？這些薯莨花了多少錢？」

「在藥鋪得知妳要薯莨後，就讓人去採買了……路途遙遠，現在才回來。」

這麼早？顧馨之大為感動。「大衍好叔叔啊！」遲疑了下，她問：「很貴吧？我能分期付款嗎？」

謝慎禮聽音知意，道：「這算是賠禮吧，畢竟給妳添了不少麻煩。」

顧馨之皺眉。「不好吧，麻煩是有，但我也賺了很多。」

「就這樣吧。」謝慎禮搖頭，轉開話題。「說說妳要的材料在何處，我帶人去看。」

顧馨之看了他一眼，也不跟他爭論，伸手指向北邊山林，道：「在那邊，是要現在去採嗎？那我回去換身衣服。」

「今天太晚了，我先去看看，沒有問題，明日一早出發……妳不用去，告訴我要採什麼就行了。」

顧馨之遲疑。

「乖。」謝慎禮語氣溫和。「妳去了也幫不上忙。」

顧馨之瞪他。不說後面那句會死嗎？

謝慎禮毫無所覺，甚至道：「我帶了些人過來，待會兒要煩勞妳幫忙安排晚膳。」

顧馨之理解，畢竟要上山嘛。她問：「多少人？」

「不多，算上我，十六人。」

顧馨之有些猶豫。「吃的話沒問題，住處……」她這小莊子可住不下這麼多人。

謝慎禮卻道：「天氣暖和，隨便找個地兒歇一晚就是了。」

顧馨之為難。「這樣不好吧，他們畢竟是來幫忙的……」

「妳若是不介意，我們可以去妳莊子裡擠一擠……下月有個好日子，我會盡快準備好聘禮。」

顧馨之果斷改口。「哎呀，天氣這麼好，睡一晚也沒事，我會讓人給你們準備驅蚊的東西的。走走，帶你去踩地盤。」

謝慎禮莞爾，也不逼她。「好。」

離開河道，幾人沿著田埂往村北方向前進。田裡幹活的農人們相繼朝她打招呼，好奇的視線不停往謝慎禮身上飄。

謝慎禮宛若未見，即便身著俐落裝束，仍不改那攏手於腹前的老幹部姿態。

顧馨之看了他幾眼，問：「你這是被罷官，死豬不怕開水燙了？」

「何以見得？」

顧馨之下巴努了努，示意他看田裡偷偷摸摸打量的農人。「你自己看啊。」

謝慎禮掃了一眼，懂了。他道：「無妨，現在只差妳點頭罷了。」

「瞎說什麼，你忘了你先生嗎？」

謝慎禮輕咳一聲。「先生其實挺喜歡妳的。」

顧馨之無語。「你管那叫喜歡？」

謝慎禮有些尷尬。「若是不喜歡，是不會來看妳的。」

顧馨之翻了個白眼。「那沒事了，現在人被我氣跑了。」

謝慎禮笑道：「無妨，他還會再來的。」

她一點也不高興好嗎？顧馨之冷哼。「都是你招來的事，上回謝大夫人還來我鋪子鬧事呢。」

謝慎禮面露難色。「這個暫時還不能動他們，妳多擔待。」

顧馨之挑眉。「我若是不想擔待呢？你那一大家子什麼德行你比我清楚，我好不容易才脫身出來，你又要我跳進去，忒不是人了吧？」

顧馨之越想越覺得不靠譜。「要不還是算了吧。」

謝慎禮皺眉。「我以為我們談妥了。」

顧馨之震驚。「誰跟你談妥了？」

謝慎禮停步，盯著她。「妳想反悔？」

顧馨之眨眨眼。「我壓根兒沒答應過，何來反悔？」

謝慎禮擰眉，回憶了一番，發現確實如此，登時臉色不太好看。

顧馨之猶自繼續。「不說謝家那一大家子，就我倆這關係，成親的名聲就好不了，何必呢？萬一將來你反悔了，我還得再和離一次，多麻煩。」

謝慎禮臉黑了。「不會。」

顧馨之白了他一眼。「你說不會就不會啦？」

謝慎禮語塞。

顧馨之瞅了兩眼他那黑著的俊臉，在他穿著俐落短衫的高大身材上流連片刻，有點不捨得。她回頭看了下，青梧幾人不遠不近的跟著，聲音低點的話，他們應該聽不見。

她想了想，湊過去，壓低聲音道：「要不，咱們別成親吧。」

謝慎禮垂眸看她，神色微冷，是極明顯的不悅了。

顧馨之壓根兒就不怕他，對他的冷臉毫無反應，甚至還更湊近幾分，幾乎要靠到他懷裡。

她建議道：「反正咱倆也不是什麼童男童女了，既然你饞我我饞你，咱……來個暗度陳倉？」

「什麼暗度——咳咳咳咳咳咳！」原還冷著臉的謝慎禮彷彿被嗆住，咳得驚天動地。

顧馨之心虛不已，趕緊上手給他拍胸，一邊拍還一邊吐槽。「哎呀你好歹也是上過戰場當過太傅的人，怎麼這麼不經嚇啊。」拍了兩下，發現某人胸肌好結實，偷偷按了按。

謝慎禮剛緩過些許，就被那放肆的手驚得再次咳了起來，咳得臉紅脖子粗，還不忘伸手握住顧馨之的手，狼狽不堪道：「妳、咳咳，妳幹、咳咳咳咳什麼？」

顧馨之戀戀不捨的瞅了眼他的胸膛，理直氣壯道：「我這不是給你順氣嘛。」

謝慎禮一臉震驚，手卻沒鬆。

被捏得疼了，顧馨之動了動手。「喂喂，疼啊。」

謝慎禮觸電般放開她，如此猶覺不足，又急急退後幾步，震驚的看著她。「妳、妳怎能這般、這般胡說八道?!」

顧馨之眨眨眼。「我哪有？我很正經跟你提議啊，這樣多好，又不用擔心名譽——」

「休要胡說！」謝慎禮漲紅著臉，視線躲躲閃閃，就是不敢看她。「我、我想起還有事——我去安排棨營妳待會兒找人過來給我們指指路我明天一早就出發——青梧走了。」

一長串話不帶停頓，話未說完，他已逃也似的轉身離開。

下一瞬，顧馨之爆出驚天大笑，將將走出數步的謝慎禮一個踉蹌，差點摔倒。

謝慎禮走得更快了。

緊跟在後的青梧莫名其妙，聽見動靜，不停回頭看顧馨之，又去看自家主子，卻半點端倪都看不出來。

第二十九章

顧馨之心情愉悅的回到住處，也不急著梳洗更衣，找來徐叔，讓他幫忙準備謝慎禮那幫人的食宿——總不能真把人扔到野地裡睡一夜吧。

徐叔唬了一跳，趕緊出去張羅。吃的莊子盡有，住的，他打算找村人借幾間屋子。

顧馨之由得他去鼓搗，她轉頭去翻庫房。為了這次上山，她提前準備好了驅蟲蛇用的雄黃粉、止血的藥粉和煮過的布巾，全部打包送過去給謝慎禮。

結果，除了雄黃粉，其餘都讓徐叔帶回來了。

顧馨之聽說謝慎禮不要藥和布巾，皺了皺眉，沒說什麼，只讓人將東西擺在顯眼處，以防萬一。

倒是徐叔有些擔心。「老奴去村裡問了幾戶相熟的人家，勻出了幾間屋子，但謝大人卻不去，只在村北那片草坡地歇著。這可怎麼辦？」

顧馨之無所謂。「這種天氣也凍不死人，他們不住就不住唄。」謝慎禮這人極有主意，他不願意，自有他的道理。「別擔心，吃的喝的送過去就行了，水記得燒開了晾涼，別讓他們喝生水。」

自從她穿過來，家裡上下全都改喝涼白開水。剛開始下人們也頗有怨言，顧馨之堅持，他們也不敢違逆，如今倒是習以為常了。

故而，徐叔半點也不詫異，只是點頭。「奴才曉得了。」

顧馨之便丟開不管，轉去翻謝慎禮讓人帶回來的幾車薯莨。

許氏比她早知道一會兒，這會兒已經興奮的準備煮莨水。

顧馨之哭笑不得，趕緊制止，讓許氏先去忙活新品。她還得過一遍，看看數量、品質，回頭好給人回相應的禮……約莫是對等不了了，這些薯莨有錢都買不著，她怕是回不起了。

唔，可以肉償！想到那摸過一把的結實肌肉，顧馨之暗樂，到時也不知是誰賺了呢。

帶著愉悅的心情，她開始幹活。晚飯自不必說，確認謝慎禮那邊有吃的喝的，她就打著哈欠去洗漱睡覺。來這裡久了，沒有夜生活，都習慣早睡了。

一夜無夢。等她醒來，謝慎禮等人早已出發。

聽說連徐叔備好的早飯都沒來得及送過去，顧馨之咋舌。這是天不亮就出發了嗎？

她也沒多想。

昨日送過來的薯莨品質不錯，她準備今天就開始煮莨水，製作第二批香雲紗。這一忙，又是忙到午間。被許氏催了好幾遍，她才停下來。

淨了手坐到飯桌上，她剛要拿筷子，想起某人，忙問道：「謝大人那邊還沒回來嗎？」

許氏詫異。「走了啊，不是跟妳說了嗎？材料都收進倉庫了。」

顧馨之忙著盯薯莨水，竟完全沒印象。她震驚。「什麼時候走的？連午飯都沒吃嗎？」

「沒吃，謝大人說有急事趕回京裡，把東西送過來就走了。」

不可能，謝慎禮昨天才說這兩日不會有人找他……難不成，昨天把人嚇著了？

嘖，男歡女愛多正常啊……古代老幹部就是麻煩。

晨起，謝慎禮裹著一身沁涼水氣走出浴間，臉色沈肅如冰。

青梧頭都不敢抬，迅速給他遞上外衫、腰帶，低聲稟報。「主子，老先生過來了。」

「可是有何急事？」謝慎禮微微皺眉，加快動作穿戴。

「看著不像有急事。」青梧答道：「他也沒說什麼事，蒼梧正陪著他。」

謝慎禮微微頷首，穿好衣衫，掀袍落坐。

青梧迅速上前，輕手輕腳給他束髮、戴髮冠。好了後，謝慎禮起身，整了整袖口衣襬，快步往外，青梧連忙跟上，臨走還不忘招呼門口的僕人進屋收拾。

一路疾走，甫踏入院子，柳山長中氣十足的聲音就甩了過來。

「你這些年臭毛病是越來越多了，哪有大清早沐浴的。」

謝慎禮腳步一頓，冷冷掃向堂中的蒼梧。

蒼梧哭喪著臉。「主子恕罪，實在是老爺子非要問個明白……」

柳山長輕咳一聲。「我看他臉色不對，以為你出事來著。」

謝慎禮踏進廳裡，拱了拱手。「先生一大早過來，可是有何要事？」

柳山長瞪他。「沒事就不能找你嗎？你現在什麼差事都沒有，怎麼還不能找你？」

「學生並非此意。」

柳山長神色稍緩，聲音也軟下來。「這都多少天了，你還悶在家裡做甚？若是無事，就來書院幫我，你那身本事，去哪兒都虧不了。」

這是擔心他了。謝慎禮心中熨貼，掀袍落坐在他下首處，溫聲道：「先生放心，學生一切安好。前些年一直忙碌，手裡的鋪子幾乎都沒管過，剛好趁這段時日捋一捋。」

柳山長仔細打量他，確認他神情不似作偽，稍稍放心些，道：「你心裡有數就行……得空去看看你師娘，她天天念叨著你呢。」

謝慎禮頷首。「會的。」

柳山長沒好氣。「應得這般快，你倒是說說，這兩年你過來幾趟了。」

「上月才過去了一趟，只是您在書院。」柳山長被柳大夫人攆去書院住了半個月了。

柳山長惱羞成怒。「還不是怪你，這麼多好姑娘不選，選一個和離婦！以你的才學和武功，公主都娶得，也不知道你什麼眼光。」

謝慎禮面對這位照顧自己多年的恩師，頗為頭疼。「先生，這問題我們已討論過了。」

「那是我不知這丫頭如此潑辣！你如今已被她拖累丟官——」

謝慎禮正色。「先生，是學生傾慕她在先，怎能怪她拖累我？」他垂下眼眸，擺出一副沮喪模樣。「因為學生的魯莽，她已受了許多麻煩，對我百般嫌棄……」

麻煩之一的柳山長心虛。「咳，她那性子，怕什麼麻煩。」

謝慎禮佯裝苦惱。「先生，您與師母多年伉儷情深，肯定知道如何討好小姑娘吧，您教教學生。」

柳山長臉都黑了，板起臉。「不知道、不知道！男兒當以事業為重，一個小姑娘家給你臉色，你就這般作態，像什麼樣子?!滿京城的好姑娘你不挑，非挑個如此麻煩的。」

「學生正是喜歡她這點。」

柳山長滿臉嫌棄。「怪道你二十八了還沒個媳婦，什麼眼光。」

謝慎禮垂眸不語。

柳山長皺眉。「行了行了，我就這麼一說。反正是你娶媳婦，又不是我娶。」

謝慎禮暗鬆了口氣。「多謝先生體恤。」

柳山長又忍不住嫌棄。「這顧家姑娘如此潑辣，往後你的日子難過了，可不要找為師的訴苦。」

謝慎禮頷首。「不會的。她講道理。」

柳山長沒好氣。「你師娘難道不講道理嗎？還不是——咳咳，婦道人家，哪個會跟你講道理的！」

謝慎禮想像了下顧馨之不講道理的模樣……亦是可愛的。他神情柔和，道：「無妨。」

在柳山長的叨叨下用了早飯，再讓人送他回書院，謝慎禮獨自坐在那兒沈思。

半晌，他有了決斷。

小姑娘都打算不計名分要與他私通了，他身為男人，豈能毫無擔當？於是，各種各樣的禮品如流水般送到京郊顧家莊子。

剛開始，忙著鼓搗香雲紗的顧馨之收到一匣子珠釵。她想，老幹部這是覺得突然跑了不好意思，給她賠禮來了？

過幾天，收到一箱子書冊。她想，這是讓她多讀書，學習聖賢，不要再說些亂七八糟的話吧？又過幾天，一匣子玉飾。她詫異，還送？

接著，是各色狼毫、湖筆，然後是各色墨硯。再然後……

顧馨之再傻也覺出不妥了。

再想，這些禮，都是由謝慎禮那辨識度極高的近身侍從蒼梧，駕著掛有謝家西府牌子的馬車送過來的，就是壓根兒沒避著人的意思。

什麼情況？謝慎禮想幹麼？

再一天又收到幾盒糕點時，顧馨之坐不住了。仔細安排好活計，她換了身得體衣裳，直奔京城謝家。

遞了帖子，略等了片刻，便看到許管事匆匆跑出來。

「哎喲，顧姑娘大駕光臨，怎麼還如此見外遞帖子呢？趕緊進來！」說完他扭頭訓斥那門房。「顧姑娘都不認識了嗎？下回直接迎進去！」

顧馨之也不管他那作態，只問：「許管家，謝先生可在？」

許管事忙賠笑。「主子正有客呢，奴才已經讓人去稟了……這日頭曬著呢，姑娘先進裡屋歇著，喝口茶。」

本來主家有客，她留在這裡不太合適。但想到京城來回一趟就得個把時辰，現在又曬又熱……顧馨之猶豫片刻，點頭。「行，我進去等等吧。」

許管事大鬆口氣。

這回不比上回養病，許管事沒把她帶進內院，只是引著她來到一處小花廳。花廳一側立著株高大榕樹，樹蔭如蓋，將小花廳籠在其中，加上四面開敞的格局，花廳裡陰涼宜人。一路過來熱出一身汗的顧馨之頓覺舒服多了。

許管事吩咐丫鬟們去取茶水點心過來後，朝她拱手。「姑娘稍坐片刻，主子與客人正在書房議事，待他出來，定會馬上過來見您的。」

「不著急。」顧馨之點頭，她巡視一圈，道：「也不知你們主子何時才過來，煩勞許管事給我拿本書解悶吧。」

上回養病就看過許多，想必許管事這次也不會拒絕。

許管事果真「誒」了聲。「奴才這便去取來，勞姑娘稍等片刻。」

顧馨之自無不可。片刻後，茶水點心到位，書冊也被送了過來。

顧馨之吹著涼風，一手托腮，一手翻書，翻書的手還時不時伸去碟子裡，撚一塊糕點進嘴，悠哉舒服得宛如在自己家中。

「妳看書的時候怎麼能吃東西？」帶著稚氣的童聲陡然響起，語氣既好奇又彷彿有些不滿。

顧馨之側過臉，對上一眼睛圓溜溜的小胖墩，身後只跟著一名十來歲的書僮。

小胖墩約莫六、七歲，一身寶相團窠紋錦衣裹得他圓滾滾的，頭上兩個小髮髻，腰間掛著玉魚珮，白淨可愛，又虎頭虎腦。

顧馨之雙眼一亮。「哎喲，你是哪家的小孩啊？快過來，我這裡有好吃的點心喲！」

小孩打量她兩眼，彷彿在看她是不是壞人，然後才慢騰騰走進來，老氣橫秋對她道：「無功不受祿，我不要！」

顧馨之頓時被萌得心顫。

小孩卻看向她撚糕點的手，問道：「妳怎麼能邊吃邊看書？妳先生不會罵妳嗎？」

顧馨之回神，詫異道：「為什麼看書不能吃東西？」

小孩搖頭晃腦。「家金不足貴，藏書過百萬。書冊如此貴重，翻閱書籍時都得沐浴淨手，認真以待，怎能邊看邊吃？萬一被食物所污怎麼辦？」

「道理是這樣沒錯，但書冊只是書冊，又不是貢品，我看書是為了打發時間，吃東西也是為了滿足口腹之欲，兩者都是給我滿足，為何不能同時進行，享受雙份的快樂？書要是弄髒了……再抄一份！」

小孩皺眉。「這不合規矩！」

小孩老氣橫秋的模樣實在太可愛，顧馨之忍不住上手，掐了把小孩肉嘟嘟的臉頰，好笑不已道：「你一小孩子，哪來這麼多規矩？是謝慎禮教出來的嗎？難不成你是他兒子？」

小孩震驚。

剛踏入花廳的謝慎禮也震驚。

顧馨之猶不自覺，又伸手去捏小孩臉頰，笑咪咪道：「他整天板著個棺材臉，一點都不好玩，你要不要跟姊姊去莊子上玩啊？」

小孩方才沒反應過來，這會兒又被掐，登時惱了，一把揮開她，怒道：「放肆——」

「顧姑娘，」謝慎禮走了過來，神色嚴肅。「這等玩笑之語，還望日後不要再提。」

小孩看到他，連忙放下手，恭敬行禮。「先生。」

小大人模樣萌得顧馨之蠢蠢欲動，她剛伸手呢，小孩噔噔噔連退幾步，躲到謝慎禮身後。顧馨之失望，這才轉向謝慎禮。「你剛才說什麼來著？」

謝慎禮耐著性子重複了一遍。

顧馨之「哦」了聲。「這裡是你家啊，我在你家開個玩笑都要戰戰兢兢的話，那我往後不來了。」然後暗示般朝他眨眨眼。「我那裡隨便說話，可以去我那兒呀。」

去她那兒做甚——

「咳咳咳咳——」謝慎禮又咳起來了。

顧馨之樂得哈哈大笑。

謝慎禮揮開試圖上前的蒼梧，緩了緩氣，板起臉斥道：「不可胡說八道。」

顧馨之歪頭看他。「我說什麼了？」

小孩疑惑的看過來看過去，陡然發現不對，瞪向顧馨之。「先生過來，妳竟不起身行禮！妳、妳還指責先生！妳怎可如此無禮？」

顧馨之扭頭看他，笑問：「我為什麼要行禮啊？」

小孩站出來，老氣橫秋道：「先生是先生啊！自然要行禮！妳是客人，更要行禮。」

顧馨之想了下，點頭。「你說得對，這點我沒做好。」她坦然起立，福身行禮。「方才沒有行禮，望先生海涵。」

謝慎禮還沒說話，小孩卻很驚奇的看著她。「妳不生氣的嗎？」

顧馨之也很詫異。「我為何要生氣？」

小孩畢竟年紀小，想不出如何描述，一時語塞。

謝慎禮看著她，緩緩道：「他覺得妳……從諫如流、聞過不怒，很好。」頓了頓，突然壓低聲音。「我亦有同感。」

他的聲線本就低，這麼一壓，更顯溫軟性感。

這是在放電嗎？顧馨之愣了一會兒才回神。她看了眼懵懂不知的小孩，再掃過幾步外侍立的書僮和蒼梧，前者只要稍微擋擋就看不見，後者基本都能被男人高大的身影遮住。

想到便做，她當即蓮步輕移，飛快湊到男人跟前。

謝慎禮微愣。「怎麼——」

顧馨之雙指併攏，點了點自己唇，抬手，在他頰側一印。搞完事，顧馨之飛快退回去，眉眼彎彎的看著他。「表揚不能只是口頭說說啊，這就算是先生給的獎勵吧。」

謝慎禮望著面前巧笑倩兮的姑娘，喉結滑了滑，沈聲道：「大庭廣眾之下——」

顧馨之歪頭。「你想進屋裡？」

謝慎禮深吸了口氣。「顧——」

小孩不解。「先生，你們在說什麼呀？」

顧馨之「哎呀」一聲，裝模作樣捂住他耳朵。「小孩家家的，非禮勿聽喔。」

小孩掙開她的手，氣憤道：「男女授受不親！妳不要隨意碰我！」

顧馨之頓時被逗笑。「你才多大啊，就知道男女授受不親？」

小孩挺了挺胸。「我六歲半了！」

顧馨之拍手。「哇，六歲半了，是個大孩子了。」

小孩這才高興了。

顧馨之忍不住笑，問謝慎禮。「哪來的小孩，這麼可愛。」

這般打岔，謝慎禮已冷靜了許多。他道：「是友人之子，他見我無官無職、賦閒在家，託我教導一番。」

顧馨之也沒多想，點頭。「確實啊，你堂堂探花郎，當個教書先生也挺合適。」她想了想。「要不乾脆開個蒙館啊？」

謝慎禮搖頭。「我對教書育人並無太大興趣。再者，若是要教，琢玉書院更為合適。」

也是。顧馨之瞅了小孩兩眼，道：「那就幫朋友帶幾天孩子唄……」她越看越喜歡，忍不住又去伸手去捏。「小朋友，要不要跟姊姊去莊子玩兩天啊？我那莊子可以釣魚、可以挖泥鰍，還能上樹摘果子喔。」

小孩彷彿有些憧憬，偷覷了眼謝慎禮，又板直身體。「我不去，我肩負重任，要好好跟著先生學習。」

顧馨之繼續哄他。「哎喲，你這年紀，學的不外乎是三字經、千字文，不如跟我學，我那裡又能讀書習字、又能玩，一舉兩得，多好啊。」

小孩畢竟年紀小，又忍不住偷偷去瞄謝慎禮。

謝慎禮無奈，問顧馨之。「妳這段時日不是忙嗎？有空帶他讀書習字？」

顧馨之想到那堆薯莨和綢坯，悻悻道：「好吧，等我忙完這個月……」她挪過去，再次伸手揉捏。「小朋友等我一個月喔，我忙完來接你。」

小孩掙扎。「我——我才不要！一個月——我都要回家了！」

可惜怪阿姨力氣頗大，壓根兒不讓他掙脫。謝慎禮瞟了眼想要上前制止的書僮，書僮縮了縮脖子，退了回去。

顧馨之毫無所覺，只是又揉了兩把，才道：「好吧。」想了想，又道：「你跟著謝先生一個月，肯定會悶死，哪天無聊了來找我啊！」

小孩鼓起嘴巴。「肯定不會！」

顧馨之又蠢蠢欲動了，小孩機警，一溜煙跑到謝慎禮身後，警惕的看著她。

見顧馨之一臉惋惜，謝慎禮想起上回在金華寺，她彷彿也是在拐小孩……

他狀似隨意，避開話題，反問她。「妳喜歡小孩？」

顧馨之隨口道：「誰不喜歡啊？」

謝慎禮點頭。「我知道了。」

顧馨之莫名其妙，看了眼他那無甚表情的臉，轉向小孩。「小朋友，你叫什麼名字？」

小孩似乎有些無措，轉而看向謝慎禮。

謝慎禮道：「叫他阿煜吧。」

後邊的書僮張了張口，還是沒敢吱聲。

「阿玉？是小名嗎？」

小孩不滿。「是『日以煜乎晝』的煜。」

謝慎禮輕咳一聲。「好了。阿煜先去住處看看，有什麼不就手的，讓遠山給你換了。」

許管事正候在花廳外邊。

這便是讓他暫且退避了，阿煜意會，立馬站直拱手。「是，那學生暫且告辭。」

謝慎禮頷首。「去吧。」

阿煜想了想，又朝顧馨之拱了拱手。見她雙眼放光，立馬撒腿往外跑，跑了兩步才又停下，端端正正往外退，就是腳步略快了點，唬得那書僮急急追上去。

待小孩一行走遠了，顧馨之才戀戀不捨收回視線。

謝慎禮已然在對面落坐，見狀主動提起話題。「顧姑娘今日過來，所為何事？」

「這話該我問你啊。」顧馨之回到座位上。「你最近挖了金礦啊？不然你幹麼見天給我送東西？錢多燒得慌？」

謝慎禮看向她身後的水菱。

顧馨之眨眨眼，扭頭朝水菱道：「妳先出去等等。」

蒼梧已經麻溜的往外退了，水菱遲疑了下，跟著退出去——這裡是花廳，四面敞著呢。

顧馨之攤手。「喏，現在可以說了吧？」

謝慎禮深吸口氣，嚴肅著臉道：「雖不知妳那些荒謬想法如何得來，但我謝慎禮絕不會做那等、那等……苟且之事。」這個詞他彷彿含在嘴裡，含糊而過。

顧馨之眨眼。

「既然那些麻煩是我帶來的，那便讓世人知道，是我謝慎禮傾慕於妳，是我一直糾纏於妳，倘若再有人不長眼，別怪我不客氣——」

「等等、等等。」顧馨之打斷他。「那跟我的提議有什麼關係?」

憶及某人的提議,謝慎禮又想咳嗽了,但……他垂下眼眸,道:「妳不想成親,是因為那些麻煩──」

「不是。」

謝慎禮不解。「那是為何?」

顧馨之以手托腮,懶洋洋的看著他。「我說過了啊,我嫌麻煩……我對成親這事興趣缺缺,不光是針對你,換了別的男人也一樣。」

當然,因為對象是他,才蠢蠢欲動的──她饞這人的身子了。

謝慎禮臉黑了。「別的男人?」

顧馨之擺手。「重點不是這個。」

「那我更該繼續送。」謝慎禮語氣微冷,強硬道:「我要看看,我謝慎禮欲求娶之人,誰敢覬覦。既然妳嫌麻煩,那都交給我,妳只管安心等著成親便是了。」

顧馨之皺眉,謝慎禮下意識提起心。

顧馨之語帶不滿。「只能等成親嗎?我還想先驗個貨呢。」

顧馨之雙指併攏,在唇上點了點,虛空印在他唇上,壓低聲音。「真不試試嗎?」

謝慎禮見狀急急起身。「孤男寡女不方便──顧姑娘既然說完了,謝某便告辭──」

顧馨之察覺他要跑,兩步跨過去,一把拽住他袖襬。「等等!」

謝慎禮怕把她拽倒，端著手站在那兒，頭也不敢回，乾巴巴道：「顧姑娘有事請說。」

「你前頭還信誓旦旦要娶我，怎麼說兩句就跑？」顧馨之戳了戳他後腰，看了眼花廳外廊下站著的丫鬟侍從，壓低聲音。「你不是要送禮嗎？我要選我自己喜歡的。」

謝慎禮渾身僵硬。「顧姑娘請說。」

顧馨之又戳他，不滿道：「你讀聖賢書的，怎麼能後背對著人說話？」

謝慎禮剛緩過來的心再次提起，試圖往前躲開她的手。

顧馨之拽著他袖襬。「幹什麼？不許跑。」

謝慎禮又無奈又尷尬。「顧姑娘……」

顧馨之拽他。「說禮物呢，你轉過來。」

謝慎禮握緊拳頭，猶豫幾許，還是回轉身。兩人站得近，他這一轉身，彷彿一伸手，便能將嬌小的姑娘擁入懷裡。他下意識閉眼。「顧姑娘，這不合規——」

胳膊一重，接著唇畔貼上一柔軟溫暖之物。謝慎禮倏地睜開眼，對上眉眼彎彎的笑靨。

「這才是我想要的禮物。」顧馨之笑吟吟看著他。「你太高了，下回——」

話還沒說完，一陣風過，面前已經沒了人影。

第三十章

當天，顧馨之等了半天，都沒等到某人回來。

她翻了個白眼，暗罵了句死老古板，扭頭去鋪子了。

她以為這一回，謝慎禮怎麼著也得躲她幾個月的，沒想到，不過隔了十來天，謝慎禮就帶著阿煜，出現在她家莊子門口。

顧馨之急匆匆出來，對上男人躲躲閃閃的視線，挑眉問：「怎麼？始亂終棄之後想來托孤啊？」

阿煜好奇。「誰始亂終棄了？」

顧馨之指著某人，煞有介事道：「你這位先生啊。」再指了指自己。「對我始亂終棄了。」

謝慎禮對上阿煜震驚的眼神，頗為頭疼。「顧姑娘慎言。」

顧馨之聳了聳肩。「好吧……說說，怎麼了？」突然急忙過來找她，後頭的蒼梧、青梧還揹著行李，肯定是有事。

謝慎禮拱了拱手，嚴肅道：「我有急事需馬上離京，阿煜一人留在京中，我不放心。琢玉書院那邊人員太雜，也不好將他放過去。思來想去，只能拜託顧姑娘代為照顧數日。」

「這麼急？」顧馨之皺眉，看了眼懵懂無知的小兒。「我這裡肯定是歡迎的。只是，讀書怎麼辦？你知道我什麼水準的，我怕把人教壞了啊。」

「不過數日，不教也無妨。」

顧馨之沒多想，點頭。「那行，我就帶他玩幾天。」

阿煜聽見了，鼓起臉。「我才不要玩，我帶了書冊筆墨過來的，我自己會學。」

顧馨之哎喲一聲，佯裝苦惱。「這麼厲害啊，到時教教我。我讀書可糟糕了，好多字都不認得，你不會不願意教我吧。」

阿煜想了想，大方道：「不會，先生說過，有教無類，我不會嫌棄妳的。」

顧馨之「噗哧」一聲笑了，斜眼看謝慎禮。「先生教得好啊。」

謝慎禮垂眸，避開她的視線，道：「既然如此，阿煜便交給妳了，在下——」

「等等。」顧馨之往前兩步。

謝慎禮立馬退後數步。「顧姑娘有話請說。」

見鬼似的……若不是這廝隔三差五還往莊子送禮，都要以為自己遭嫌棄了。顧馨之沒好氣，捏著嗓子裝腔作勢。「謝先生，可否移步說幾句話？」

謝慎禮遲疑。

顧馨之笑咪咪。「當然，你要是想在大家面前說，我也不介意。」威脅的語氣簡直不要太明顯。

青梧、水菱等人不知什麼情況，大氣也不敢出。阿煜那書僮面上閃過詫異，偷覷了眼謝慎禮，也跟著低下了頭。

倒是阿煜懵懂，只好奇的看著。

謝慎禮神色端肅。「顧姑娘慎言，妳我並無任何不可對旁人——」

「謝先生，」顧馨之端著手，指尖不經意般點了點唇，笑吟吟看著他。「你確定嗎？」

「咳。」謝慎禮垂眸，率先移步，走向院子另一側樹蔭下。

顧馨之輕哼一聲，施施然跟上。

到了樹蔭下，確認院子另一邊諸人都聽不見了，謝慎禮才停步回身，垂眸道：「顧姑娘有話請講。」

顧馨之當然不是要胡鬧，她壓低聲音。「方便說說什麼事嗎？你現在無官無職的，怎麼突然要出京？」

謝慎禮暗鬆了口氣。他想了想，跟著壓低聲音。「這個不方便透露。」

低音炮好勾人……顧馨之揉了揉耳朵，問：「是朝廷的事？」

謝慎禮目露讚賞。「是。」

顧馨之了然，也不問他為什麼被炒魷魚了還有差事，只問：「危險嗎？」

見謝慎禮遲疑了下，顧馨之皺眉。「所以，有危險。」

謝慎禮掀眸看她。「放心，我能安排好。」

顧馨之盯著他看了片刻，嘆氣。「好吧，反正你注意了。」想了想，她補充了句。「你要是回不來，我還得去找下家，忒麻煩了。」

顧馨之不給他說話的機會，又問：「阿煜是什麼情況？我要怎麼拿捏？」她微微皺眉。「我帶孩子跟你們帶孩子可能不太一樣啊。」

「隨妳安排便是。只是，他在此的消息，斷不可洩漏出去，也不要帶他入京。」

「有危險？」

謝慎禮搖頭。「有麻煩。」

顧馨之狐疑的看他。「這到底是誰家的孩子？」

謝慎禮看著她。「只是孩子。」

顧馨之明白了。「行，那我就當普通孩子帶了。」

「嗯。」謝慎禮神情柔和，拱手辭別。「那我便告辭——」

白皙纖長的手指倏地按住他的手，馨香靠近——謝慎禮大驚，疾退兩步。

顧馨之沒想到他這回反應這麼快，頓時站不穩，低呼著直往前摔，剛退兩步的謝慎禮急急伸手，馨香撲了個滿懷。

謝慎禮僵住，雙手頓住，半分不敢動彈，顧馨之也半天沒動。

院子另一頭，幾名下人大驚，急急低下了頭，連阿煜也被書僮哄著轉過頭去。

謝慎禮聽得動靜，恍然回神，便想推開懷中人。

顧馨之哎了聲，捂住鼻子抬頭，語帶哭腔。「你是不是偷偷藏了石頭？疼死我了。」

對上那雙泛著淚意的杏眸，謝慎禮推人的手頓時僵在那兒，喉結不自覺滑了滑。

顧馨之毫無所覺，吐槽完還不夠，抬手，朝那石頭般的胸膛就是一巴掌。「你跑什麼？是不是想摔死我？」

謝慎禮抬腳欲退，顧馨之多了解他啊。

打完立馬揪住他衣領，用力一拽，同時踮腳，朝他嘴角啃過去。哪知動作太快，牙齒直接撞了上去。

謝慎禮渾身僵硬，雙手定在半空，半分不敢動彈，眼睛都不知道往哪兒看的好。

反倒是撞了人的顧馨之心虛，抬手摸摸他被磕出道小口子的嘴角，乾笑。「抱歉抱歉，動作不熟悉，下回再接再厲。」

謝慎禮恍然回神，一把握住她的手，黑沈的眼眸定定看著她。

顧馨之眉眼彎彎回視，甚至還朝他努了努嘴。謝慎禮呼吸微亂，下意識往前一步，低下頭——

一聲馬嘶從院外傳來。

謝慎禮瞬間驚醒，鬆開她，急急後退數步。

顧馨之扼腕。「唉，就差一點。」

謝慎禮喉結滑動，飛快垂下眼，乾巴巴道：「我、我該走了，接下來……麻煩妳了。告辭！」說著便轉過身去。

顧馨之忙拽住他袖襬，問：「要走多久啊？」

謝慎禮看著地上晃動的碎影，略冷靜了些，道：「少則十來天。」

也就是說，上不封頂。

「好吧，那你注意安全。」顧馨之語帶不捨，鬆開他袖襬，手卻突然被握住。

背對著她的男人聲音低沈，緩聲道：「別擔心，我會盡快回來。妳……等我。」

寬厚的大掌帶著微繭，握住她的手腕卻只敢鬆鬆攏著，生怕抓疼她一般。

顧馨之忍不住笑，反手勾了勾他掌心，道：「好。」

謝慎禮帶著人走了，還留了蒼梧並三十名護衛。

顧馨之猜測阿煜身分不太簡單，但謝慎禮既然沒說，她就懶得猜。

薯莨已全部製成莨水，綢坯也開始浸泡晾曬，接下來的工作大都可以交給許氏。

她開始折騰小孩。

阿煜年紀小，加上莊子不大，她索性將人安排到自己院子裡，將她平日看書的東廂收拾收拾，給他當住處。阿煜帶來的書僮也不反對，默默將自己行李塞到角房裡。

水菱詫異，道：「你怎麼放這兒？你去倒座房住，徐叔會給你安排的。」

書僮恭敬道：「奴才要伺候主子，這裡便可以了。」

水菱不滿。「你家主子年紀小，你也不懂事嗎？這是我姑娘的院子。」

書僮堅持。「奴才怎能讓主子獨自在此。」

正爭執時，顧馨之拉著擦洗乾淨的阿煜走了進來。

「這是怎麼了？」

水菱當即告狀，書僮垂首肅手，半點不反駁。

顧馨之皺眉，剛要說話，便聽阿煜道：「沒關係的，安和是太監，可以住進來。」

眾人大驚，顧馨之若有所悟，打量了眼淡定的安和，道：「那就讓安和跟著吧。」然後看向阿煜。「你先歇個晌，睡醒再去後頭找我。」

「我不要睡，我要跟妳去後邊看染布。」

顧馨之恐嚇。「小孩子要多睡覺才會長高喔。」

阿煜嚇了一跳，半信半疑。「真的嗎？」

「真的啊，你看謝先生高不高？他小時候睡得可多了。」反正小孩也不知道，顧馨之隨口忽悠。「等他回來，你可以問問他啊。」

許是打著謝慎禮的招牌，阿煜信了，乖乖脫了衣服上床。

顧馨之擔心他怕生睡不著，拿了把扇子一邊輕搖，一邊低聲給他講睡前故事。阿煜卻越聽越精神，嘴裡不停提問。

「白雪公主被欺負，她母族不管嗎？御史不管嗎？」

「她出門為什麼不帶下人？」

「公主失蹤，宗室、朝臣都不管的嗎？」

「蘋果上抹的什麼藥，吃不出來嗎？」

「這幾個小矮人竟然不找大夫的嗎？」

顧馨之哭笑不得，乾脆不講了，拿手蓋住他眼睛。「好了好了，睡覺！」

阿煜掙扎。「還沒說完呢。」

顧馨之武力鎮壓。「等你睡醒再說。」

又折騰了許久，阿煜終於睡了。

莊子種滿綠樹，東廂房外也有樹蔭遮擋，午後這個點也不覺太熱，但小孩怕熱，顧馨之摸了摸他腦袋，一層細汗。

她讓侍立在旁的安和坐到床邊，讓他打扇。安和躬了躬身，接過扇子搧風。顧馨之看了一遍，確認沒有問題了，才離開屋子，找來蒼梧。

「阿煜是誰家的孩子？」她開門見山直接問。

蒼梧賠笑。「這個，奴才也不清楚呢。」

顧馨之輕哼。「不清楚你會帶三十名護衛？你家主子不在，小心我剋扣你們伙食！」她壓低聲音。「他身邊那個是太監，是哪個侯爺王府的嗎？」

蒼梧苦著臉。「姑娘，這個，奴才不能說。」

顧馨之懂了。「是最大那家的啊。」

蒼梧連連拱手。「姑娘，奴才可什麼都沒說啊。」

顧馨之擺手。「行了行了，又不會賣了你。忙去吧！」

「誒！」蒼梧麻溜的出去。

顧馨之摸了摸下巴，現在皇帝叫什麼來著？哦，不重要，沒記錯的話，這位皇帝應當三十多，登基好幾年了，皇子也有幾位。其中皇長子乃東宮所出，名正言順的嫡長子，今年少說十來歲，而阿煜才六歲。這麼說，即便阿煜是皇子，除了身分矜貴些，並沒有太大問題？

想到謝慎禮走之前的話，她越發肯定自己的想法。看來不需要太緊張。人家宮裡的父母都不擔心呢，她擔心什麼。

如是，她就將此事拋開，該幹麼就幹麼。

阿煜醒來後，她也沒帶著習字，找莊子的嬸子要了頂小斗笠，往他頭上一蓋，拉著他就往曬莨的河岸邊去。

阿煜一邊好奇張望一邊問：「真的不用習字嗎？午睡起來，先生都會讓我習字醒神。」

顧馨之拍拍他斗笠。「不用，帶你學點別的。」

阿煜好奇，仰頭看她。「學什麼？」

顧馨之笑笑不說話。說話間，他們已經看到曬著的綢布。

用竹竿掛晾起來的布料半乾不濕，在微風中輕輕飄動，空氣中彷彿都飄著草木的清香。還有數名婦人在飄動的布料中四處查看巡視，一怕布料落地沾泥沾水，二怕鳥兒落糞。時不時還要將風吹得縮在一起的布料拉開。

阿煜瞪大眼睛，好奇的打量這情景。

顧馨之笑咪咪。「下回再帶你曬莨，我們今天先去玩別的。」

阿煜有些興奮。「玩什麼？」

「玩泥巴。」

顧馨之自然不是騙他，前面浸莨曬莨還需要一段時日，但河泥卻要趕緊準備起來。製作第一批香雲紗時，數量較少，光是挖溝渠灌進來的河泥便足夠了。這回薯莨充足，她一口氣染製了大量綢坯，只靠莊子那河段挖河泥，是萬萬不夠的。

她索性讓徐叔去收河泥。兩文一籮筐，不多，就是個辛苦錢，但對鄉親們來說，這錢就是白賺的。尤其現在天熱，下水掏河泥就當玩，只是揹過來費些功夫。

但顧馨之既然要用河泥，主要是河泥裡的礦物元素，若是有人隨便挖點泥土加水和濕，她虧錢事小，搞壞了布料，那才是慘。故而，鄉親們挖來的河泥，她都要過了眼，徐叔才會給錢。

下晌她本就要去看河泥，現在不過是多帶一個小豆丁罷了。

阿煜倒罷了，安和卻一臉緊張想阻止，顧馨之已經麻溜的拉著阿煜走到置放河泥之處。

阿煜看著面前一筐筐的濕泥，震驚道：「妳真的要玩泥巴？」

「當然。」顧馨之隨手挖起一坨，拉過他的手，啪地糊上去。「來，搓一搓，看看是不是好泥。」

阿煜驚呆了。泥還有分好壞的嗎？

謝慎禮名義上被罷官，實則暗地裡仍在給皇帝辦事，查一些不在明面上的事，各種內容自無法與顧馨之詳述。只是他這一走，便是一個月。

再回京，已是暑熱難消的七月。

微服暗查的帝后早就聽說小兒子被謝慎禮安置在顧家姑娘的莊子上，便打算繞道莊子，準備接了孩子再一起回宮。

謝慎禮歸心似箭，也懶得與他們慢吞吞行走，快馬加鞭，率先抵達顧家莊子。

剛下馬，馬鞭還未甩出去，他就聽見一陣喧譁。笑聲、叫聲、吶喊聲，甚至還有罵聲。

謝慎禮循聲望過去，發現聲音是從莊子東側、靠近村子的幾株樹木下傳來的，瞧著就是村童正在玩鬧。他也未多想，將馬鞭扔給青梧，大步流星走向莊子大門。

「快起來！衝啊衝啊——」熟悉的軟糯嬌聲在喧譁中若隱若現。

謝慎禮一頓，倏地轉身望去。

「臭老頭，你作弊！」

「啊啊啊啊——阿煜衝啊！」

看來沒聽錯。

謝慎禮無奈，認命的往那邊去。及至近前，看清楚樹下情景後，他忍不住嘴角抽了抽，想到後頭跟著的帝后，久違的頭疼都開始了。

他深吸了口氣，走到那背對著自己蹦蹦跳跳、手舞足蹈的姑娘身後，儘量冷靜的問道：「敢問顧姑娘，你們這是在做什麼？」

「啊——鬼啊！」顧馨之被嚇著，一蹦三尺高。轉回來看到是他，雙眼一亮，噔噔噔跑過去，眉眼彎彎的看著他。「你回來啦。」

樹蔭下碎光點點，那雙杏眸亦載了許多，亮得灼人。

謝慎禮端在身前的右手握緊，壓住那想撫上去的衝動，緩緩道：「嗯，回來了。」似乎覺得這話有幾分乾巴，想了想，他又補了句。「沒想到一回來就與妳人鬼殊途。」

畢竟方才被誤認為鬼。

顧馨之呸了聲，然後又忍不住笑。「你想死我還不想人鬼情未了呢。」

謝慎禮無奈。每一回，他都招架不住。

第三十一章

顧馨之打量他一遍。許是為了方便出門，謝慎禮穿著一身窄袖青衫，衫短無紋，靴子也俐落地綁至小腿處，顯得腿更長、身形更挺拔。就是一身的塵土，連頭髮都灰撲撲的。可見是剛回來，還沒來得及回京中府邸。

顧馨之忍不住笑。「第一次看你這般灰頭土臉的模樣。」

謝慎禮回神，快速掃了眼自己，微微皺眉，拱手。「失禮了。」

顧馨之輕輕拍下他的手，無奈道：「我不是與你計較這個。」

謝慎禮飛快收回手，顧馨之又笑了。「要不要到我莊子裡梳洗一番，留下吃頓便飯？」

謝慎禮差點想點頭，好在理智仍在，他道：「不方便。」

顧馨之也不勉強。「那你是來接阿煜的？這麼著急嗎？」帶了一個多月，她有點捨不得呢。

「不著急他。」謝慎禮黑沈雙眸直直看著她。想到方才小姑娘已是直表心意，他捏了捏拳，極力自然的低語。「我是來看妳的。」

顧馨之愣了下，眉眼一彎。「你──」

後邊陡然爆起一陣歡呼聲，被打斷的顧馨之立馬扭頭。

謝慎禮皺了下眉，慢吞吞望向聲音傳來的方向。

「爺爺作弊！」跟泥猴似的阿煜正對著一名老者抗議，而他的腳正跟旁邊兩個半大孩子綁在一起。

那老者亦然，不過他站在最外邊，只有一腿綁著別人。

謝慎禮再看一眼，這位一身窄袖短打、灰頭土臉、滿身塵土的老者，似乎是他恩師柳先生？

柳山長正彎著腰解腿上的繩索，嘴裡嚷嚷。「休要胡說！分明是你們自己摔倒！」

那一邊，其他綁著腿的小孩也在抗議。「要不是你伸腳出來，我們早就贏了！」

柳山長耍賴。「誰說的，我也摔了啊，我那是還沒來得及站起來！」

「不公平不公平！」

另有小孩跟著嚷嚷。「你們輸了不認帳！」

「就是，說好了三局兩勝，我們勝了，今天輪到我們選了！」

「柳爺爺耍賴！」

小孩們吵成一團。

「好了好了。」顧馨之走回來。「方才我看著呢，柳爺爺剛才作弊啊！不算！」

「耶耶！」小孩們歡呼。

「啊……」另一撥小孩大失所望。

柳山長也不甘願。「怎麼就不算呢！我明明沒有犯規！」

顧馨之拍拍手。「好了好了，顧姊姊有客人，改明兒再帶你們玩，今天先到這裡……先去香芹姊姊那邊吃仙草凍！」

眾孩子先是失望，聽了最後一句又歡呼起來，紛紛開始彎腰解腿上繩子，然後接二連三衝向另一頭。香芹帶人送來了一大鍋的仙草凍，正拿碗分著呢。

柳山長眼巴巴的看著。「好端端的誰來——啊，是你啊？你怎麼回來了？」到後半句，語氣已帶上幾分嫌棄了。

謝慎禮上前兩步站在顧馨之一側，拱手行禮，面色複雜，慢慢道：「先生，多日未見，先生童心見長了。」

柳山長尷尬。「呵呵，這不是、這不是……我這是寓教於樂，你懂什麼？」

阿煜也看到謝慎禮了，連忙跑過來，怯怯行禮。「先生。」

謝慎禮板起臉。「這段日子有好好背書習字嗎？」

阿煜縮了縮脖子。

顧馨之無語，推了下謝慎禮手肘，嗔怪道：「幹麼呀？一回來就嚇孩子。」

柳山長也跟著訓他。「就是，一回來就擺臉色，我以前這麼教你的嗎？」

「哈哈哈，大老遠就聽到柳先生的聲音。」一洪亮男聲傳來。「看到柳先生康健依舊，我心甚慰啊！」

「父——爹！娘！」阿煜興奮的衝過去。

顧馨之扭頭，正好看到一美豔婦人彎腰摟住阿煜，旁邊一中年男人笑吟吟看著。

柳山長怔了怔，臉色微變，快步上前，躬身拱手。

「柳先生免禮。」那中年男人回過頭，朝他擺擺手。「出門在外，不必多禮。」

那美豔婦人也直起身，拉著阿煜的手，溫溫柔柔的道：「柳先生，許久未見了。」

柳山長這才直起身。「那老夫就恭敬不如從命了。」

這邊客客氣氣，後頭的顧馨之趕緊戳了戳謝慎禮，壓低聲音問：「我要怎麼行禮？」

謝慎禮僵了下。

還不等他開口，那中年人就走了過來，笑道：「這位便是顧家姑娘了吧？這些時日，小兒煩勞妳了。」

美顏婦人並阿煜也跟過來。

顧馨之沒等到提示，只得福身行禮，乾巴巴道：「兩位大安。」

「免禮。」那中年人做了個抬手動作，打量了她一遍。「看來慎禮向妳說了情況？」語氣溫和，彷彿只是隨口之語。

謝慎禮微微垂眸。

顧馨之不敢掉以輕心，笑道：「那倒不是，謝先生嘴巴比蚌殼還緊，哪會跟民女說這些呢。」

中年人「哦」了聲，好奇問道：「那是何處露了破綻的？」
顧馨之指了指阿煜。
阿煜瞪大眼睛。「我沒有，顧姊姊休要冤枉我！」
顧馨之笑咪咪。「你當然沒說，是我自己猜出來的。」
中年人，也即是當朝皇帝跟著笑。「嗯，阿煜年紀小，確實是瞞不住。」
美顏婦人自然便是當朝皇后了，她看看自家兒子灰撲撲的一身，忍不住發問。「方才柳先生、阿煜在玩什麼呢？看著彷彿很有趣。」
顧馨之還待答話，柳山長便搶先道：「是四人三足，人多的話，亦可五人四足、六人五足。這是顧家丫頭想出來的競技遊戲。」他端著架勢，語氣正經。「這遊戲既要求個人能力，又要兼顧隊友協作，很是不錯。老朽建議，書院、蒙館應當大力推廣。」
「這般好？」皇帝失笑，打量柳山長，笑道：「這遊戲，看起來不太得體啊。」
柳山長神色嚴肅。「萬物皆學問，處處有文章，豈能為講究得體放棄進步？再者，沾塵滾土便是不體面嗎？農人千千萬，天天在泥裡打滾，方保我大衍千萬百姓衣食充足。這話，旁人能說，皇——您卻不該說。」
義正辭嚴、大義凜然——
若是這段原話不是出自她的口就更像是那麼回事了。顧馨之差點噴笑，急忙低頭，假裝撓癢癢才掩住笑。

謝慎禮的注意力一直在她身上，自然發現端倪，下意識便看了眼自家那著短打、髒兮兮的先生。

那廂，皇帝卻是怔了怔，拱手。「先生教訓的是，是我著相了。」

柳山長神色稍緩。「是老朽斗膽言重了。不過，顧姑娘教的這些競技遊戲，確實意義非凡……」他沈吟片刻，接著又道：「老朽認為，或許，軍中亦可引進。」

皇帝詫異。「先生如此推崇？可否細說一二？」

柳山長點頭。「這是自然。這類競技遊戲分為數類，第一類——」

顧馨之見狀，連忙打斷他們。「幾位若是不介意，不如移步莊子，坐下詳談？」

皇帝啞然。「瞧我，都把正事給忘了。」他朝柳山長道：「我還有事，今日怕是不方便與柳山長探討了。待我忙完，定請先生為我詳細答疑。」

柳山長忙拱手。「自當國事為重，您請。」

皇帝頷首，再朝顧馨之點點頭，才轉向謝慎禮。「朝事繁雜，我這千頭萬緒的……還望先生多多體諒，早日回來幫我。」

謝慎禮拱手。「謝某定會盡快處理完瑣事。」

皇帝掃了眼顧馨之，沒說什麼，只道：「那我靜候先生佳音。」

皇后也朝他們點點頭，兩人便打算帶著阿煜離開。

阿煜卻不走，低著頭，哼哧哼哧道：「爹、娘，兒臣——我、我想留在這裡跟顧姊姊念書。」

皇帝皺眉。「我們離家多日，你也不說回家陪陪我們？」

阿煜忙道：「我也想你們的，我回去陪你們幾日，再回來這裡可以嗎？」他眼巴巴的看向皇后。

皇后不解。「阿煜，我們不是說好了，讓謝先生帶你讀書習武的嗎？」

阿煜嘟了嘟嘴。「先生教的，不如顧姊姊教的多。」

皇帝板起臉。「胡鬧，她——」想起什麼，看了眼謝慎禮，嚥下到嘴的話，接著道：「你謝先生文及探花，武能安邦，文武雙全，天下誰出其右？這般先生，你哥都沒討著，你還敢嫌棄？」

阿煜嘀咕。「柳爺爺也在呢，他還是謝先生的先生呢，他不是更厲害嗎？」

顧馨之再次低頭裝撓癢。

阿煜偷覷了眼皇帝，再次低頭，套著可愛虎頭鞋的腳在地上劃啊劃。

皇后掃了眼，這是顧家姑娘給阿煜新製的鞋子？還挺可愛的。這般想著，她順勢看向阿煜身上衣物，然後呆了呆，下意識伸手去摸——是香雲紗。

阿煜方才與同伴們在泥地上競賽，滾了一身泥塵，整個人灰撲撲的，但，他身上穿的確實是輕薄的香雲紗。許是覺得帶著淺斑的褐色紗綢古樸老氣，衣衫背腹皆加了裝飾，皆是彩布拼接而成的小老虎，兩者儀態各異，卻都可愛喜人。

她卻皺起了眉。

那廂，皇帝正要教訓阿煜。「柳先生還要照看琢玉書院，怎會天天在此指點你？休要胡鬧。」

阿煜嘟嘴。

皇后卻看向顧馨之，語氣稍冷，道：「聽說顧家家底並不殷實……這段時日，想必讓顧姑娘破費了，回頭我會讓人送上謝禮。」

皇帝詫異。不是在說阿煜的讀書問題嗎？「怎麼了？」

謝慎禮也微微皺眉，虛攏在腹前的手捏了捏，凝神靜聽。

「無事。」皇后卻搖頭，拉住阿煜。「走吧，玩了一個月，該收收心了。」

阿煜癟嘴。「娘——」

顧馨之卻沒漏看皇后方才的舉動。若是換了旁人，她才懶得搭理，但……她想了想，還是開口。「娘娘是指阿煜身上的衣料吧？您誤會了，這是我家自製的布料，花不了幾個錢。」

皇后美目微冷。「這香雲紗乃南方特有的布料，千金一疋，有價無市。妳小小年紀，怎敢妄言自製？」

提起製布，顧馨之傲然。「民女若沒有幾分本事，怎敢在京城開布坊？香雲紗之貴重，不過是物以稀為貴，我既然能做，這紗綢便算不上貴重……當然，民女也是要做生意的，若是您想買，民女可以給您打個折。阿煜這幾身，就當民女送您的了。」

眾人無語，一瞬間尷尬了一會兒。

可這番話下來，皇后的冷意倒是褪去幾分。她不敢置信。「竟真是妳做的？」

「娘，是真的。」阿煜挺起胸膛。「我還幫忙了，我也會做這個香雲紗！」

「你去學製布了？」帝后懷疑的目光齊齊看向顧馨之。

謝慎禮擋在顧馨之身前，拱手。「顧姑娘年歲還小，只是帶著孩子玩耍。」

柳山長也急急打圓場。「對，只是帶著阿煜去見見世面，老朽也跟著去看了幾回，確實沒幹什麼活——」

阿煜抗議。「誰說的？我不光幫忙曬布，我還幫忙糊泥了！我幫了好多忙呢，顧姊姊說我超棒的！」

這下顧馨之也驚了。「兩位放心，絕對沒讓阿煜白幹活，都給了工錢的。」反正這年頭沒有童工之說。

阿煜隨之挺直腰桿子。「對，我掙了足足七百三十二文了！」

顧馨之乾笑。「見諒見諒，家底不豐，薪銀不多。」

柳山長輕咳。重點在這裡嗎?!

顧馨之又想起別的問題。「不過，民女這手染布製布的手藝，全大衍找不到幾個對手，民女是打算將其當作傳家手藝的，雖然阿煜只學了點皮毛……」她不甚好意思。「那什麼，兩位應當不會……與民爭利吧？」

場面一度非常安靜。

顧馨之疑惑，轉頭去看謝慎禮。

站在她側前方的謝慎禮頭疼得很，沒注意到她眼神。他朝帝后拱手道：「顧姑娘年歲尚小，不知——」

「哈哈哈哈！」皇帝突然大笑。

謝慎禮頓住。

皇帝笑道：「這便是你說的，勇而不悍、俗而不庸？」

顧馨之傻了。不是在聊香雲紗嗎？

皇后也詫異。「這是謝先生說的話？」

皇帝回頭，笑著解釋。「正是。荊老頭彈劾他時，他當著百官的面說的。」

謝慎禮察覺到小姑娘望過來的視線，生平第一次感到窘迫。

顧馨之確實很詫異。她知道彈劾的事，但她不知道謝慎禮對她竟是這般評價……什麼勇而不悍、俗而不庸，聽起來就很浮誇……真是這老古板說的?!

她這邊猛盯著謝慎禮看，另一邊，皇后卻笑了。「倒是沒想到，謝先生竟這般坦蕩。」

皇帝點頭。「謝先生向來坦蕩。」

柳山長也咳了聲。「慎禮確實不喜歡拐彎抹角。」

皇后點頭，看了眼還在盯著謝慎禮的顧馨之，不再多言。

皇帝也轉向謝慎禮。「行了，既然先生有所決斷，那我就靜候先生佳音。」

謝慎禮拱手。「多謝。」

阿煜拽住皇后。「娘，我還能不能再來？我喜歡顧姊姊。」

皇后摸摸他腦袋。「你往後還得跟著先生讀書，能不能來玩，自然得問你先生。」

見阿煜有些失望，皇后安慰他。「日後總是有機會的。」

「好吧。」阿煜嘟了嘟嘴，趕緊朝顧馨之道：「姊姊，別忘了我的老虎睡衣啊，妳做好了——」他愣住，扭頭看向皇后。

皇后意會，看了眼謝慎禮，轉而笑道：「若要送東西給阿煜，顧姑娘可派人到西直街的宣平侯府，我會給他們說一聲的。」宣平侯府是皇后娘家，自是有要與顧馨之交好的意思。

顧馨之忙道：「是，民女記下了。」然後看向阿煜。「不會忘了你的小老虎睡衣的，過兩天就給你送過去。」

阿煜頓時開心了。「好！」

送走皇家一行，顧馨之鬆了口氣。「沒想到我竟然見到皇上、皇后。」

柳山長嫌棄她那副小家子氣的模樣，沒好氣道：「往後見他們的機會多了去了。」

顧馨之不明白。

只見柳山長指了指站她一旁的男人。

謝慎禮無奈，乾脆轉移話題。「先生，您怎會在這裡？」他離京時，兩人還勢同水火，只是過了一個月，怎麼還玩到一塊兒了？

柳山長登時黑了臉。「你這什麼話？我不能在這裡嗎？」

「學生並非此意，只是書院那邊——」

柳山長瞪他。「你走一個月都不擔心府裡造反呢，我走開一天書院就會倒了不成？」

謝慎禮低頭認錯。「學生失言了。」

柳山長輕哼。

謝慎禮拐了個彎，委婉問道：「那先生見過師娘與學生送來的幼犬了嗎？」

柳山長惱羞成怒。「你這是對先生的態度嗎？」

謝慎禮從善如流，拱手。「學生慚愧。」

顧馨之聞言大笑，柳山長轉而瞪她。「妳笑什麼?!」

顧馨之這段日子跟他混熟了，半點不懼他，還朝遠處樹底下努了努嘴。「仙草凍快要被搶光了喔。」

柳山長大驚。「哎呀這幫小屁——咳咳，小孩貪涼，我去看看。」他端著架子轉過去，步伐卻走得飛快。

顧馨之大樂，這回卻記得不要笑出聲，省得老頭惱羞成怒。

謝慎禮看著她。「有事跟我說？」

「誒！」顧馨之轉回來。「你既然不急著回去，就先隨我去莊子裡梳洗一番，吃了飯再走。」

「這不合規矩。」

顧馨之白他一眼。「柳爺爺都在這兒，哪兒不合規矩了？」

謝慎禮動作一頓，皺眉。「妳喊他……爺爺？」

顧馨之眨了眨眼，噗哧笑了。她嗔道：「那不是跟著阿煜喊習慣了嘛。」

謝慎禮臉色依舊不好看。

顧馨之靠過去，戳了戳他胳膊，軟聲道：「好啦，以後我也稱他為先生！」

謝慎禮神色稍緩，顧馨之又戳他。「走不走啊？我還想要請你幫個小忙呢。」

「好。」

「那走吧。」顧馨之大為滿意，轉身率先往前。

謝慎禮看了眼遠處與小孩們湊在一起的柳山長，略遲疑了下，才邁開長腿，大步追上去，兩人隔著半臂距離一起前行。

顧馨之側頭看他，好奇問道：「你現在無官無職，但也算出了趟公差，有俸祿嗎？」

謝慎禮搖頭。「應當沒有。」

「哇，皇上這麼摳門的嗎？」

謝慎禮快速掃了眼四周。除了青梧跟在他們身後，其餘鄉農、稚童等大都離得甚遠。

他嚴肅道：「若是辦事有功，皇上自會有嘉獎，並非只有俸祿……顧姑娘慎言。」

「這樣啊……不好意思，我又亂說話了。」顧馨之還是不習慣這世界的帝王崇拜和尊卑之分。

謝慎禮板起臉。「若是哪日在宴席之間說漏嘴，那後果不堪設想。」

顧馨之懂，撇嘴回他。「我平時很注意的，這不是跟你一起，有你照看著嘛。」

謝慎禮僵著臉。「撒嬌也沒用，這等事情，絕不可再犯。」

顧馨之連連點頭。「好好好，我知道了……下回要是再犯，你就罰我嘛！」

謝慎禮無言。「妳非我學生，我如何能罰妳？」

「誰說只有學生才能罰？」顧馨之歪頭看他，笑咪咪道：「你可以罰……一個月不准親親之類的啊。」

謝慎禮一個踉蹌，差點摔倒在地。

第三十二章

謝慎禮將將穩住身形，深吸口氣，黑沈深眸盯著她，道：「顧姑娘不可——」

「哎呀哎呀，都沒外人，你害羞什麼呀！」

後頭的青梧默默放慢腳步，低著頭假裝沒聽到。

顧馨之又轉了個話題。「你出去一個月，好像瘦了很多，路上都吃不好嗎？」

謝慎禮微頓，頗有些不習慣這等話題，遲疑片刻，才答道：「舟車勞頓，三餐不定也是正常。」若是有事，一天吃不上東西都是有的。

顧馨之皺眉。「往後出門還是要準備周全點好，沒得出趟差，把身體熬壞了。」

「好。」只是有些時候，身不由己而已。

顧馨之卻跟著感嘆道：「算了，說這些也沒用，要是皇——咳咳，那位又給你急差，你也顧不上準備。還是得靠平日養好一點啊。」

「養什麼？」

顧馨之隨口答道：「養身體啊。你以前上過戰場，受過傷，現在又好像忙得經常吃不上飯，萬一身體——」

「我身體很好！不需要養！」謝慎禮黑了臉。他想起柳山長曾轉達的話語了。

顧馨之斜睨他。「現在好不代表以後好，等你老了就知道了。」

謝慎禮的聲音彷彿從牙縫裡擠出來般。「顧姑娘請安心，我的身體很好，老了也一樣很好。」

顧馨之一臉莫名其妙。「啊？你老了好不好，你現在怎麼知道？」

顧馨之繼續吐槽。「以前怎麼沒發現，你自尊心這麼強的嗎？這不是好事啊，說你幾句不痛不癢的，你這麼計較幹麼？我看你是高位待太久了，聽慣了阿諛奉承，現在都聽不得忠言了。你這樣很危險──」

「到了。」謝慎禮打斷她。

顧馨之轉頭一看，可不是，都走到她莊子後邊一處角門前了。

謝慎禮停步。「顧姑娘不妨直說，有何事需要幫忙。」

顧馨之打量他。「需要你先收拾乾淨自己，不然弄髒我東西。」

顧馨之率先推門進去。

午後時分，看門的婆子正坐在一張小馬紮上打瞌睡，聽見動靜，忙站起來。「姑娘。」

「陳婆婆。」顧馨之打招呼。「勞您跑個腿，去廚房提桶水，帶兩塊乾淨帕子過來。」

陳婆婆遲疑的看看她身後的謝慎禮兩人。

顧馨之接著道：「先去後邊找水菱，讓她過來這裡伺候。」

陳婆婆鬆口氣。「誒。」

待人離開，顧馨之引著謝慎禮走進一小院。莊子面積大，但各處都很簡陋。比如這處院子，一株大樹，一石桌，兩石凳，還有幾叢矮木，便無他物。

顧馨之指指小徑盡頭的廂房，道：「知道你講規矩，就不跟你進去了。待會兒水來了，你自己進去擦擦。」

謝慎禮這才放鬆些，微微頷首。「多謝顧姑娘體諒。」

顧馨之忍不住樂。「好了好了，那你們在這裡等會兒，我回屋裡取點東西。」

「好。」

顧馨之交代完便放心離開，待她取來東西，謝慎禮已恢復整潔儀態，坐在石桌邊好整以暇的喝著茶。

水菱、青梧各站一邊，安靜的等著。

顧馨之啞然，快步過來。「你這麼快收拾好了啊？」

「顧姑娘。」謝慎禮起身，目光掃向她手裡東西，登時皺眉。「妳這是？」

顧馨之揚了揚手裡木尺，笑咪咪道：「量體裁衣。」

謝慎禮心頭浮現不祥預感。「給誰量體裁衣？」

顧馨之隨口道：「你啊。給你做兩身新衣服，阿煜、柳爺——先生他們都得了，就差你了。」木尺戳戳他胳膊。「抬起手來。」

謝慎禮退後兩步，皺眉看她。「我不需要。也不合適。」

顧馨之瞪他。「我說合適就合適，你就說量不量？」

謝慎禮遲疑。

顧馨之掐著嗓子裝腔作勢。「謝叔叔——你量還是不量啊？」

「量。」謝慎禮視線一掃。「讓丫鬟來。」

顧馨之恢復平日聲音，哼道：「她又不懂這個，怎麼量？過來。」她勾勾手指。

謝慎禮堅決，甚至再退兩步。「她不懂就找個懂的來。」

顧馨之追上去。「這莊子裡沒有比我更懂的了……別扭捏，過來！」

謝慎禮試圖再退。「顧姑娘——」

顧馨之用力一蹦，一把撲過去摟住他胳膊。「不許動！」

柔軟馨香瞬間貼了上來，謝慎禮僵住了。

察覺他要掙扎，顧馨之更是用力，就差整個人吊上去。「你別動，我量尺寸很快的！」

水菱大驚。「姑娘！」

水菱跺腳。「姑娘！」

青梧低著頭去拉她。「水菱姑娘，咱們還是避一避吧。」

顧馨之可顧不上他們，拽住謝慎禮胳膊死活不撒手。

謝慎禮難得狼狽，一邊極力忽略那貼在胳膊上的柔軟，一邊伸長了胳膊試圖離她遠些，氣急敗壞道：「顧姑娘，鬆手！」

「那你不許動。」

謝慎禮深吸口氣，果真站定不動。「好，我不動……妳鬆手！」後一句幾乎是從牙縫裡擠出來的。

顧馨之等了會兒，才試探性的鬆開些許，還盯著他威脅。「你要是敢跑，我就跑你家門口哭訴你始亂終棄。」

確實打算逃走的謝慎禮沒法，只得扭過頭去，儘量……避開些。

顧馨之氣不過，掐了他胳膊一把，嗔道：「你避瘟神呢？」

謝慎禮不痛不癢，視線卻不敢往下看，只乾巴巴道：「顧姑娘要量便快些。」

顧馨之忿忿。「這麼嫌棄我，還好意思說要娶我！」

「並不嫌棄。」

顧馨之嘟囔。「臭老幹部，站好了。」

謝慎禮遲疑了下，乖乖抬起胳膊，顧馨之這才横過木尺，湊上前開始量。

清淺的草木馨香襲來，低頭就看到身前那柔順烏黑的髮端。謝慎禮喉結滑了滑，索性閉上眼。顧馨之半分不覺，記下一個數字，剛要喊水菱幫忙記錄，卻發現水菱、青梧不知何時離了這院子。

她也沒多想，自己捏了炭筆，飛快記錄下來，然後接著量下一處——謝慎禮這廝也不知能堅持多久，她得趕緊的。好在，謝慎禮雖然渾身僵硬，卻沒有食言，乖乖站著量完尺寸。

顧馨之偷覷了眼依舊背對著自己僵立的男人，勾了勾唇角，悄悄放下木尺。

「哎呀。」她佯裝驚呼。「前肩這數字怎麼不對啊，怎麼比後肩少這麼多……哎喲謝先生，煩勞你轉過來，我還要再量一次。」

謝慎禮慢慢轉回來，依舊閉著眼，也就不知道她手裡壓根兒沒帶木尺。

顧馨之勾了勾唇角，裝模作樣的湊到他跟前，邊嘀咕邊抬手。「奇怪，是不是方才沒擺正——」

踮腳一摟，攬住男人脖頸湊上去，親上她覬覦許久的薄唇。

謝慎禮倏然睜眼，對上一雙狡黠的、帶著笑意的灼人杏眸。在他震驚的瞪視下，顧馨之響亮的連嘬兩口。

「喏，這是給你做衣服的酬金。」

溫軟香甜的觸感和氣息……謝慎禮渾身僵硬，半分不敢動彈，卻下意識壓住氣息，生怕驚了這位折磨他的小姑娘。

顧馨之毫無所覺，她見男人半天沒動靜，挑了挑眉，試探般……吮了下。

謝慎禮被這麼反覆折騰，如何忍得？架在半空的手瞬間收回，一手托在柔軟細密的烏髮上，一手摟住纖細腰肢。顧馨之驚呼方出口，便被堵了回去。

男人攫住她，笨拙的吸吮著，黑沈的深眸卻眨也不眨，直勾勾盯著她。

顧馨之反應過來，忍不住笑。

眉眼彎彎，星眸熠熠。謝慎禮只覺不夠，越發用力。

顧馨之吃痛，掐他後脖子。「輕——唔！」

謝慎禮頓了頓，理智稍稍回籠，鬆開她便要後退。顧馨之哪會讓他如願，用力攬住他，反過來咬他一口，完了又覺心疼，伸舌舔了舔。

嗡——

謝慎禮腦子裡繃著的那根弦瞬間斷裂。

狂風驟浪襲來。

顧馨之前一刻還欣喜於他的主動，下一刻就被堵得喘不過氣……這男人用力得彷彿要將她吞吃入腹。幾要窒息之前，她揪住男人後脖子一層皮，狠狠一擰——

發現小姑娘臉都憋紅了，謝慎禮戀戀不捨的鬆開。

顧馨之連喘幾口大氣，微惱。「你當是在啃肘子呢？」她舌頭都麻了。

謝慎禮閉了閉眼，壓下洶湧妄念。

顧馨之鬆開他，想要退後，才發現後腰被摟得死死的，她又好笑又好氣，抱怨道：「我腿痠、脖子痠。」

雖說男人一直摟著她，但這傢伙高啊，接個吻，她不光要踮腳，還得仰頭。

謝慎禮慢慢鬆開她。

顧馨之忍不住笑，戳了戳他胳膊。「好啦，別板著臉了，以後有的是機會嘛。」

謝慎禮默默退開兩步。

顧馨之沒管他，晃了晃脖子，然後摸上腫脹發疼的唇，嗔怪道：「你這麼用力幹麼？溫柔點啊！」

謝慎禮隨著她的動作掃過猶帶水意的豔紅櫻唇，喉結滑了滑，忙挪開視線，慢慢開口。「我馬上回去安排，我們儘早訂親。」他聲音比平日要低沈許多，還夾雜著幾分沙啞，但語氣卻極為認真嚴肅。

顧馨之直接懵了。「怎麼突然聊到親事？不是說好了明年再說嗎？」

謝慎禮依然看著另一邊的林木，沈聲道：「我既然碰了妳，自當負起責任。」

碰……顧馨之無語。「這才哪兒到哪兒，不差這一時半刻的。」

「不行。」謝慎禮板起臉，神色凝肅。「男女授受不親，妳對我放心，我卻不能借此放肆。禮記有云，禮也者，猶體也，體不備，君子謂之不成人也。我非稚兒，讀聖人書，本不該對妳做這種輕浮孟浪之舉——」

「停停停。」顧馨之頭疼。「我不是你學生，我不要聽大道理。」

「總而言之，我會盡快提親。」

「我什麼都沒聽到。」顧馨之捂住耳朵，不給他說話的機會，迅速收好木尺小簍，抱起來就往外跑。「我去放東西，你找你先生玩去，待會兒別忘了回來吃飯啊。」

話音未落，人已經跑沒影了。

顧馨之前腳剛躲開，後腳就收到謝慎禮讓下人轉達的辭別之語。連柳山長都被一道帶走了。

顧馨之心道不好。這麻煩大了，這傢伙不會是來真的吧？

她當即鋪紙磨墨，奮筆疾書寫了幾大頁，讓人追上去。

謝慎禮剛進家門就收到信，捏了捏那厚厚的信箋，他能猜到那小姑娘是如何慷慨陳詞，頓時有些啞然。

柳山長不知其間內情，看到信沒好氣道：「這才剛走呢，就送信過來……黏糊成這樣，還有沒有規矩了？」

謝慎禮回神，好生收起信箋，道：「正因情真意切，才需要請先生出面幫忙。」

柳山長哼道：「你安知我就會答應了？」

謝慎禮語氣平穩。「先生不是頗為欣賞顧姑娘嗎？緣何要反對？」

柳山長語塞。「行了行了，你都這把年紀了，著急也是正常，我這就回去找你師娘——長松，送我一趟！」

許管事湊上來。「主子，奴才已經讓人備了水——」

「去找人算個好日子。」謝慎禮轉身往裡走。「準備去顧家提親。」

許管事驚嚇之餘，還不忘快步跟上。

謝慎禮想了想，接著吩咐。「需要準備些什麼禮，你應當還記得。比之上回，要厚上幾分。」想到什麼，他微微皺眉。「記得打聽一下大房那邊的納彩禮，不能少了。」

許管事懂了，要比謝宏毅提親那回要豐厚唄。「奴才曉得，這便去準備。」

「這幾日不要接帖子，我要去趟南山。」

「這時節去南山？」許管事詫異，下一瞬反應過來。「主子要去獵雁？」

「嗯。」這時節大雁少，早做準備的好。

「奴才待會兒便讓人去安排車馬。」主子剛長途跋涉回來，這批車馬要休息養護，得重新換一批跟去呢。

第二天一大早，謝慎禮便帶著人出了城，快馬加鞭直奔南山。

而京城裡，山長夫人找了官媒，謝家西府也開始大張旗鼓的採買納彩禮，謝慎禮即將娶妻的消息，沒兩天就傳開了。

對象是誰，大家都心知肚明。看熱鬧的、妒忌的、酸言酸語的都有，不一而論。

謝家直接翻了天。

被攆去通州桃蹊書院的謝宏毅自然不知，但鄒氏卻宛如大禍臨頭。謝慎禮一人已是壓得他們大房無出頭之日，若是再把那顧家潑婦娶回來……她當即如臨大敵，再顧不得與二房吵鬧爭權，扭頭就讓人去請各府族老。

於是，當謝慎禮帶著兩隻活雁回來時，就被許遠山堵在二門處。聽說族老們有請，他頓時冷下臉，將縛住翅膀的大雁交給青梧，道：「好生養著。」

「是！」

謝慎禮轉身往外走。

東府大堂裡，一群耄耋老者面容沈肅的候著。

謝慎禮甫一踏進屋，主位上坐著的白眉老者立馬敲了下枴杖，喝道：「謝慎禮，你可知錯！」

謝慎禮神色不動，淡定步入大堂，芝蘭玉樹般站在中間，環視一周，反過來問他們。「諸位這是考慮清楚了？」

白眉老者皺眉。「謝慎禮，你的規矩呢？」

謝慎禮慢條斯理。「倘若我沒記錯的話，我才是一族之長。四爺爺若是忘性大了，合該回府頤養天年。」

白眉老者大怒。「若非我等支持，你這乳臭未乾的小子，如何能當上我謝家家主？如今不過幾年，你就如此無禮，是當我等死了嗎？」

其他老者沈默，以表贊同。

「你等支持？」謝慎禮輕哂。「我以為，是我帶著軍功回來，得封昭勇將軍，撐起謝家門面，才得到這家主位置。」

有幾人面露尷尬，白眉老者卻分毫不動。「若非我等支持，憑你這年歲閱歷，如何能擔大任？」

謝慎禮也不與他爭辯。「如此說來，諸位對家主之位有所決斷了？」

白眉老者哼道：「你如今被罷黜，無官無職，年歲又小，如何穩得住偌大的謝家？聽說你已經開始籌備訂親？還是那顧家姑娘？我們幾個商量過了，這門親事，不行。」

許是察覺太強硬，他語氣稍緩。「恰好安親王找上我，他那小孫女今年正當年紀，你若是與安親王府聯姻，不管是起復，或是家主之位，皆不是問題。」

謝慎禮神色淡淡。「諸位商量月餘，便是得出這個結論？」

白眉老者皺眉。「有何問題？難不成安親王府還配不上你？那是皇上嫡親叔叔，配你個鰥夫，你還有何不知足的？」

有位長鬚老者跟著勸。「慎禮啊，娶個出身好的妻子，既博得好名聲，又能復官，還有益於後輩子孫，一舉多得豈不美哉？你若是喜歡那顧家姑娘，待萬事了了，轎子抬進來便是了，沒得因小失大的。」

「老五啊，你還年輕，不知事情輕重，那些情情愛愛，都是過眼雲煙，豈能與權勢財富相比？」

「那顧家門第如何暫且不說，光一條，她曾是宏毅媳婦，你身為長輩，如何能娶她？這是有違人倫。你若喜歡美人，往後多娶幾房便是了，沒得為了個姑娘毀了自己前程。」

謝慎禮左手負於身後，神色淡然的聽著。

眾人說了幾句，都得不到回應，慢慢安靜下來。

謝慎禮環視四周。「諸位說完了？都是這般想法？」

白眉老者道：「我們與安親王府商量過了，下月有個好日子。」

「四爺爺，」謝慎禮聲音微冷。「倘若我堅決要娶顧家姑娘呢？」

白眉老者大怒，重重敲了下枴杖，道：「你不要不知好歹——」

謝慎禮右手虛攏橫於腹前，冷冷盯著他。「然後呢？你當如何？」環視一周。「你們，當如何？」

他平日著書生裝束時，是溫文爾雅、文質彬彬。但他剛從南山歸來，一身俐落獵裝，加上五官凌厲、神情冷肅……那股戰場上歷練出來的煞氣便掩蓋不住。

被冷眼掃過的眾人下意識噤聲。

白眉老者頓了頓，色厲內荏道：「今天給你兩條路，一，與安親王府訂親，別的妾侍通房，自由你作主。二，與顧家結親，但這家主之位，你就別想了。」

謝慎禮笑了，笑意卻不達眼底。「時間過得久了，你們怕是忘了一件事。這家主之位，不是我要來的，是你們投誠送過來的。」

眾老者齊齊愣住。

第三十三章

「你這話什麼意思？」

謝慎禮慢條斯理。「四爺爺若是耳朵不行，還是不要出來管事的好，省得哪天聽錯了惹來禍事。」

白眉老者頓時變了臉，謝慎禮卻不給他說話的機會，轉移話題道：「我現在無官無職，繼續擔著家主之位，確實不太合適。今日起，我退位讓賢。不過……」

眾人凝神看他。

謝慎禮語氣平淡，宛如閒話家常。「三爺爺家宏舟賭錢上頭砸了人鋪子，七叔公家大孫子因爭妓把人打殘，二伯家的小兒子無故打死下人……」

他每提一句，便有一名老者面色訕訕，待他列舉完，場中老者們幾乎都面有菜色，連那白眉老者也不例外。

「倘若我沒有記錯，這些，都是今年發生的，有些卷宗還壓在刑部候審。」謝慎禮再次環視四周，彬彬有禮道：「諸位尊長，打算讓哪位德高望重者來接手家主一職？」

白眉老者乾咳一聲。「都是謝家人，都是自家兄弟，你朝中熟人多，去幫忙打聲招呼便是了。」

謝慎禮微哂。「四爺爺真會說笑。我現在連謝家都點不動，何況朝中大臣官衙小吏？」

眾人尷尬。

「諸位長輩商議好結果，只需著人通知我一聲便可。我會讓人將宗譜、祭田等帳目整理好，轉交給新任家主。如無他事，晚輩先告辭了。」謝慎禮拱了拱手，轉身便要離開。

「哎喲！」那被稱為七叔公的老者站出來。「都是誤會，誤會。你雖然年輕，卻官至太傅，雖然現在被罷，不過是因為陰私小事，算不得什麼，起復只是早晚問題，怎麼就負氣不當家主呢？」

有他領頭，那二伯也立馬跟上。「正是正是，年輕人不要衝動。你父母皆已不在，你也早已說過，你的親事，自有柳山長作主，無須我們操心。我們、我們也就是關心一二、關心一二，呵呵，呵呵。」

「對對對，那顧家姑娘畢竟是二嫁，聽慎章媳婦提了那麼幾句，我們有點擔心而已。」

你一眼我一語，這場家主風波，眼看就要消弭。

白眉老者氣憤。「難道你們就眼睜睜看著他敗壞我們謝家的名聲？」

二伯訕笑。「娶個二嫁女而已，又不是娶青樓女子，有什麼大不了。哪個男人不好色，還不是怪那姑娘長得好嘛。」

謝慎禮指尖微動，眉眼微斂，掩下眸中閃過的冷意。

二伯猶不自知，繼續道：「再說，那顧家姑娘好歹是將軍之女，也不算墜了我們謝家名頭。」

白眉老者瞪他。「那安親王府那邊如何是好？」

七叔公撇嘴。「人是跟你談的，自然是你去推了。跟慎禮有何關係？」

白眉老者氣了個倒仰。「好你個謝老七——」

「諸位，」謝慎禮不想再聽這些扯皮廢話。「我還有事，你們商議好了，再派人來通知我吧。」拱了拱手，轉身便走。

「誒誒誒，別走啊。」七叔公伸手欲拉他。

謝慎禮閃身避開，逕自走出大堂。

「瞧你做的好事！」後邊屋裡傳來爭執。「把人得罪了有什麼好處？」

「他現在什麼都不是，怕他做甚？」

「再不是也比你我強，你這個年歲都做不到太傅呢。」

「我呸，若非你們家孩子都不成器，現在哪輪到他這一房！區區賤婢生的妾生子。」

謝慎禮神色冰冷，端著手緩緩往外走。隨侍而來的青梧、蒼梧半聲也不敢吭，安靜的跟在後頭。東府這邊奴婢、下人眾多，一路出府，便遇到好幾撥，每一撥看到他們，都忙忙行禮問安。

謝慎禮目不斜視，直至出了東府大門。

他站定在門口，回身望向那高懸在上的黑木門匾。端正古樸的謝宅二字，與這偌大謝家的污濁，格格不入。

「青梧。」他盯著門匾，淡聲喚了句。

「奴才在。」青梧湊上前。

「找幾個人盯著鄒家，挖點把柄出來。」他輕聲道。

他剛準備訂親，這些族老就出來攔他。他不過從大堂走到大門口，便遇到四撥丫鬟。哪有這麼巧的事——而他恰好不相信巧合。

「是。」青梧低聲應道。

「再派人把宏毅接回來……秋闈快到了，他該回京考試了。」

「是。」

謝慎禮沈下心，緩緩道：「那對大雁好生養著，等這邊事了，再讓師娘擇個好日子。」

這幫人突然搭上安親王府，他不能給顧馨之招禍，得緩緩。

青梧腦袋壓得更低了。「是。」

過沒幾天，謝慎禮果真收到安親王府的帖子，安親王邀他過府賞魚。

許遠山小心翼翼。「主子，這帖……」

「去。」謝慎禮神色淡淡。「我無官無職，安親王邀約，怎能拒絕？」

許遠山鬆了口氣。「誒，奴才這不是擔心您強起來了嘛。」

他早年就跟著謝慎禮，對主子性格知之甚詳。他家主子看起來冷靜，實則倔強又好強。當年，謝慎禮考上探花，謝父要將他安排到某個位置為謝家老大鋪路，謝慎禮扭頭就去了西北。待他帶著軍功回來，謝父又要他入職兵部，他卻求了旨意，入了清貴的翰林……

如今謝慎禮對那顧家姑娘上心，他真怕主子跟安親王府較勁起來。

「你多慮了。」謝慎禮不再多說，轉出書房。

安親王府名義上邀他賞魚，但這個點……怕是要留下用飯。他換了身衣衫，便出門了。

到安親王府，得繞過小半個京城。

謝慎禮憶及那眉眼生動的小姑娘，暗嘆了口氣，敲了敲車板。「長松，繞道長福路。」

蒼梧、青梧被他派出去忙別的事情，今日是長松隨侍。

離京一月有餘，他剛見著心心念念的姑娘，又初嘗甜頭……心裡自然想得緊。還是得趕緊把這些亂七八糟的事處理了，才能安心訂親。

抵達安親王府時，比預計要晚上一刻鐘。下人將謝慎禮引至臨水小榭，岸邊綠樹遮陽，水邊微風清揚，既涼快，又符合安親王賞魚的主題。

他只略坐了會兒，安親王就過來了。

「謝先生。」長得彌勒佛似的安親王笑呵呵走進水榭。「我還以為臨時邀約，你不來了呢。」

謝慎禮起身行禮。「王爺。」

「坐，坐。」安親王掀袍落坐，朝他道。

謝慎禮依言。

安親王打量他一遍，笑道：「許久未見，先生風采依舊。」

「王爺亦不減當年。」

安親王摸摸大腹便便的肚子，哈哈大笑。「確實不減。」

謝慎禮莞爾，拱手。「王爺豁達。」

「好說好說。」安親王隨口撿了個話題。「雖說先生暫無官職，但這回皇上南下，依然倚重先生，可見先生起復不是問題，為何至今仍賦閒在家？」

謝慎禮避重就輕。「王爺高看了，皇上手下能人眾多，在下不過是錦上添花罷了。」

「先生說得是！我們喝酒吃飯，安安心心等著皇上安排就是了！」安親王一拍大腿，扭頭吩咐下人。「上酒菜，今兒我要跟先生不醉不歸！」

謝慎禮斂眉抿了口茶，並不多言。

這位安親王亦算是朝中難得的明白人，能在諸多皇子中倖存下來，還一直穩戴親王銜，自然不是那等鑽營之人。他只略表態度，安親王自然不會窮追猛打。

安親王轉回來，笑呵呵看他。「先生難得來一次，待會兒可不要客氣。」

謝慎禮頷首。「只望王爺手下留情。」

「哈哈哈，好說好說。」安親王接著又挑起新話題。「先生南來北往走過許多地方，不知道這南邊北邊，有何差異之處？」

謝慎禮客隨主便，順著話題往下說：「在下所見，不過方寸，卻也見識了許多不同的風情……」

兩人就著南北風俗話題聊了起來，不多會兒，下人來報，膳席準備妥當了。

兩人便暫歇下話，等著下人擺膳，正當時，一名著鵝黃留仙裙的柔美姑娘帶著丫鬟走進水榭。

柔美姑娘麗綃寬袖，翩翩躚躚來到兩人跟前，福身行禮，軟聲細語道：「祖父……」再轉向謝慎禮。「謝先生。」腰肢柔軟，雲鬢風顫，美目輕掃，檀口含羞，端的是殊色驚人。

謝慎禮垂眸斂眉，恍若不聞不見。

安親王貌似驚訝。「妳怎麼過來了？」然後宛若解釋般朝謝慎禮道：「這是我那不懂事的小孫女，今年十七了，還跟小孩似的。」

柔美姑娘嬌嗔。「祖父，我哪兒不懂事了。是祖母讓我過來看看，省得您偷偷喝酒。」她招手，讓端著盤的丫鬟上前，從盤中提起一壺。「我帶了晨起冰起來的蜜飲，你們喝這個解解暑。」

安親王樂呵。「妳一大早起來調的？」

「嗯，祖父嚐嚐合不合口。」柔美姑娘挽起袖子，親自上前，給兩人各倒了一杯，將杯子推向謝慎禮時，她已是頰生飛霞，豔若桃李，聲音柔得幾要滴水。「先生，您也嚐嚐。」

謝慎禮側身，避開她垂落的袖襬，神色淡淡道：「姑娘客氣，讓下人來便可。」

柔美姑娘有些尷尬的收回手。

安親王連忙接著往下說：「妳怎麼忙活這些事呢，交給下人就好了。」

柔美姑娘站在那兒，輕聲細語道：「事親，事之本也。下人做的歸下人做的，這是孫女的心意呢。」

「好好好。」安親王轉過來。「先生嚐嚐這蜜飲，井水冰過，又清爽又暢快，夏日飲用極好。」

謝慎禮婉拒。「在下不愛甜口，多謝了。」

柔美姑娘愣了愣，眼眶都要紅了。

安親王忙道：「哎喲瞧我，先生在西北待了數年，想必還是更愛烈酒。芸兒去取壺好酒來。」

柔美姑娘皺眉。「祖父，祖母說了不讓您喝酒呢。」

安親王擺手催她。「小酌，小酌幾口沒事！妳去挑，挑瓶好酒過來！」

柔美姑娘遲疑地看了眼謝慎禮，跺腳。「知道了，回頭祖母叨念，我可不管您。」

「嘿，我還怕她念嗎？」

小姑娘聽話走了，安親王這才轉回來，笑呵呵道：「讓你見笑了。」

謝慎禮舉了舉茶盞。「王爺還是當保重身體。」

「嘿，少喝點不礙事，不過是家裡婦人窮操心罷了——說來，家裡頭上上下下，沒個女人打點，也不像樣。一日三餐、穿衣出行，都有人叨念著，那才是日子。你年紀也不小了，該考慮的還是得考慮起來。」

謝慎禮頷首。「嗯，在下亦是這般想。」他的姑娘，都已經開始惦記他出行吃喝、給他裁製衣裳了，確實得加緊。

安親王一聽，有戲，頓時眉開眼笑。「誒，你想清楚就好。」彷彿覺得有些失態，又收斂些許，接著道：「你年輕有為，又文武雙全，將來前途不可限量，你那謝家已經、咳咳，這妻族啊，定要尋個穩妥些的人家。」比如他們家。

謝慎禮卻道：「家世並不在在下考慮的範圍。」

安親王皺眉。「為何不考慮？結親結親，結的便是門庭家世，若是不考慮這個，考慮什麼？」

謝慎禮也不與他爭辯。「王爺說得是。」

安親王神色稍緩。「不說這個，來來，用膳用膳！嚐嚐我這道醋魚，魚是清早下船送過來……」

吃喝閒聊，中途安親王孫女又來了一趟，送酒過來。只這回不敢再上前斟酒。

安親王與她說話，三言兩語總往謝慎禮身上帶，他卻只垂目不語。祖孫二人很是無奈，只得一個失望離場，一個轉回來繼續閒聊。但凡提及親事，謝慎禮便避重就輕，不肯接話多言，安親王便知其意了。

一頓飯再久，也不過個把時辰。酒足飯飽，謝慎禮便提出告辭。

安親王猶自不死心，索性直接問：「謝先生對親事有什麼想法？」

謝慎禮頓了頓，拱手道：「王爺說笑了，朝堂上下皆知，我謝某傾心顧家姑娘，非卿不娶。」

安親王脫口而出。「你難道不要名聲嗎？那可是你姪媳婦。」

「王爺慎言，她早已和離。我們男未婚女未嫁，按照大衍律例，合規合矩。」

安親王乾笑。「想不到，謝先生竟如此多情。」

謝慎禮狀若感慨道：「情不知所起，一往而深罷了。」

辭別安親王，謝慎禮頂著一身酒氣坐上馬車，在晃晃悠悠中，垂眸思考接下來的各種安排。

馬車突然慢下來。

「主子。」長松壓低的聲音從前頭傳來。

謝慎禮眼也不抬。「說。」

「前邊巷子裡，好像是姑娘的車。」

謝慎禮頓了頓，立馬抬眸掀簾，順著道路往前看。

他們已經回到謝家西院附近，這邊大宅多，行人少，這會兒又是午後，路人更是寥寥。平日他們都要穿過前邊巷子，拐進西院側門，驅車直入，如今那巷子裡停了一輛普通馬車。

車身無飾，車轅多磨損，車輪上還沾了許多泥巴，一看便知經常行走鄉間路。

許是看到了他們，車裡探出一顆腦袋，對上謝慎禮，那腦袋主人登時驚喜，拚命朝他招手，不是顧馨之是哪個。

長松也看到了，不需要吩咐，他連忙驅車過去。

謝慎禮掀簾下車，吩咐長松。「擋一擋，別讓人靠近了。」

「是。」

謝慎禮快步走到顧馨之的馬車窗前，問：「怎麼在這兒等著？」

顧馨之扒在車窗上，眨巴眼睛。「這裡陰涼啊。」

西院院子裡栽了許多高木，幾株正好挨著這巷子，確實陰涼。但，重點不在這兒。謝慎禮無奈，換了個說法。「妳怎麼沒回莊子？」

「這個點回去，好熱的。」顧馨之抱怨。「你去哪兒吃飯啊，怎麼吃這麼久？我等得都快睡著了。」

謝慎禮發現端倪，走近一步，看到她臉頰透著粉，額上帶著薄汗，登時皺眉。「有事找我為何不進府裡，在這兒悶著做甚？」

顧馨之搖頭。「算了，省得別人多嘴。」

謝慎禮微怒。「身體髮膚，受之父母，妳當以身體為重，別的事情，自有我處理。」

顧馨之眨眨眼，探手出來，拍拍他腦袋。「好了好了，別生氣了，這裡真的不熱，許管事還偷偷給我送仙草凍了呢。」

那想來，許遠山也讓人盯著巷子兩頭了。

顧馨之收回手，笑咪咪看他。「你不問我在這裡等你幹麼呢？」

「可是有何要事？」

顧馨之探出腦袋，湊近幾分，壓低聲音道：「想你了啊，你又不給我寫信，又不來莊子看我，只能我來找你了。」

顧馨之突然抽抽鼻子，皺眉看他。「你喝酒了？大中午的，喝什麼酒呢？」

謝慎禮想到在安親王府的情況，雖沒做什麼事，依然有些心虛。他掩飾般輕咳一聲。「貴人請宴，推脫不得……放心，喝得不多。」

「那你心虛什麼——我靠，不會是去相親吧？」

謝慎禮皺眉。「姑娘家家的，怎麼能——」

顧馨之直接從車窗往外爬，伸手要去掐他臉。「好你個謝慎——」

結果差點摔下去，謝慎禮眼疾手快托住她腰腹，生生嚇出一身冷汗，怒斥道：「胡鬧，怎能這樣爬出來？」

顧馨之哪裡怕他，仗著有他托著，直接掐住他臉頰，左右一扯。「你個王八蛋，我在莊子望穿秋水，你卻去花天酒地！活該你單身到現在！」

顧馨之扭他臉頰。「你這薄情寡義的負心漢——」

被掐著臉的謝慎禮嘴角抽了抽，捏起她下巴，直接堵住那勾人的粉色櫻唇。即便有下人堵著巷子口，他也不敢多嚐，吮了幾口，略解了饞，便急忙鬆開。

「乖，先進去，別摔著了。」他哄道。

顧馨之哼了聲，抱住他臉頰，湊上前啾啾兩口，才道：「算你識趣。」

顧馨之這回終於聽話，扶著他胳膊鑽回馬車，對上震驚又羞赧的水菱，她笑咪咪做了個噓的動作，然後轉回去，再次扒在車窗上，繼續調侃謝慎禮。「看來你最近很多相親宴啊，怪不得都不搭理我了。」

謝慎禮輕咳一聲。「不去見妳，只是為了避嫌。」

「少說於禮不合，你剛才親我也沒說於禮不合呢。」

謝慎禮認命，緩聲道：「待我們成親了，天天都能見，何須急於一時？」

顧馨之搖搖手指，煞有介事道：「那不一樣，成親前是談情說愛，成親後是沒羞沒臊的夫妻生活，哪能一樣？」

談情說愛……罷了罷了，她向來如此說話。謝慎禮嘆氣。「何謂沒羞沒——」

下一瞬他突然意會，好好一個帥氣大高個兒突然僵住，耳根爆紅。顧馨之見了登時靠在車窗上，笑得不行。

謝慎禮深吸口氣。「休要胡鬧……這會兒太熱，進去歇會兒，晚些我送妳回去。」
顧馨之緩過來，笑著擺手。「別了別了，說完事我就走了。」
謝慎禮微微皺眉。「什麼事也無須急於一時。」
「嗯嗯，知道了。」顧馨之敷衍點頭，直接說事。「我不是給阿煜做了衣服嘛，皇后門第太高了，我懶得攀，只讓大錢送了過去。現在我想起來，漏了件事。」
聽聞與皇后相關，謝慎禮凝神。「何事？」
顧馨之眼巴巴看著他。「你雖然丟了官，應該還是能向宮裡傳個話吧……」
謝慎禮更緊張了。「別擔心，凡事有我。」
「我想拿阿煜打打廣告，給我鋪子做宣傳，你問問皇上、皇后，有沒有問題。」
謝慎禮愣住。「廣告？」
「就是想借阿煜名頭宣傳一波……小小請求，皇后娘娘應該不會介意吧？」顧馨之歪頭想了想，可憐兮兮的拽了拽他袖襬。「五哥哥。」
謝慎禮喉結滑了滑，艱難的挪開視線，道：「我且幫妳問問。」
顧馨之大喜。「我就知道五哥哥最好了。」

第三十四章

顧馨之說完事，坐直身體。「好啦，事情說完了，我得回去啦！」

怎麼彷彿被用完就扔？謝慎禮微微皺眉。「妳單為了這事等這麼久？」

顧馨之白他一眼。「誰說的，不是為了見你嗎？」

謝慎禮心裡頓時舒坦多了。「先進屋歇會兒，昨兒有人送來新鮮桃子，妳帶些回去。」

「桃子？」顧馨之眼睛一亮。頓了頓，還是搖頭。「算了，莊子裡正忙著，我還是不坐了。」

謝慎禮想了下。「要收稻子了？」

「嗯。」顧馨之點頭。「天兒熱，我不太放心，我這回出來，也是想著去醫館拿點消暑藥來著。」

謝慎禮若有所思的看著她。「妳莊子上的，似乎都是佃農。」

顧馨之不解。「有什麼問題？」

謝慎禮盯著她。「妳大可不必如此操心的。」

顧馨之笑了，她再次扒回車窗上，眉眼彎彎的看著他。「你覺得佃農的命不值錢？」

謝慎禮覺得她生氣了，他微微垂眸，答非所問道：「我阿娘出身佃農，會走路就開始幹活，沒幾年又遇災荒，家裡揭不開鍋，把她賣到大戶人家，七、八歲起就一直伺候人。」

顧馨之怔了怔，收起笑容，安靜的聽著。

「她這輩子沒享過什麼福……」謝慎禮停頓，看著她，又換了話題。「清明那天，我看到妳將丫鬟護在身後。」

清明？顧馨之歪頭想了想，只記得為躲雨遇到賊人，然後就被他救了，餘下，沒什麼印象了。

「我阿娘若是能看到妳，定然很喜歡。」

顧馨之眨了眨眼，笑了。「那你呢？」

謝慎禮那雙平日顯得冷漠的修長眼眸微微低垂，聲音很輕。「我亦然。」

顧馨之終歸沒進西府，往車裡塞了筐桃子，拍拍屁股走了。

回到莊子，她將城裡大夫開的藥交給徐叔跟張管事，讓他們去囑咐大家，覺得不舒服一定別強撐，該歇就歇，不差這一時半刻的。

徐叔兩人都已然習慣，自家主子說了，這叫安全生產，生命第一。徐叔還好，張管事那是感恩戴德。

顧馨之哪有工夫聽他叨咕那些話，趕緊躲回屋，鋪紙磨墨，抓緊時間畫畫。

做服裝的，都會畫幾筆，她也不例外。因為她從小就要哄各種弟弟妹妹，卡通圖更是熟練。她打算畫幾張卡通圖，做成布貼。

她今兒去鋪子晃了一圈，大概了解了情況。這名聲問題，短時間內是沒法平息，只能從產品入手。

她去找謝慎禮幫忙傳話是其一，其二呢，她確實打算鋪子加賣童裝。上回替阿煜做了幾身就有些想法了，現在正好開工。

她也不打算挑戰太新潮的樣式，只打算做棉布童衣，主打平民路線，布料統一，花紋繡紋都不要，只在局部縫一塊色彩鮮明靚麗的卡通圖，並在胸前加個布鋪商標，簡簡單單、清清爽爽，正適合夏日。

且只做布衫跟縫製布貼，價格不會高，那活兒也簡單，會針線的都能幹。她莊子裡這麼多婦人，連帶許氏、莊姑姑都能一起趕貨。

但得趕緊，夏衫季節就剩這一個多月了。時間緊迫，她也沒多畫，男童用可愛的小老虎、小獅子，女童用軟萌的小白兔和小貓咪。

等畫一乾，她立馬將畫稿帶著去找許氏。

莊子如今隔出兩個院子當工坊，一邊做染房，一邊做織房加倉庫。就這樣還覺得有點緊巴巴的，許氏如今基本將這兩房的事情管了起來。

顧馨之抱著畫風風火火過來。「娘！救命啊！」

許氏如今一聽她聲音就頭大。「妳又有什麼想法了？上回妳說的圍巾還沒整明白呢。」

「不是新品的問題——哎呀，是別的新品！」

許氏一聽，連連擺手。「不行不行，往後排，咱家就這麼點人手，忙不過來。」

顧馨之覥著臉湊上去。「娘，咱家鋪子的棉布賣不動啊，這不得想想法子嘛。」

鋪子裡的情況，她隔三差五就會跟許氏叨叨，許氏自然知道。許氏軟了些許。「嗯，妳今兒去鋪子看了，看出問題沒有？」

顧馨之自然不會說名聲的問題，只道：「看出來了，問題不大，只需要我們推出幾款新品！」

顧馨之將想法簡單說了一遍，又將自己的畫遞給許氏看。

許氏看到那幾張畫，眼睛一亮。「跟上回阿煜那幾身差不多？」

「差多了差多了。」顧馨之擺手。「那是用香雲紗做的，多貴啊，這回咱就用棉布。」

許氏狐疑。「就先做幾身衫子當樣板？要是訂單很多怎麼辦？」

顧馨之覥著臉。「簡單啊，衣衫誰都會做，大不了找村裡的嬸子們幹活。」

許氏不上當。「貼布呢？」

「我染，我來染。這些圖案都要鮮亮才好看，得我自己來。」顧馨之輕咳了下。「然後妳們照著圖紙裁剪、縫上去……哦，還有這個圖示，每一身都要縫。」

顧馨之信誓旦旦。「娘您信我，這個絕對賺錢，單子來了，我立馬去請人，絕不會耽誤您手裡其他項目！」

嗚嗚嗚心好累，都穿越了，為什麼她還要跟產線主管討論貨期跟排單？更難的是，這回的產線主管是她親娘，還不能拍桌子……

好說歹說，顧馨之終於說動許氏，讓她帶著幾名婦人做童裝，自己則轉頭埋進染料裡。

前些日子閒著沒事，顧馨之試驗了許多顏料，也囤了點材料，染幾塊顏色鮮亮的布當貼布，足夠了。這些貼布只是用來做裝飾，用料不多，可以直接整疋上色，不用染線再紡織，倒是省事。

於是，接連幾天，她都悶在染房裡，煮布去漿、晾曬、勾兌調色、煮染……除了晾曬有下人幫忙，其他都得她親自盯著。幾乎每一步都要靠近鍋子，最低溫的煮染都得烘著小火，盛夏酷暑時節，自然天天熱得渾身濕透。

她是習慣了這些，許氏卻心疼得不行，繞著她轉來轉去，恨不得以身代之，甚至數度哄她去歇息。

趕著出貨呢，顧馨之自然不從。許氏無奈，只得天天給她做仙草凍、冰果子、消暑茶，生怕她熱著了。

顧馨之哭笑不得，卻又享受萬分。

幾天工夫，這批用來當貼布的布料終於完事。將院子裡飄著的五彩布料全部檢查一遍，確定都沒問題，顧馨之大鬆口氣，道：「好了，等曬乾了，就能用了……希望夠用。」

許氏心疼她。「不夠用也這麼著了，剩下不到一個月，賣多少是多少唄。」

「布貼比刺繡省事，夏衫過了，還能加到秋冬裝上。」

「那就到時再說，到時天涼了，染布沒那麼辛苦……不能交給下人去做嗎？」

顧馨之搖頭。「這個難，咱家現在沒個會染色的老師傅，其他人要學起來，沒個幾年工夫，做不好。」

許氏心疼她。「總不能以後都靠妳吧？咱家現在有點錢了，不如請個老師傅吧。」

顧馨之想了想。「也好，那我回頭留意一下。」

許氏這才作罷。「已經讓香芹給妳準備好水了，快去洗洗，換身舒服的，出來喝綠豆糖水。」

「誒！」顧馨之眉開眼笑，撲過去抱住她撒嬌。「娘最好了。」

許氏跟著彎起眉眼。

顧馨之抱完人，撒腿就跑。「我去沐浴啦！」

許氏喊她。「慢點，別摔著了。」

「知道了——」

聲音猶在，人已經沒影了。許氏無奈。「這丫頭……」

旁邊的莊姑姑忍笑。「夫人，要不要回去換身衣服？」

許氏疑惑。「我為何——死丫頭！」

顧馨之染布的時候弄了一身亂七八糟的顏色，抱過來的時候，直接糊到許氏身上了。

許氏氣得要命。「回頭洗不掉又浪費一身！」

莊姑姑忍笑安慰。「沒事，姑娘說了，這些本就是穿著染色的工服，染得五彩斑斕的才好看。」

許氏沒好氣。「妳現在都向著她了。」

莊姑姑嚇到了，便要跪下。「夫人，奴婢萬不敢有這種念頭！」

許氏也給她嚇了一跳，連忙攙起她，語帶無奈。「就是隨口一說……她是我女兒，妳向著她我高興呢。但這搗蛋的勁兒，妳就別跟她學了，沒得把我氣死。」

莊姑姑放鬆下來，笑道：「姑娘這樣挺好的。」

許氏抱怨。「可不是，沒人管著，越發像她爹了……她爹當年啊，也是鎮上出了名的調皮搗蛋呢。若是他還在，定會很歡喜。」

莊姑姑不敢多說，轉移話題。「姑娘不是要喝綠豆糖水嗎？是不是還在井裡冰著？」

「哎喲，瞧我這腦子，走走走，趕緊去取出來。」

顧馨之洗了澡，換了身衣服，正舒舒服服的喝著涼絲絲的綠豆糖水，就聽外頭有人大呼小叫。

她沒細聽，仰頭灌下碗裡最後一點糖水，遞碗。「我還要。」然後才扭頭。「誰呀，在外頭——」

「姊姊——顧姊姊——」一小身影衝進來。「哇妳在吃什麼？我也要！」

顧馨之眨巴眼睛。「阿煜？」

許氏也詫異。「阿煜你怎麼來了？誰送你來的？」

阿煜進來後，雖然眼饞桌上的小鍋，仍然乖乖行禮。「顧嬸——奶奶，顧姨姨。」

顧馨之卻奇怪。「原來不是叫嬸嬸和姊姊的嗎？」

阿煜站直身體，開始打小報告。「先生不許我這麼喊，他說差輩了……還凶我！」

司馬昭之心啊！

不過顧馨之和許氏都不在意，尤其許氏，她那些同齡朋友，早就當奶奶、外祖母了，若不是……

阿煜接著道：「阿娘的人送我來的，我要在莊子住幾天，姨姨能幫忙安排一下嗎？」

「放心，放心。」顧馨之摸摸他腦袋，轉頭吩咐跟進來的徐叔，還叮囑他要禮遇萬分，吃的喝的都不要缺漏，若是不夠，儘管帳上支。

徐叔並不知阿煜的身分，但不妨礙他從主子們的態度裡察覺一二，自然恭敬領命離去。

阿煜見有人安排，湊到桌前，扶著桌子巴巴往鍋裡看。「香芹姊姊，我也要。」

香芹福了福身，笑道：「好，您坐著，這就給您盛一碗。」

「誒！」阿煜毫不客氣，爬上凳子乖乖坐好。

顧馨之湊過來捏了捏他臉頰。「怎麼突然過來了？」

阿煜掙扎。「不是姨姨要找我幫忙嗎？」

「啊？」顧馨之懵了下，才想起來。「你是說，謝先生讓你來幫忙的？」

阿煜點頭。「分明是妳讓先生來找我幫忙。」

許氏懷疑的看她。「阿煜這麼小，妳讓他幫什麼忙？」

顧馨之答不上。她本只是想借個名頭啊。

阿煜又道：「我娘還讓我來勸勸姨姨，說什麼……」他想了想，跳下圈凳，端起手，學著皇后的語氣，老氣橫秋道：「清者自清，顧姑娘無須太過在意旁人，千金易得，良人難覓，望姑娘好好想想。」

顧馨之忍不住托住他嬰兒肥的臉狠狠搓。「你怎麼這麼可愛啊！」

阿煜掙扎。「奶奶救命！」

許氏忍俊不禁，上前扯開顧馨之。「好了好了。」她將香芹盛好的綠豆糖水放到阿煜跟前。「來，喝糖水，別理她。」

「誒，謝謝奶奶！」

見阿煜爬上圈凳準備喝，顧馨之按住他腦門，另一手順勢摸進他後衣領，確認沒出什麼汗，才鬆開他。「好了，只能喝一碗啊。」

阿煜抗議。「妳都喝兩碗。」

顧馨之囂張。「我比你大隻！」

許氏敲她頭。「什麼話。」她轉向阿煜，哄道：「你還小呢，怕吃多了不好消化，要是想喝，明兒再做。」

阿煜委屈。「好吧。」

許氏愛憐的摸摸他腦袋。「待會兒喝完，讓你姨姨帶你去玩。」

顧馨之也要抗議了。「我很忙的。」

許氏瞪她。「布料都染好了，剩下都是我們忙活，妳有什麼好忙的？」

顧馨之的針線……確實不行。她一秒認慫。「那我帶阿煜玩！」

阿煜遲疑了下，道：「我是來幫忙的，不是來玩的。」

顧馨之頓時笑了。「這會兒可沒什麼要你幫——哎喲，阿煜你能過來待幾天？」

阿煜歪頭。「娘沒說，只說讓我來幫忙。」

顧馨之摸摸下巴。「那我有個想法……」

因為顧馨之的新想法，莊子裡織染房的婦人連帶許氏等都忙碌起來。

裁製新衣，剪縫布貼，三天工夫，做出十幾套兒童夏衫。也是勝在夏衫簡單、童裝縫製更是省事，才有這般速度。

顧馨之這三天也沒閒著，帶著阿煜滿村子亂竄，挑了幾個個子差不多，長相也討喜的小孩，許了些銀錢，美其名曰要雇小孩幾天。

顧家經常找村裡人幹活，挖溝渠、收河泥，還收亂七八糟的草稈藤條……上上個月還找里正，建議他們在屋前屋後、田埂等地栽種一種野草，叫什麼仙草。

反正這幾個月下來，他們建安村的村民大都手裡闊綽了不少，對顧家也更為親善。這回聽說顧家姑娘要雇傭小孩幹點輕省活兒，這幾家也不擔心被坑，全都樂意得很，別家的還巴巴把孩子送過來，說大點能幹更多活。

顧馨之哭笑不得，解釋了幾回。

這邊緊巴巴訓練小孩子，另一邊還得找木匠搭臺子、去戲園子請合適的老樂師。

一切就緒，好戲登場——

一夜之間，顧家布坊出名了。

街頭巷尾的男女老少都在討論顧家布坊那日的童裝秀——布坊門口搭了木臺，演奏著奇怪但分外輕快的樂曲，一群兒童穿著新亮可愛的衣裳在臺上來回遛達……

不管是奇怪的樂曲、奇特的臺子、還是新穎的衣裳展示模式，眾人皆津津樂道。

那些可愛的、圖案各異的孩子衣裳一套才一百五十文到一百八十文不等。

如今三疋棉布約莫一兩銀子，一疋布能做兩身大人衣服，若是布料用得廢一些，一身大人一身小孩，算下來，怎麼著也得一百六十六文。

最重要的是，聽說展示衣服的孩子裡，有一位是皇子！

這顧家賣的是從未見過的新穎紋樣，還與皇子同款……天子腳下，這定價，良心啊！許多家裡有小孩的，紛紛走進顧家鋪子，訂購新款。

布具一格這邊客似雲來，與高采烈的阿煜回到宮裡，立馬奔向皇后寢宮。

「阿娘！我回來啦！」

他剛奔進大殿，就迎來一聲訓斥——

「大呼小叫的，成何體統？」忙完朝事過來的皇帝皺眉瞪他。

皇后也不放任。「阿煜，你的規矩呢？」

阿煜連忙停下，乖乖行禮。「父皇大安、母后大安，兒臣失禮了。」

皇帝這才緩下臉。「聽說你去顧家莊子玩了，怎麼回來了？」

阿煜嘟嘴。「兒臣才不是去玩，兒臣是去給顧姨姨幫忙的。這幾天都沒歇著，天天訓練呢。」

「訓練？」皇后詫異。「是去幫什麼忙，為何還要訓練？」

阿煜頓時來勁了。「要的啊，我們都沒有走過秀，要學走模特兒步，顧姨姨說那個也叫貓步，好難的，我們學了好多天呢。」

帝后面面相覷，皆在對方眼中看到迷茫。

皇后溫聲道：「我竟沒聽過這些，你仔細與我們說說。」

阿煜手舞足蹈解釋了一遍，又把自己帶回來的三身衣服翻出來展示，說完得意洋洋。

「我還賺了半兩銀子！足足半兩，上回忙活了大半個月，才賺了七百多文，我真是太厲害了！母后，以後兒臣賺錢給母后買首飾！」

皇后雖欣慰，卻聽出幾分不妥。「你是說，你穿新衣服在街上走來走去？」

「什麼街上？顧姨姨說了，那叫丁字舞臺。」

皇帝皺眉。「然後你就在那臺上，伴著樂曲，搔首弄姿、任人參觀？」

阿煜跺腳。「啊呀，那叫走秀，那是展示產品……父皇怎麼跟那些俗人一樣，思想這麼齷齪！」

皇后驚了。「你怎麼說話的？」

阿煜可理直氣壯了。「前兩天也有人這麼說呢，顧姨姨就是這麼罵回去的，我還記得原話呢。」

他清了清嗓子，下巴一抬，學著顧馨之睥睨別人的姿態和語氣，道：「仁者見仁，智者見智。心懷齷齪者，看什麼都髒。這種人，對上別人的視線，便想到勾引，看到別人笑，便覺別人賣弄風騷。在這等人眼裡，不管旁人做什麼都是錯的，實則不過是他們心裡齷齪！」

皇帝皇后一瞬間覺得，自己彷彿被罵了?!

第三十五章

阿煜在宮裡如何替自己宣傳，顧馨之當然不知道。她這波先斬後奏，擔心帝后找麻煩，思來想去，索性在鋪子裡寫了封信，讓人送去給謝慎禮。

然後她就將此事丟開不管，高高興興帶著單子返回莊子，開始趕貨。

謝慎禮自是毫無所知。

許是嫌棄他不肯復官，皇上直接丟給他一堆事情，導致他半點不得空。下晌他正忙著，皇上突然召他入宮，說了一堆隱晦不明之語，完了什麼事也沒吩咐，一臉複雜的讓他離開。

謝慎禮百思不解，一路擰眉推敲。直到回到府裡，收到李大錢送來的信。

信用一塊碎布頭包著，還意思意思戳了兩針，看起來非常……物盡其用。謝慎禮啞然，讓青梧拿來剪子，慢慢剪開布封，露出裡頭數張薄紙。

這回竟寫了這般多？

他有些詫異，微微加快動作。紙張翻開，入目是一張簡素畫。筆跡淺淡細小，看起來彷彿是炭條所描。

謝慎禮挑了挑眉，仔細看圖。

顧馨之這是畫了一幅……街景圖？

數間鋪面，當中一間掛著「布具一格」牌匾。布鋪門前畫了一個奇怪的臺子，臺子上有兩個……紮著沖天辮的小人。這是孩童吧？

除此之外，街上、臺子周圍也畫了許多小人兒，或長裙，或長衫，皆是線條描繪，寥寥幾筆，躍然紙上。雖不太美，卻頗有幾分意趣。

所以，顧馨之是給他畫了張街景圖？

謝慎禮頗覺疑惑，放下畫，接著往下看信——

看完信的謝慎禮瞬間明白，難怪皇上突然找他進宮，還那般說話。

他有些頭疼，轉向青梧。「找些不打眼的去聽聽，若是有那不長眼的胡亂編排，就引導一二。」

青梧一臉懵。「編排什麼？」

謝慎禮捏了捏眉心，道：「顧姑娘又折騰了……總之，不管別人說什麼，儘量往童趣、新穎上引，別讓人壞了姑娘的名聲。」

「是。」青梧雖不甚明白，但主子吩咐了，他照辦便是了。

謝慎禮如何忙活不說，顧馨之全然不知，她帶著一堆訂單回到莊子，興致勃勃去找許氏邀功，反而遭到一頓錘。

「這批貨全要這月出去，妳是不是見不得我們太閒？不對，我們沒閒著，都忙得要死，妳還加急單！妳這死丫頭，是不是看不得我們閒著？

「不是說要請人嗎？還不趕緊去！」

顧馨之抱頭鼠竄，趕緊跑出去找徐叔商量。她倒不是想請人，她想直接往大了做。只要她鋪子不倒，往後這種活兒少不了。

別的鋪子，規模大些的，會養上數名好繡娘，裁衣刺繡，半點不馬虎。差一點的，也會與固定的繡娘合作，不容易出問題。

顧馨之如今剛起步，周邊村裡婦人，針線活可以，但必定良莠不齊，加上以前沒有合作過，不知其人品秉性，丟布少線的都是小事，若是品質出了問題，耽誤貨期，那才叫頭疼。

她索性參考現代工廠制度，請附近村落的婦人來上班，將所有流程拆解，每人負責一個環節，這樣，請來的婦人只要針線功夫不太差，便能勝任。

而且，過程中，還有許氏等人監管，可以確保每個環節不出太大問題，也能精準把握生產進度……唔，就是許氏以後管的事更多了。忙也挺好的，這樣許氏肯定不會有空自怨自艾了。顧馨之心虛的想著，她也是為了自家親娘好呢！

這般操作模式，徐叔聽得雲裡霧裡，連著問了許多問題。

顧馨之想了想，索性讓人拿來紙筆，就著他的問題逐一列下章程。比如，幾點上下工，若是遲到早退，如何罰，若是比預定時間長了，如何獎勵。比如，暫時就近在村裡招人，午間也不包吃住，各人歸家自理。再比如，薪銀是按月發放，每月固定什麼時候發……如此種種。

徐叔有些擔心。「章程看著滿妥貼的，就是……咱家這是要養一堆繡娘？」

顧馨之不解。「怎麼算養著呢？她們只是來幹活，我們給錢。」

「要是活兒沒那麼多的時候，咱們豈不是虧了？」徐叔小心提醒。「活兒少的時候，她們過來點卯，然後閒坐著，到點離開，也能領這麼多錢嗎？」

顧馨之理所當然。「說了給月銀啊，那是自然。不過，怎麼會沒活呢。」她好笑不已。「你最近沒見我娘都暴躁了許多嗎？咱家的活兒只會越來越多，怎麼可能會少呢。」

徐叔仍然擔心。

「沒事，若是咱家的家業真破敗，到時好好與人商量，跟人解契便是了。對了，回頭我把這個寫進契裡，結契的時候，得讓里正跟著一起，讓他做個見證，別回頭跟我們扯皮。」

「誒，奴才曉得。」徐叔聽說寫書契，才放下許多擔心，忙叨叨去準備。

顧馨之則鑽進書房，絞盡腦汁的貼合這個時代習慣，寫了份勞動契約出來。想了想，又不甚放心，將自己不太確定的問題寫下來，讓人快馬加鞭送到雲來貨行。

上回她在謝慎禮家養病，看見他許多讀書筆記，知道他對大衍法律鑽研頗深——反正，遇事不決，找謝先生肯定沒問題。

然後她便去翻布料了，這批童衫單子量太多，原來染出來當貼布的料子絕對不夠用，她得趕早先煮布曬布，搶時間染色。果真要趕緊找個老師傅幫忙，不然她得累死。

事情多，顧馨之忙起來沒停，壓根兒忘了自己已給謝慎禮連發了兩封信。

第二日，她正收拾各種染色材料，打算做個查漏補缺，就聽水菱來報，謝大人來了。當然，水菱已經將人引到一處安靜小院。

顧馨之忙不迭去見人。

謝慎禮先發問。「妳在信中問及律令相關，可是有何麻煩？」

顧馨之眨眨眼。「沒有啊，我只是防範未然——哎呀，差點忘了這個。你來了正好，幫我看看我擬的書契有沒有問題。」伸手便要去拉他。

謝慎禮忙退後兩步，掃向水菱兩人。

「真是的。」顧馨之轉向香芹。「我跟謝先生去大廳，妳去書房取書契。」再看水菱。「去端點綠豆糖水過來。」

「是。」

「跟我來。」顧馨之朝謝慎禮勾勾手，便率先往前走。

謝慎禮莞爾，端著手，信步跟上。

顧馨之把人領到廳裡，不知從何處摸出把扇子，扔給他。謝慎禮下意識接住，低頭看，是鄉間常見的大葵扇，他不解抬頭。

顧馨之正嫌棄的打量他。「趕緊搧搧，看見你都覺得熱。」這廝一身寬袖長袍，看著就熱。

謝慎禮莞爾，將扇子放到几上，緩聲道：「無妨，習慣了。」

顧馨之自己也撿了把扇子，正要搧呢，就看到他放下扇子，登時無語。她三步併作兩步走過去，朝著他就是一頓猛搧。「習慣了不代表不熱好嗎？」

謝慎禮使了個巧勁，從她手裡取下扇子，道：「真不覺得熱。」完了還反過來勸她。「心靜自然涼。」

顧馨之白了他一眼，抓起另一把扇子猛搧。「靜不了，熱死了。」她想念冷氣電風扇冰西瓜。

謝慎禮無奈，只得拿著扇子輕輕給她送風，問：「是為了鋪子的事著急？」

顧馨之頓時看他順眼多了，老實不客氣的在旁邊坐下，邊搧風邊道：「這不急著趕貨，加上天氣熱，人躁得慌。」

謝慎禮道：「便是妳那場……走秀帶來的單子？」

顧馨之頓時彎了眉眼。「對啊。這種方式好受歡迎，回頭我要再辦兩場秋冬秀！對了，還有成人秀，爭取過年前多賺點。」

「成人？」謝慎禮想嘆氣了。「我雖不曾親臨，但，妳可知市井如何議論這些舉措？」

顧馨之點頭。「猜到了。」

「那妳——」

「那又如何？」顧馨之不解。「大衍律例並沒有說這個不能做吧？以我對大衍的了解，這種事情，也不至於被拉去浸豬籠。」

「確實不至於。」

顧馨之攤手。「那不就得了。」

謝慎禮想到皇上那番有些陰陽怪氣的話，額角抽痛的問：「兒童便罷了，成人如何……走秀？哪家姑娘公子願意在大庭廣眾下走來走去？」

「那我不找公子姑娘不就得了。」

謝慎禮皺眉。「妳若是找奴才，讓阿煜如何自處？」

顧馨之垮下臉。「那怎麼辦？」

謝慎禮心裡發軟，聲音也軟了下來。「這種事情往後就——」

「姑娘！」一手拿契紙、一手捏信箋的香芹走進來。「邱嬸送了封箋子進來。」

謝慎禮停下話。

顧馨之隨口道：「陸家送來的嗎？」她這幾個月就跟柳霜華聯繫得多。

香芹搖頭。「不是咧，邱嬸說面生得很。」

顧馨之詫異，隨手接過來。「錦繡布坊？」

她坐直身體，迅速拆開看起來。信中只有寥寥幾句，言辭頗為客氣，請她明日到德福酒樓飲宴。顧馨之哇的一聲。「鴻門宴啊！」

謝慎禮微愣。「何謂鴻門宴？」

「就是指不懷好意的宴會。」

謝慎禮若有所思的看著她，她毫無所覺，翻來翻去的看信箋，嘀咕道：「就這麼幾句話嗎？也不說說什麼宴，有誰參加，太隨意了吧？」

謝慎禮壓下思緒，問：「可方便讓我看看？」

顧馨之順手遞過去。「喏。」

謝慎禮接過來，仔細翻了遍，確實未看出問題。他想了想，道：「明日要我作陪嗎？」

顧馨之白他一眼。「你以什麼身分過去？別忙活了，我自己去就行了。」

謝慎禮皺眉，正要說什麼，水菱提著食匣進來了。

顧馨之雙眼一亮，起身招呼他。「先喝糖水。」

片刻後，兩人相對而坐，面前各擱一碗涼絲絲的綠豆糖水。

謝慎禮頗有些不習慣，瞪著面前的小碗微微皺眉，道：「非早非午的，是不是有些不太合適？」

「吃東西還要講時辰的嗎？」顧馨之斜眼看他。「我記得，許管事說過，你的晚膳向來沒個正點啊。」

顧馨之敲碗。「快吃，吃完幫我看看書契。」

「別敲碗。」謝慎禮皺眉。

「謝先生，你規矩好多喔，你再這麼磨磨唧唧的，我也不是很想跟你過日子的。吃不吃啊？」

謝慎禮默默喝下一碗甜得膩人的糖水，又連灌了幾杯溫茶。

「我算是不愛喝太甜的，這鍋還特地往淡了放，你竟然還覺得甜。」顧馨之很是無語。「覺得太甜怎麼還往下嚥啊？」

謝慎禮神情淡定。「還沒訂親，只能喝了。」

這是暗指她前面拿親事威脅？顧馨之無語，笑罵了句。「德行！」

「姑娘謬讚。」

顧馨之懶得跟他爭這些口舌之語，她拿來書契，準備開始請教他。謝慎禮卻反過來詢問她書契上的辭彙。

顧馨之只得先跟他解釋，何謂打卡、何謂福利、何謂獎金……一輪下來，謝慎禮懂了，就著面前這張八仙桌，提筆落墨，一蹴而就，替她重新寫了份書契。

顧馨之擔憂。「你別給我寫成文言文啊，我這都是對著老百姓的，他們要是看不懂，我還得費勁給人解釋。」

「不會。」謝慎禮將乾了的紙張遞給她。

顧馨之半信半疑，拿過來先看起字體，依舊遒勁有力、端方肅穆，好看得恨不得裱起來。再看內容，直白簡單，只改動了些現代辭彙，更為接近當代語法習慣，也增補了幾條文書。她很是滿意，順便就那幾條文書請教了一番。謝慎禮當即給她上了堂沈悶又無聊的法律課，內容包括物權、債權、租賃、雇傭、承攬……

顧馨之心道謝謝啊，但真沒必要。

謝慎禮有許久不曾這般與人酣暢淋漓的討論學問了。他自認對顧馨之了解頗深，知她不如外界傳聞那般是莽夫之女，而是腹中自有丘壑。但今日一談，顧馨之在律法上的見解，讓他再次刮目相看……只恨不能今日成親，日日與之廝磨暢談。

可惜兩人都有事，終歸也未曾訂親，謝慎禮不好久留。看過書契，又叮囑顧馨之暫時不要再辦那走秀之舉，謝慎禮意猶未盡的告辭了。

他前腳剛走，顧馨之就癱靠到椅背上。

她跟謝慎禮相處太放鬆了，對方提及律法，她幾次忍不住將現代刑法民法搬出來對比，但她本不是學法律的，一知半解之下，好多問題壓根兒答不上來，謝慎禮又是鑽研有道，條條進逼……一場聊天，聊得跟論文答辯似的，累死她了。

香芹嚇了一跳。「姑娘您怎麼了？」

顧馨之拍著胸口。「哎呀，謝先生剛才跟審犯人似的，好可怕啊。」

「姑娘，謝先生平日不都這樣嗎？」她們幾個怕他怕得要命。

「不一樣。」顧馨之自言自語。「聊吃喝不香嗎？跟一老學究討論這些幹麼，唉，真是閒的。」

以後再跟謝慎禮聊法律，她就是豬。

第二日，顧馨之將自己收拾得乾淨索利，慢悠悠趕往德福酒樓。

德福酒樓在長福路東頭，比鄰東市，很是熱鬧，顧馨之到的時候正是飯點，酒樓人來人往。

她正尋思著怎麼去找那錦繡布坊的掌櫃，就見一名婦人看了她們這邊幾眼，快步過來，行禮並自道身分，並請她上去。

這等鴻門宴，又是從未見過的人，顧馨之自然帶了人。水菱、香芹不說，振虎等人一併跟隨。所以她半點不怵，淡定點頭，裝出大家閨秀的儀態，慢步跟上。

那婦人腰彎得更低了幾分。

一行進了酒樓，轉進側道，直上二樓。

顧馨之慢吞吞步上樓梯，就聽到熟悉的低沈嗓音——

「顧姑娘？」那聲音帶著浮誇的驚喜。「妳也到此用膳嗎？」

怪道昨天沒叮囑她小心，合著在這兒等著呢？嘖，沒差事的男人，就是太閒了。

德福酒樓二樓類似花廳，連片的窗戶打開，明亮又透氣。二樓面積比一樓要小些，但桌椅要更講究，中間還點綴了幾盆花木，頗為雅致。

謝慎禮正站在樓梯邊，身著簡單常服，身後也僅有蒼梧一人。

顧馨之掃了眼周圍，數張桌子都坐了人，遠些便罷了，近的都聽到謝慎禮那聲招呼，視線躲躲閃閃的往這邊瞟。

顧馨之無奈，只得陪著假笑。「這麼巧，謝先生也在此宴客嗎？」

謝慎禮拱手。「非也，在下只是心情煩悶，出門走走，正遇上飯點，索性進來用膳……顧姑娘是來看鋪子的嗎？若是無事，不若一同用膳？」

什麼心情煩悶……這傢伙越發厚臉皮了啊。顧馨之暗笑，面上卻絕情絕義。「不了，我今兒有約，謝先生自便吧。」

謝慎禮不死心。「不知顧姑娘約的哪家？若是方便，今日在下作東，請顧姑娘賞臉。」

顧馨之暗瞪他。「不方便，謝先生請吧。」

「顧姑娘，雖說我們尚未訂親，但大衍風氣開明，在酒樓吃頓飯並不算什麼。」

「不，我只是不想——」

「哎喲哎喲。」幾道人影快步過來，打頭一名圓臉中年人朗聲笑道：「這位想必就是謝先生吧？今日是我們幾個宴請顧姑娘，若是先生不介意，可否賞臉讓我們當一次東道主。」

謝慎禮臉露詫異，看著他們幾個，問：「恕在下眼拙，請問幾位是……」

圓臉中年人拱手。「在下錦繡布坊的陳章。」他介紹身邊幾位。「這位是霓裳成衣鋪的劉姊，這位是冬夏布坊的秦二……」

隨著他的介紹，其他人一一向謝慎禮、顧馨之行禮。

「謝先生、顧姑娘，久仰大名，在下秦二。」

「老身姓劉，年歲比兩位大了許多，斗膽自稱一聲姊。」

一群人逐一行禮，顧馨之年齡小、輩分小，自是一一福身回禮。

謝慎禮卻端手肅立，有人行禮只微微頷首，看起來高冷又倨傲。但他有功名在身，與商賈相處，這般才是正常。

圓臉的陳章等人更是習以為常，見完禮後，他再次請謝慎禮。「謝先生既然無事，不如移步共飲？」

謝慎禮遲疑的看向旁邊的姑娘。

這裡諸位掌櫃哪個不是經過大風大浪的，臉上神色絲毫不變，只通通看向顧馨之。

顧馨之擠出笑容。「謝先生若是不介意的話——」

「不介意。」謝慎禮拱手。「在下榮幸至極。」

一行人轉移場地，來到二樓臨街一張大桌前，周邊還擺著幾座石雕、盆栽，與其他桌席隔開些許，頗有些隔間的味道。

謝慎禮身分最高，被迎到了上座。

顧馨之想著自己年紀最小，很自覺的敬陪末座。殊不知，她剛坐下，眾人又看了過來。

顧馨之看向上首的罪魁禍首，皮笑肉不笑道：「要不，我走？」

謝慎禮當即收回視線，垂眸斂目，宛若未聞。

顧馨之輕哼一聲。

眾人側目。怎麼彷彿覺得自個兒有點多餘啊？

圓臉陳章最快回神，笑呵呵道：「顧姑娘說笑了。」

顧馨之也就是隨口一說，自然不會緊追不放。

陳章招了招手，侍從連忙上前奉茶。

有謝慎禮在此，又是在大庭廣眾之下，顧馨之也不怕有什麼意外，老神在在的端起茶盞抿了口，裝模作樣點頭。「好茶。」

圓臉陳章道：「哎喲，顧姑娘也懂茶啊。」

顧馨之笑道：「不算懂，曾聽人講過幾句。但這茶喝得清爽回甘，無須品茶功力，也能喝出一二。」

陳章眉飛色舞。「哎喲，還是顧姑娘識貨，我帶來這些好茶，他們一個個都不懂欣賞，簡直浪費我一番心意！」

那霓裳成衣鋪的劉姊笑著接話。「這茶我們是不懂，咱又不是那等風雅之人……你要是拿塊布料出來，在座哪位不懂的。」頓了頓，想起謝慎禮，忙又道：「謝先生可別笑話我們。」

不演戲作偽，謝慎禮又是那副面容沈靜的模樣。他淡聲道：「茶再風雅，也得給俗人解渴。」

「說得好！」陳章率先拍掌。

劉姊嘆道：「不愧是先生，真知灼見。」

「先生高才，喝口茶都能品出這等人生道理。」

一場鴻門宴，因謝慎禮的到來，生生成了一場奉承大會。顧馨之無奈，乾脆直問。「諸位請我過來，敢問是有何貴幹？」

場中頓時冷了下來，幾人倒是想說，看看上座的謝慎禮，那到嘴的話又嚥了回去。

顧馨之察覺了，忍不住瞪了眼那裝高深的傢伙。她索性直接挑明話題，道：「可是衝著我那香雲紗過來的？」

幾人微訝，皆凝神看她，只待她繼續往下說。

顧馨之看向上座的謝慎禮，好聲問道：「先生，我們這邊要談些俗務，恐怕污了你的耳朵，不如，下回再吃飯吧？」

這是直接趕人了，幾人大驚。

第三十六章

陳章正要出言打圓場，就聽謝慎禮道：「無妨，我如今無官無職，家中又無夫人掌家，這些俗務，自然得學習起來……還望顧姑娘不要嫌棄。」這言辭語氣，要多卑微有多卑微。

顧馨之無語。「你不走，他們都不敢說話了。」

謝慎禮環視一周，懷疑道：「謝某這般嚇人嗎？」

「不不不，謝先生溫和可親，怎會嚇人呢？」

「對對，謝先生一看就是溫文爾雅之人，不嚇人不嚇人。」

顧馨之皺眉，敲敲桌子。「你們若是繼續這樣，那我走咯？」

圓臉陳章遲疑片刻，終還是提起話題。「顧姑娘，眾人都知道妳鋪子賣的香雲紗是妳家自製……但香雲紗的製作法子，連南方也知之甚少，妳是如何知道的？」

「看書。」總不能說上輩子留下的工作技能吧？

謝慎禮斂眉，掩去眸中笑意。

顧馨之接著反問。「我如何學會的，與諸位又有什麼關係呢？我堂堂正正製布賣布，各位若是想要，大可到我鋪子裡訂貨購買，若是不要，大家各賣各的，也無甚關係。你們勞師動眾約我來一趟，就是想知道我如何學會製作香雲紗的嗎？」

陳章忙道：「那倒不是。」

顧馨之道：「那就有事說事。」

霓裳的劉姊看了眼謝慎禮，終是開口。「顧姑娘，實不相瞞，我們鋪子賣的香雲紗，都是從南邊跋山涉水送過來的，拋去買價不提，光那押鏢送貨的價格便低不了。妳鋪子裡的香雲紗擺出來，我們手裡的香雲紗直接砸手裡……我們往哪兒說理去？」

顧馨之詫異，忍不住摸了摸臉頰。「我看著像妳家長輩？」

劉姊微微沈下臉。「顧姑娘此話何解？」

顧馨之放下手，不解道：「那妳買貨買貴了，賣不出去，為何問我？」

陳章連忙打圓場。「咱都是京城裡做布料生意的，平日裡大都以朋友自處，相互商量習慣了，並非找妳麻煩的意思。這香雲紗確實耗資巨大，我們幾家都壓著貨，現在有些著急，想看看妳那邊是什麼情況——畢竟，妳那鋪子不是每天限量售賣嗎？」

這話倒是中聽……就是來探探情況，看她有多少貨了。

顧馨之神色稍緩，道：「我也沒有自己一家獨大的想法。我這香雲紗確實不多，才限量銷售。」她沈吟片刻，坦然道：「算下來，約莫再賣個七、八天，就得停了。」

眾人一喜，接著又是遲疑。

陳章吞吞吐吐。「那什麼，再過七、八天，八月都過去一半了，回頭就是深秋——能賣的日子沒幾天了。」

顧馨之搖頭。「這我不管，我已經將我的存量告訴諸位，要如何在深秋之前把貨清掉，是諸位的工作。」

確實。陳章苦笑。「罷了罷了，今年只得虧些，盡快清掉了。」

其他幾人也面帶幾分菜色。

「那明年……」較為沈默的秦二開口，遲疑的看向顧馨之。「顧姑娘方才說了，這香雲紗，我們也能買？」

不知是不是謝慎禮在場的關係，這幾位掌櫃的態度都頗為親和。顧馨之也沒有懟天懟地的習慣，點頭道：「賣，倘若沒有意外，明年應該會增產，到時歡迎各位前來訂購……價錢肯定比南邊來得便宜。」

陳章幾人大喜，齊齊拱手。「顧姑娘大度！」

顧馨之笑道：「我還得多謝各位照顧生意呢。」

陳章笑呵呵。「應當的應當的。」

謝慎禮見顧馨之遊刃有餘，暗鬆了口氣，端起茶盞慢慢細品，打算當個安靜的聽眾。

另一邊，秦二再次開口。「顧姑娘，在下聽說前幾日妳鋪子舉辦了場名曰走秀的活動。可惜當時不能親臨，無法領會其中意蘊，不知顧姑娘可否與我們介紹一二？」

顧馨之正等著他們問呢，臉上笑容更盛幾分。「沒問題。」

當下就開始詳細解釋走秀，場地、服裝自不必說，重點介紹了走秀的宣傳功效。

幾人不太相信。

「誰都有穿新亮衣衫的時候，路上也常見新衫，怎麼不覺出色？」

「而且，衣服來來去去就那些款式、紋樣，穿上走兩圈，怎就會讓人下單子呢？」

顧馨之笑咪咪。「諸位知道，我鋪子那天走了十八身樣板衣，賣了多少單子嗎？」

眾人自是不知。

顧馨之以指蘸茶，劃了個數字。

「當真有此奇效？」陳章問道。

顧馨之慫恿。「你們試試，不就知道了嗎？」

旁觀的謝慎禮看到諸人臉上的意動，開始頭痛了。

顧馨之看出他們的動搖，立馬加把火。「你們要是覺得不放心，乾脆幾家一起聯合，搞成大型的，搭一個堪比戲臺子的舞臺。」

謝慎禮嘴角抽了抽，連忙開口，委婉道：「城裡怕是沒有這般大的地。」有當然是有，但普通老百姓可不能占用。

言外之意，搞太大了，怕是不太妥當。其他人聽音知意，頓時有些失望。

顧馨之卻擺擺手。「哎呀，要是搞這麼大，肯定不在城裡折騰，直接去城郊找塊空地，搭上大臺子，不光走秀，還可以找些戲班子表演，再穿插一些互動遊戲，哦，還能找些小攤販一起，人們過來又能看秀聽曲又能買好吃的……誒？這不就直接搞成一個類似燈會、廟會的大型活動嗎？」

陳章幾人驚呆了。

謝慎禮頭更疼了。

劉姊咋舌。「這，怕是耗資巨大吧？」

「不會吧，大頭的錢應該是搭臺子，各家出一點，分下來就不多了。要是銀錢不就手，就不找戲班子了唄。」

「那攤販……」

顧馨之詫異。「我們把人拉過來，他們乘機做生意賺錢，不收他們攤位費就不錯了，還要我們花錢嗎？」

顧馨之琢磨了下，拍掌。「下個月不是有重陽節嗎？大家都要出城踏青，正好擺起來，將秋季新款推出去！」

眾人皆是驚嘆。這、這就連日子都定好了？

謝慎禮捏了捏眉心。「顧姑娘──」

「哎喲，差點忘了一件事。」顧馨之看向謝慎禮。「謝先生，你跟京兆尹熟嗎？」

謝慎禮頓了下，慢吞吞道：「還算有兩分交情。」

顧馨之拍掌。「那就好，到時要麻煩你替我們在京兆尹面前美言幾句，讓他多派點人過來巡視一二，省得人太多，出現打架鬥毆的情況！」

不是，這是連治安都安排好了？

「好了，說完大方向，我們來捋一下細節。既然是聯合走秀，主題不用太過標新立異，就定名秋季新款展示會吧，直白告訴別人是展示秋季新款的。不過，你們各鋪子的主題和方向，還是得好好斟酌……對了，陳掌櫃，你那錦繡布坊，以什麼著名？」

圓臉的陳章聽得一愣一愣的，被她一點名，當即道：「我們家鋪子以綾製裙裳揚名，許多貴人都會在我們家做裙裳。」

顧馨之點頭。「那錦繡布坊就以這個為主，做一系列的新衣裳。」

陳章吶吶。「可是，這些衣裙都是給貴人們做的，連繡樣都是指定花紋……」

「什麼？」顧馨之震驚。「你們家做衣裳都是顧客指定？沒有自己設計——沒有自己花點心思做點新款，給顧客挑選嗎？」

陳章被問得很是心虛。「啊……貴人們都有自己的想法啊……」

「這些貴客這麼些年竟然都沒有拋棄你們家？」

見陳章有些尷尬的臉色，顧馨之懂了。「看來是流失了些啊！」

顧馨之諄諄善誘。「你不想留住老顧客嗎？不想多招攬點新客嗎？」

陳章看了眼其他人，輕咳一聲，道：「正是為了這個，才邀請妳、咳咳，大家過來……跟大夥兒一起商議商議。」他年歲大，又是經營多年布坊的老人，直白的說請教小姑娘，有些難堪，只能婉轉些了。

顧馨之壓根兒不在意這些。她大手一揮。「既然這樣，趕緊讓你家的人跑個腿，把花樣拿來看看，咱們這麼多人一起商議，總能找個點出來的。」

陳章遲疑。

顧馨之卻扭頭看向其他人。「幾位前輩鋪子裡也有綾製衣裙嗎？」

其他人紛紛表示沒有，綾製裙裳還是錦繡布坊的好。幾家鋪子都在京裡經營多年，若是有一樣的競品，怎麼可能和諧的坐在一起。

顧馨之早有所料，也不奇怪，道：「那就好，那我們暫時不用考慮錯開風格了。」

錯開風格？

劉姊當先忍不住。「妳是說，假如其他家有綾製裙裳，也能一起……那個，展出？」

顧馨之點頭。「當然啊。衣料就那麼幾種，款式、裁剪、紋樣、顏色、配飾……隨意搭配，就能千變萬化，若是要展出，大家商量一下，錯開些，就好了。」她若有所指的掃了眼眾人。「若是如此狹隘，覺得自家做了，別人就不能做的，約莫也是走不長久的。」

眾人面色各異。

劉姊又問：「裙裳就那麼些款式，靠搭配就能出新意？」

要說服這些老掌櫃，光靠嘴皮子可不行。顧馨之朝水菱招招手，水菱意會，連忙打開手裡的小竹筐，拿出裡頭的紙張和炭條。

香芹則上前兩步，將顧馨之面前的杯盞挪開，騰出一小塊空間。

顧馨之接過紙筆，放在空出來的桌上，道：「我隨手畫兩筆，大家就當看個樂子。」畫？眾人詫異的盯著她手裡的……炭條？

謝慎禮想到那張素簡的畫，若有所思。

顧馨之沒管他們，捏著炭條唰唰唰的開始畫衣服。

大衍的人物畫像跟她所了解的古代相差無幾，工筆畫也有，但較少，大都是講究寫意風流。平日看寫意畫確實有味道，但服裝設計卻不行。

她也沒打算畫得多精細，唰唰幾筆，畫了兩個簡筆畫仕女圖——唔，雖然是光頭，但好歹穿著長裙，也能勉強叫仕女吧？

眾人一看她這畫像，都露出幾分慘不忍睹之色。

顧馨之淡定自若，飛快下筆。

這時代的裙裳款式就那麼幾種，她挑了其中一款，兩個仕女穿著同款，但細節不同。

「喏，各位前輩看看。」

桌上幾人一直眼巴巴看著，如今更是湊過來細看。

劉姊提問。「這兩條裙子不一樣？」

「妳不是問，同樣款式，搭配有何不同嗎？」顧馨之笑咪咪的點點畫紙。「左邊這張，以緞料裁製，線條垂墜，厚重肅穆，適合長者。右邊這張，以綾料裁製，輕盈飄逸，適合年輕姑娘。對吧？」

眾人點頭。

有人不太服氣。「這不是眾所周知的事情嗎？」

顧馨之「嗯」了聲，再次提筆，在旁邊又畫了一仕女圖，然後舉起來。「這樣呢？」

眾人定睛，劉姊挨著顧馨之，第一個發現不尋常。「妳這裙子……」

顧馨之笑咪咪。「是不是覺得這裙襬、袖子很好看？」

劉姊點頭。「對，看圖樣頗為新巧……真的能裁製出這般效果嗎？」

其他幾人也目光灼灼盯著顧馨之，謝慎禮更是目光絲毫不離她左右。

顧馨之宛若未覺，指了指前面兩幅。「就是從前面兩種布料變化過來的。這裡我主用緞料，底部綴以綾料，袖口也用綾做褶樣，如此一來裙子既有緞料的厚重，又有綾料的輕盈，既好看，也不會顯得過於輕浮，適合夫人們穿著赴宴。這是衣料的搭配。」

劉姊瞪大眼睛。「這、這……這便是妳說的設計？」

顧馨之點頭。「對啊。妳看，是不是挺簡單的？」

眾人直想大喊哪裡簡單了?!

還是陳章先開口。「所以這是妳方才說，主打同種布料的鋪子也能展示的原因？」

「當然。同款布料，加上不同的裝飾裁剪、染色、紋樣，便會有許多變化，除非抄襲，款式相差無幾，不然，為何不能一起展示？」

劉姊急忙道：「那裁剪該如何改？咱們的衣衫制式就那麼些，還能如何調整？」

「那就是設計的範疇了，若是劉姊想知道的話，回頭我們可以討論一二。」

陳章連忙道：「帶上我帶上我，我對這些也很感興趣。」

「在下也是，望顧姑娘不嫌棄。」

「老朽也厚著臉皮跟著聽一聽。」

劉姊怒了。「你們不是嫌棄顧姑娘的童衫只有巧思嗎？怎麼這會兒就搶著上來？」

謝慎禮修長黑眸淡淡掃向眾人，其他人既尷尬又心虛。

「誤會誤會，那是老朽俗套了，不懂其中意義。」

「哎喲，巧思也是新意，我那是褒貶皆有。」

「咳咳，這不是眼紅顧姑娘家的生意了嘛……」

顧馨之趕緊打斷這些人。「這些回頭再說吧，咱現在繼續討論秋季展會的事情。」

陳章乾巴巴。「當真要展嗎？我、我沒弄過，壓根兒想不到什麼新穎款式……要是與妳一起參展……豈不是、豈不是……」都被比下去了？

「老朽亦然。這般巧思，老朽以往從未想過。」

「我也是，總不能就這麼上去吧？那跟鋪子裡懸掛的衣衫有何區別？」

「是啊，還得在重陽之前做出好幾件……想想就慌得慌。」

「顧姑娘還說有千變萬化，在下卻壓根兒想不到幾種。」

顧馨之眨眨眼。「你們是擔心款式設計的問題？」

眾人齊齊點頭。

顧馨之笑咪咪指了指自己。「你們可以請我設計啊，友情價，包教製作，可以按照你們指定的風格做出作品，喔，肯定也不會跟別家撞上。」

一場鴻門宴，生生被顧馨之搞成了秋季展的籌備會，順帶還拉了N張設計單子。

顧馨之淡淡定定來赴宴，高高興興離開，就差把蹭飯吃的謝先生給忘了。

她忘記了，謝慎禮卻沒敢忘記。他坐著自家馬車追到城郊數里處，才將人攔住。

隔著車窗，顧馨之很是不解。「方才不是剛見過嗎？謝先生有何急事？」

謝慎禮神色有些凝重。「上回我便說了，皇上對妳那走秀頗有幾分微詞……妳那秋季展可否暫且擱置？」

顧馨之笑了。「什麼叫我那秋季展？你方才聽見了啊，是錦繡布坊他們要聯合舉辦，與我何干？」

謝慎禮回憶了下，她好像、確實沒有說要參與進去。

顧馨之一臉無辜。「我能擺秀場，別人不行嗎？我何德何能啊——是因為有皇子在嗎？皇上如此專橫的嗎？不怕御史諫言嗎？」

見他無語，顧馨之噗哧笑了，然後壓低聲音撒嬌。「法不責眾喔，先生，讓大家都玩起來嘛。」

謝慎禮懂了。

顧馨之再次進入忙碌狀態。

莊子裡已經隔出一個小院，面積較小，勉強夠用。這處院子挨著院牆，後邊是片荒地，顧馨之打算改天買下來，蓋廠房。現在嘛，就將就用著吧。

要請人來做針線活，原來的屋子就不太合適。顧馨之大手一揮，讓人把牆給拆掉一半，準備回頭裝上窗格。

還買了許多石灰，將牆壁全刷了一遍，再著人打了些長桌條凳，就算齊活了。

窗子還在木工那邊打著，短期內是趕不出來，好在天氣悶熱，窗戶大敞更為透氣通風。

另一頭，徐叔找里正幫忙，尋摸了二十名針線較好、幹活勤快索利不挑事的婦人，全都簽上契。這邊屋子刷好，桌凳一到位，這些婦人便開始上工了。

開工第一天，顧馨之也不忙著幹活。

她先給大家開了個動員大會，展望了下未來。什麼要開全京城最大的布坊，要將漂亮的衣裳賣到全國各地，要帶著全建安村的人發家致富，讓大家都過上好日子云云……

雖是住在京城腳下，村裡婦人卻都不曾讀過書，聽著這番話，頓時都有些熱血沸騰。

顧馨之見大家都激動不已，咳了咳，趕緊將話收回來。「里正跟徐叔應當都給妳們解釋了何謂契工，我就不多說了。我這裡做五休二，夏日日長，每日辰時開工、酉時放工，中間午休半個時辰。冬日日短，早晚各減半個時辰，少了的時間就在第六日補上半天，也就是做五天半休一天半，都知道吧？」
眾婦人連忙點頭。
顧馨之道：「每月初五，就會發放上月的薪銀。倘若需要趕貨，要求妳們加班，我會按照書契所言，發雙倍日薪。遲到請假，則會按照規矩扣減相應薪銀。若沒有特殊要求，薪銀會以銅板結算……也都沒問題吧？」
有那相熟的婦人問道：「顧姑娘，當真一個月給兩貫錢嗎？」
顧馨之笑著點頭。「這是寫在書契上的，普通員工都這個薪銀。倘若做得好，擢升為小組長，或者根據規定拿到各種獎勵晉升職位了，就能領到更高的薪銀。」
婦人們有點激動。
「這個怎麼判斷做得好啊？我的針線十里八鄉都知道的，絕不會差，是不是現在就能領上？」
「我的也不差，我還會繡花兒！」
「我也是，我會繡小老虎！」
顧馨之哭笑不得，連忙做了個下壓的動作。「好好，知道妳們針線都不錯……但我這裡是花錢請妳們幹活，不是來評比妳們的針線活的。」她指了指牆上。「我這裡已經貼了規章制度和獎懲措施。妳們回頭自己看，不識字的話，我讓人過來，每天帶妳們誦讀一遍。」
有人驚呼。「還能識字？」

顧馨之板起臉。「我可沒工夫花錢請妳們來識字啊！每天念一遍，是防止妳們忘記了。不過……」她又笑。「若是妳們背下來了，確實能識幾個字。」

婦人們驚喜極了。

「我看見了，上面好多字。」

「豈不是說，我們能學會這麼多？」

「那我要是學會了，能抄下來帶回去嗎？」

顧馨之點頭。「都行都行。回頭妳們自己看著辦，但上班時間，不許偷懶啊！」

「肯定肯定。」

「哪敢偷懶啊，兩貫錢呢。」

「就是，我在家裡天天燒飯收拾，也沒人給我工錢，還不如給您幹活呢。」

顧馨之笑咪咪聽了片刻，才拍掌。「好了，廢話不多說。接下來交給莊管事，妳們往後都聽她的安排。」

「是。」

莊姑姑站前兩步，福身行禮。「諸位姊妹早，以後由我負責製衣房的瑣事，我姓莊，大家可以叫我莊管事。」

這是顧馨之規定的，關起門來如何規矩不說，在這些聘用的員工面前，顧家下人自稱「我」不稱「奴」。

「接下來，我講一下工作安排。我們會將大家分為幾個小組……」

顧馨之將製衣過程拆分成幾個流程，裁剪、縫線、收邊、貼布……每個流程一到三個小組不等，所有流程走完，一件衫子便可以成。如今他們手頭最大的單子是童衫，而且款式一致，拆分的步驟還算是簡單的。

都是村裡熟人，即便不熟悉，莊姑姑也早早從里正那邊打聽過相關情況，分組名單是早就定好的。

分好組，再將各組負責的工作解釋一番，這製衣房的工作便正式開始。

村裡婦人都是第一次出來幹活，許是想到每月能得兩貫錢，每個人都恨不得拿出渾身解數，一口氣把活兒給幹完。

顧馨之去染房、織房繞了圈回來，就發現這邊一整個院子鴉雀無聲的。

一整排的倒座房，全都敲了半面牆，窗子還沒安上，能看到大夥兒都在埋頭剪布、縫線，卻沒一個人吭聲。

顧馨之無奈了。

她那染房、織房都還好，染房基本都是自家僕婦培養、訓練起來的，針房現在有四人，都是買回來的織娘，也算是自家奴僕。幹活的時候雖然認真，但周邊全是吃住一起的同僚，多少會說說話。

顧馨之性子好，又愛聊天，經常就是那個帶頭起鬨的……反正，那兩邊的工作氛圍都還挺輕鬆的。倒是這些婦人……

顧馨之想了下，把莊姑姑喊出來。

「雖說咱家不包午膳，但織房、染房那邊有的，這邊也不能少。」

莊姑姑秒懂。「您是說那些茶水點心的？」

顧馨之點頭。「嗯，天兒太熱了，別等到下晌再提過來，放涼了就提過來吧，妳看著安排。」

「好。」

「涼白開也備好，別讓人渴了沒處找水的。」

莊姑姑道：「都在屋裡放著呢，已經跟她們說過，渴了自取。」

顧馨之看了眼屋裡，壓低聲音。「妳得空跟她們聊幾句，聊聊孩子聊聊瑣事的，別搞得氣氛太嚴肅了。」

莊姑姑啞然。「第一天嘛，不太習慣也是正常，過幾天就好了。」

「這樣嗎？」顧馨之撓腮。「反正妳看著，趕進度是一回事，可別把人心裡壓出病。」

莊姑姑似懂非懂。「好。姑娘放心，奴婢看著呢。」

顧馨之擺擺手，再看了眼緊張兮兮的婦人們，晃悠著離開了——她身為大領導，留在此處，這些人更不容易放鬆了。

第三十七章

職工上崗，訂單正式進入趕貨期，顧馨之才稍微緩口氣，開始頻繁進京城。

距離重陽節不足一個月了，她前面放下話，要幫著籌辦聯合秀展，自然不能光說不做。以繡工著稱的兩家排在前頭，後面依次輪上。

顧馨之也不做太複雜的設計，簡單調整搭配，便有出其不意的設計美感——站在巨人肩膀上培養出來的審美眼光，應付這些掌櫃簡直不要太簡單。

設計之餘，還要指導他們在裁剪、縫線上的注意要點。這個倒是簡單。這些鋪子裡都養著厲害的裁縫、繡娘，她只需稍稍提點一二，這些人便能處理妥當，比在莊子裡省心。

除了走秀衣衫要準備，還得做舞臺設計、現場佈置設計、走秀人員安排。

前兩者倒還好，幾位掌櫃商量過後，直接請了一幫給戲班子搭臺的雜班，交給顧馨之安排。顧馨之也老實不客氣，畫了立體草圖，扔給他們去頭疼。

最後的走秀人員，才是重點。她很是發愁，猶豫了好些天，都沒想好該找什麼人。但這些掌櫃們卻老神在在的，她忍不住問了句。

彼時，她正在錦繡布坊裡與陳章及布坊管事們商量著設計稿。聽見這問話，陳章很是不解。「這有何難的？誰家沒個親戚朋友的，再不濟，鋪子裡這麼多夥計……人選我們早就定好了啊，不然怎麼做衣衫？」

「男衫便罷了，姑娘們不怕被人非議嗎？」

陳章「哦」了聲。「放心，這個我們早就想好了，到時讓她們戴個面紗，不露臉。」

這顧馨之真是沒想到。

陳章倒是想起另一件事。「不過，我聽說那走秀還有特別的步子，叫什麼貓步的，他們可不會，是不是得教一教？」

顧馨之回神，忙道：「不用不用，那是小孩子學走的，顯得精神氣些。咱們展示的是長衫裙裳，只需姑娘走出那大家閨秀的模樣就行了，琴曲也得配悠揚雅致的。」

陳章連連點頭。「是這個道理。」

模特兒之事解決了，顧馨之對這場展示會更有信心了。

炎熱的八月在忙碌中一晃而過，中間還過了個中秋節，顧馨之折騰著做了批月餅走禮。很快，重陽就到了。

百姓們趁著清早涼快，紛紛出城登高。金華寺、四裡橋、雁塔等城外四面高地、山坡，皆是登高的好去處。

出城的百姓很多，唯獨四裡橋方向回來的百姓口中話題不太一樣。

聽說四裡橋那邊擺了個大集市，吃的喝的一應俱全，還有什麼服裝秀。

聯想到數月前顧家鋪子折騰的童裝秀，便有人打趣，這小小的服裝秀有啥好看的，然後就被眾人一頓噴。

什麼衣裳風格多變，樂曲激昂，什麼各大布鋪聯合，當場預訂價格低廉，什麼走秀模特兒或龍行虎步、或端莊淑雅，極為賞心悅目。

眾人這才知道，這次服裝秀，是京城各大布鋪聯合舉辦，規模、風格，皆是顧家鋪子之前的小打小鬧比不上的，別的不說，光當場預訂的單子，就夠各大布坊笑上一整年的。

又過了數日，聽說那場服裝秀還驚動了宮裡的皇后娘娘，為此，特地將服裝秀的設計指導顧家姑娘請進宮，要請她為帝后、皇子各設計幾款日常穿著。

消息跟長了腿似的，幾天工夫就傳遍京城上下，街頭巷尾隨便找個人，都知道皇后頗為喜歡顧家姑娘。

當事人入城視察鋪子營運時，發現鋪子門庭若市，買棉布、繡花布的普通老百姓幾乎將門檻擠爆，嚇了一跳。

讓水菱從人堆裡將李嬸揪出來，仔細詢問，才知道街上的流言。

顧謦之心裡一咯噔。

距離她進宮才過了幾天？若沒有人故意散播，普通老百姓哪裡知道皇后接見了誰？還知道她們談話的內容？

這要是沒人在後面推波助瀾，她當場把鋪門給吃了。

所以，是誰？

她第一個懷疑謝慎禮。當即手書一封，讓人送過去。

但這人最近不知忙什麼，好幾回送禮過去，都沒見著人，也不知什麼時候能拿到回信，她便沒等，確認鋪子一切安穩，拍拍屁股回莊子去。

她前腳剛到家，後腳就收到謝某人回信。

這麼快？顧馨之詫異，順手展開信。

熟悉的蒼勁渾厚映入眼簾，卻只有一句話——

時機已到，靜候佳音。

顧馨之滿頭問號。這傢伙現在不光不答話，還開始打啞謎了？

她不知道有安親王在其中插了一槓子，謝慎禮擔心給她招禍，壓了婚事。但她能猜到那滿街的流言，必有謝慎禮功勞。皇后邀她進宮還下單，約莫也是他在其中出了力……

不是給她揚名，就是借皇后之勢，總歸對她沒有壞處。

既然謝慎禮覺得沒問題，她就不管了。

不過，時機已到……

她收起信，找水菱吩咐了兩句，轉進後院找許氏。

聽說有事要談，許氏脫下他們莊子統一製作的罩衣，跟著她回前院。

「什麼事這麼著急？我那邊還急著驗貨，後日就要交貨了。」許氏一路走一路叨叨。

「妳不知道這批貨多麻煩……」

顧馨之聽著自家娘親叨叨，心裡頗覺安慰。她將許氏拉到桌邊，水菱適時端來溫熱的糖水。

「這是怎麼了？」許氏詫異。說幾句話，不至於這般大陣仗吧。

顧馨之笑嘻嘻哄她。「娘您喝幾口，辛苦一上午了，得補補。」

許氏啐她。「糖水補個什麼勁兒。」

「我這是紅棗蓮子羹，養顏呢，可不是普通糖水，快喝快喝，喝了今年二十八，明年十八。」

「是是是。衝妳這話，我都得多喝幾碗了。」許氏笑完，捏匙喝了幾口，然後問她。「糖水也喝了，說吧，有什麼事？」

她直接，顧馨之反倒遲疑了。

許氏生疑。「可是咱家生意……」他們家全靠鋪子產出過日子——好吧，還有顧馨之的設計單子。但鋪子出問題，也是影響很大的。

「沒有沒有。」顧馨之擺手。「跟鋪子沒關係，是我這裡有點事。」

許氏微鬆了口氣。「什麼事？」

顧馨之看著她。「娘，回頭您把莊子都管起來吧。」

許氏詫異。「現在不都是我管著嗎？」

她這女兒，除了下令給個方向，就只會煮花草樹根玩顏色，徐叔跟張管事都不懂這些針線布料的活，經常來找她詢問，久而久之，織房、染房、連帶鋪子那邊許多瑣事，都是她來管。上到人員安排、下到品質把控，天天忙得腳打後腦勺。

「不是這個意思。」顧馨之撓了撓腮。「那就是沒什麼意外的話，我不是得跟謝先生成親嗎？我想著，莊子這邊交給您來管。」

許氏怔了下，忙問道：「要議親了？不等年後？」

顧馨之撓頭。「估計等不了吧？不過現在都秋末了，要完婚，怎麼著也得年後？」

許氏一想也是，嘆了口氣，問：「謝先生有什麼章程嗎？打算何時訂親、何時完婚、請誰來提親——」

「停停停。」顧馨之哭笑不得。「哪有那麼快，回頭他應該會找人過來跟您商量。」

「好吧。」許氏問她。「那妳著急著慌找我聊這些幹麼？」

「提前安排好，回頭才不會慌亂。」

「哦。」許氏點頭。「妳放心，妳出嫁的時候，保管都給妳理順了。」

「這幾個月妳給了我好多銀子，這建安村的人我也都處得不錯，回頭我在村裡買塊地，建個宅子如何？」許氏滿懷憧憬。「這樣我既能繼續看著妳，偶爾還能過來幫幫忙。」

顧馨之眨眨眼，飛撲過去，橡皮糖似的蹭她。「娘，您怎麼對我這麼好啊。」

許氏被蹭得往後倒，唬得莊姑姑趕緊扶住她。許氏坐穩後，拍拍靠在自己頸側的腦袋，語氣軟下來。「妳是我女兒，我不對妳好還能對誰好？好了，快起來！」

顧馨之這才起身坐好，胡亂塞好散落下來的髮絲，正色道：「我是您的女兒，那您是不是也願意聽我的安排？」

許氏不解。「什麼安排？」

「我想將莊子交給您——」

「不行。」許氏一口拒絕。「莊子鋪子都得當陪嫁。妳是要跟謝先生成親，就咱家這家底，就算鋪子莊子全給妳都不夠，所幸這段時日賺了點，回頭得多買點東西——」

「不。」顧馨之拒絕。「莊子跟田都留給您，我就帶一個鋪子走。」

許氏憂心忡忡。「那不行——」

顧馨之按住她胳膊。「娘，這幾個月您也看到了，我賺錢的能力不差吧？」

許氏遲疑了下，點了點頭。

顧馨之又道：「我這幾個月也賺了不少，回頭我在附近再買幾十畝田，盡夠了。現在這三十畝我是要留給您嚼用的。」

許氏不贊同。「我一寡婦，能吃多少，留給我做甚？」

「那我還就一個人，能吃多少？您知道我有多少錢，買地是盡夠的。」

許氏遲疑了。

「還有莊子。」顧馨之接著道：「這莊子也留給您，回頭在這裡蓋廠製布，都要勞您繼續管著。這樣，等我出嫁了，我們倆就算是合作，我出技術和資金，您出地和人，賺到的錢我倆平分。」這樣，許氏往後的生活也有著落了。

身後的莊姑姑、徐叔皆紅了眼眶。說是平分，誰都知道許氏是占了便宜的，或者說，姑娘即便嫁人了，依舊打算繼續供養寡母。

許氏也紅了眼眶。「哪有這樣分的道理——」

顧馨之耍賴。「我不管啊，您要是不按我的安排來，我就不嫁人了。」

許氏又好氣又感動又心疼。「妳只管出嫁就是了，娘還能餓死不成？」

顧馨之白她一眼。「是誰從荊州回來時，都瘦成一把骨頭的？」

許氏語塞。

顧馨之軟聲勸道：「您知道咱家家底的，我肯定也會為自己考慮。莊子田產留給您後，銀錢我可就不給您留多了，我都要拿去買田、準備嫁妝的，那麼多，別的不說，田產盡夠了吧？到成親還有好些時候，我還能賺更多，您有什麼不放心的。」

許氏想到帳簿上的餘錢，猶豫了，接著又有些難過。「是娘沒用，哪家姑娘出嫁，要安排家裡，還要自己準備嫁妝的？」

「這不是說明您閨女厲害嗎？別人家的姑娘，想自己準備還沒辦法呢。我自己準備，就能可著我自己心意來安排了。」

許氏依舊不展眉。

顧馨之索性扯開話題。「娘，我是二嫁，是不是嫁妝單子不用這麼厚？」

「誰說的！」許氏頓時挺直腰桿子。「就算是二嫁，也是堂堂正正嫁出去當正室，一嫁有的，二嫁也不能少。」她想到那可惡的謝宏毅，咬牙道：「甚至，還要比第一次厚！」

顧馨之迅速拿來紙筆。「我不記得我那些嫁妝了……娘您給我列一列？我們參照著往上加？」

「對！」許氏當即挽袖。「我給妳列出來！」

顧馨之暗樂，朝後邊抹眼淚的莊姑姑、徐叔扔了個得意的眼神，開始給許氏找事做。「都過了多久了，娘您要是不記得也沒事，我們可以問問莊姑姑和徐叔。」

「誰說我不記得？都是我親自置辦的，我都記得牢牢的呢！」

「是嗎？娘您別逞強，我不會笑話您的。」

「這麼多話，還不磨墨？」

「誒誒！來了來了——」

九月二十，宜祈福、訂婚、求嗣。

一大早，許氏左眼皮抽抽直跳，喜得她不停叨叨。「肯定有好事……哎呀也不知是什麼樣的好事……」

顧馨之路過，扔下一句。「娘您這是封建迷信。」

許氏朝她胳膊就是一掌。「什麼封見不封見的，別胡亂說話，菩薩聽見了會破壞好運氣的！」完了趕緊雙手合十朝東方拜了拜。「小孩子亂說話，菩薩莫怪！」

顧馨之翻了個白眼，走了。

還沒走出院子，就聽見遠遠傳來驚呼聲。「夫人、姑娘——那、那什麼——」

許氏嚇了一跳，顧馨之也停下腳步。

水菱氣喘吁吁的進來，扶著門框。「那柳、柳老頭——喔不是，琢、琢玉書院山長及山長夫人，連袂前來，求見夫人，要、要提親。」

「哈？」許氏愣了愣，才反應過來。「哦，是替謝先生來提親的？」

水菱氣都沒喘勻，連連點頭。

「竟然是柳山長夫人過來？」顧馨之咋舌，她想了想，問道：「謝先生來了嗎？」

水菱點頭。「來了來了。」

「哎喲，可算能見面了。」顧馨之喜上眉梢，提起裙襬就要走。「走，去看看——」

後衣領陡然被拽住。

許氏沒好氣。「正兒八經的議親，妳姑娘家去湊什麼熱鬧？」

她都嫁過人了，還不能參與嗎？顧馨之悻悻的放下裙襬。「好吧。那麼娘，您請吧。」

許氏瞪她一眼，帶著莊姑姑風風火火趕往前廳。

等人走遠了，顧馨之立馬眉開眼笑招來水菱。「來，交給妳一件事。」

「姑娘請說。」

顧馨之壓低聲音。「妳借著送茶的機會，偷偷去把謝先生請出來。」

顧馨之自言自語。「長輩議親，他留在那裡也是礙事，還不如出來跟我暗度陳倉呢！」

水菱是沒讀過什麼書，但她知道暗度陳倉不是這樣用的。帶著任務的她，一臉複雜的進去送茶。

顧馨之在廳外偷偷摸摸張望，沒等到好消息，卻等到莊姑姑走出來。

莊姑姑忍俊不禁的笑，朝尷尬的顧馨之福了福身，溫聲道：「姑娘，夫人說要留柳山長夫婦用午膳，讓您去準備一二呢。」

顧馨之打了個哈哈。「巧了，我正是要問這個呢……那我先去準備。」話未說完，腳底抹油溜了。

算了算了，既然要留下用飯，總會有機會。顧馨之灰溜溜離開，轉道後邊廚房。

這會兒約莫是巳時，確實該準備午飯了。

莊子裡，雞、鴨、蛋都是現成的，再讓人去村東頭的屠夫家裡買點骨頭和肉，加上地裡現摘的瓜菜……骨頭燉湯，肉紅燒，雞清蒸，鴨做碌鴨，昨兒才做的叉燒肉切上一盤，再殺隻雞做醬油雞，兩份時蔬，一個涼拌一個清炒。

好像少了點。

她想了想，又讓人去河裡撈幾尾魚，直接香煎。最後加份甜品南瓜丸子，湊成十道，完美。

莊子的廚房不是什麼正經大廚，只是在莊子的矮個兒裡挑高個兒挑出來的廚娘，平時燒個肉還行，真做席面，壓根兒應付不來。顧馨之往日想吃什麼，都得自己帶著做幾遍她才能上手。

今日有幾道菜廚娘沒做過，又是待客，顧馨之自然不放心，留在廚房盯著，新菜色更是直接下手。當然，也不需要她動太多的手，只需要下鍋的時候動幾下鏟子。

等她搞定幾道主菜，支著沾油的手走出廚房，赫然看到一道意外的身影。

正冠端服的謝慎禮一手虛攏身前，另一手負於身後，端方肅然，斯文有禮。

就是站的位置不太對。

這般穿著，若是站在高堂廟宇，自然是合適的，奈何，此刻他身後一垛劈好的乾柴，幾步外還有雞在散步。

「你怎麼在這裡？」顧馨之詫異，視線一掃，看到後頭縮著腦袋的香芹，頓時有幾分明白。估計是他的主意，她家丫鬟可沒這個膽子把人帶過來。

謝慎禮沈黑的深眸盯著她看了片刻，視線下移，掃過她身上圍裙，落在她支著的手上。

「要去洗手嗎？」

「喔對，等我一會兒。」她幾步走到幾個月前改裝的水槽前，摸了把胰子搓手，香芹搶步上前，幫她舀水沖洗。

洗乾淨手，顧馨之隨意甩了甩。「是前邊有什麼吩咐嗎？怎麼勞動你過來後邊呢？」

謝慎禮盯著她濕乎乎的手皺了皺眉，翻出塊帕子遞給她。「擦擦。」

「你好麻煩喔。」顧馨之接過帕子，隨意擦了擦。「現在可以說了嗎？是不是我娘有什麼吩咐？」方才都不讓她見人來著。

謝慎禮見她捏著帕子，也不多說，只道：「沒有，我出來走走而已。」

然後走到後廚？顧馨之看著他，戲謔道：「不是說，君子遠庖廚嗎？」大家都知道這句話什麼意思，不過放在當下情景，就單純指下廚。

「人有溫飽，方知講究。」簡而言之，這說法就是吃飽閒的。

顧馨之噗地笑出聲。「你這嘴可真損。」

「不及妳。」

「我當你是表揚了。」

謝慎禮眸底閃過笑意。「確實是。」

顧馨之白他一眼，看了眼手裡帕子，疊好塞回給他。「謝啦，只是濕了點。」

顧馨之看了眼廚房，吩咐後邊不敢抬頭的管事嬤子，道：「剩下的都是做過的，讓她們看著弄。」

「是。」

顧馨之接著招呼謝慎禮。「走，這裡亂糟糟的，換個地方說話。」

謝慎禮自無不可，緩步跟上。

顧馨之拐出廚房，在小路邊停下，等他走上前，才與他並肩前行。除了落後兩人數步的香芹，前後再無旁人。

顧馨之壓低聲音。「你動了什麼手腳？好端端的，皇后怎麼突然召見我，還到我這裡下單子。」

謝慎禮側頭看她。「為何猜是我？妳籌劃那場秋季新品展，京城何人不是津津樂道？」

「少來，這種小事，哪會入貴人之耳？還有，那滿街的傳聞，不會也是你的手筆吧？」

謝慎禮正色。「自然不是，皇家流言，豈是我等能胡亂編造的？」

顧馨之想了想，暫且信了他的話。

謝慎禮眸中溫和。「不管緣由為何，現在，有皇后為妳的品性德行作保，再有先生夫婦作媒，這親事，終要定下了。」

顧馨之卻遲疑了下，問：「你千般籌劃都是為了名聲，我這人，卻不喜歡被名聲所綁，萬一以後……」

謝慎禮神色平淡。「名聲只是為了行事方便。」

顧馨之想了想，點頭。「行吧，反正我好言在先，我可不是那溫良恭謙讓的性格，你既然敢娶，我就敢嫁。」

謝慎禮眸色溫軟。「嗯。」

第三十八章

約好小定的日子，媒人功成身退。柳、顧兩家各封了紅封，由柳家的車將人送回城裡，一行人便轉道膳廳。

顧家沒有男主人，但柳山長年紀大，謝慎禮又是準女婿，這頓午膳，自然是一桌吃。菜品豐盛，搭配合宜，吃得柳大夫人連連點頭。

許氏笑道：「她喜好折騰這些生活瑣事，說這叫什麼、什麼……」

顧馨之補充。「生活煙火氣。」

「對。」許氏無奈。「聽起來怪裡怪氣的。」

柳山長琢磨了下，問顧馨之。「是指烹飪食物的煙氣嗎？」

「算，也不算。人有一日三餐，守著這一日三餐的煙火氣，不就等同於守著自己的人生嘛，往大了說，還可以指民生呢。」

謝慎禮筷子一頓。

柳山長喃喃。「一日三餐……四方食事……煙火氣……」他一拍大腿。「好一碗人生煙火氣！」

謝慎禮沈黑深眸飛快掃過顧馨之後，垂眸不語，一副規矩的模樣。若非這人方才藉故出去，回頭卻跟著顧姑娘一道回來，大家都要信了。
柳大夫人默默收回目光，嘆道：「如此看來，顧姑娘倒是跟我們家慎禮相配。」
謝慎禮從小就缺這一碗安安穩穩的煙火氣。
許氏想到傳聞，也跟著嘆了口氣。「往後日子好著呢。」
顧馨之瞅了眼舉箸不動的謝慎禮，笑道：「你們突然不動筷子，我會以為今天的菜出問題的。」
柳大夫人頓時笑了。「哪裡，都很不錯，怪道老頭整日叨念慎禮。」
許氏詫異。「這跟慎禮有何干係？」
兩家開始議親，許氏已經被柳大夫人勸著改了口，以長輩自居了。開始還有些不自在，但謝慎禮態度恭謹，她叫了幾遍，就好多了。
柳大夫人抿嘴樂。「他前些日子不是經常過來吃飯嗎？回去都讚不絕口，等阿煜不在，他就沒好意思過來了……這不，天天逮著廚房管事折騰，想要他們做同樣的菜色，就他那描述，誰聽得懂啊？」
柳山長神色尷尬。
許氏啞然，然後趕緊道：「回頭讓馨之把食譜寫一份給你們。」
柳大夫人擺手。「這怎麼好意思。」
顧馨之補充。「都是家常菜，不難做，也不賣方子，給親朋好友分享，沒問題的。」

一頓飯吃得賓主盡歡。

臨走，柳大夫人拉著許氏的手，道：「我們慎禮年紀不小了，咱爭取過年前把好事給辦了。雖說日子急了點，但該走的禮，我們半點也不會少，還望夫人海涵。」

年前？許氏有點遲疑。「如今都九月下旬了，若是要趕在年前，馨之的嫁妝怕是……」

這確實是個問題，總不能讓人別備嫁妝吧？柳大夫人也為難了。

候在旁邊的謝慎禮適時往前一步，拱手道：「夫人，師娘，我七月出京時，沿途採買了許多適用的家具什物，品相皆是不差，如今已陸續送到雲來南北貨行……夫人若是不介意，可以前往採買——咳，價格不是問題。」

言外之意，顧家需要的嫁妝，他已經幫著採買好了，顧家只需要拿錢去提貨——給錢就賣。

柳山長尷尬不已，連忙拱手。「見諒見諒，年紀大了，急一點也是正常，呵呵呵……」見幾人皆是神色詭異，他輕咳了聲，弱弱補了句。「反正他不差錢。」

謝慎禮點頭。「嗯。」

顧馨之心裡狂吐槽——你不嗯這一聲，沒人當你是啞巴。

謝、顧兩家交換了庚帖，開始找人算吉日下定。

謝慎禮的親事本就備受矚目，柳山長夫婦是他先生師娘，他們一動，還帶著媒人出城，大夥兒自然都盯著。

不到午時，媒人喜氣洋洋回城，大夥兒便知，這親事，終於還是成了。

可不是，琢玉書院的山長夫婦出面，這門親事，顧家再有多番顧忌，也要給幾分薄面。有謝慎禮的多番引導，大街小巷雖有種種議論，已少有人認為他們有私情，大都只是感慨好事多磨、謝先生終於得償所願云云。

謝慎禮自是滿意不已，卻有人滿腹惆悵。

這人，自然是謝宏毅。

他因得罪謝慎禮，在臨考前幾個月，被從琢玉書院拎出來，攆至百里之外的桃蹊書院。舟車勞頓不說，環境、師生皆是陌生，加上心情苦悶，壓根兒無法好好讀書。

渾渾噩噩拖到七月，終於等到小叔叔派人來接他。

算了下，趕回去也差不多該秋闈了，小叔叔總歸是心軟，要接他回去備考。如是，即便一路顛簸，謝宏毅的心情也是極好的。不想，剛進家門，母親鄒氏就撲過來哭嚎訴苦，細聽之下，才知是小叔叔與顧馨之的種種傳聞……思及此前種種，他心中萬般滋味。

帶著這種心情踏入考場，再有此前幾月的奔波折騰……果真名落孫山。

謝宏毅木然。

轉頭，西府那邊就使人傳來消息，說謝五爺親事定下來了，讓管家的二房準備小定禮。

鄒氏氣得不行，想鬧，想到各族老已經默認了此事，娘家最近好像也惹上麻煩，估計沒精力搭理她，只能憋著。她還不敢告訴謝宏毅，更是叮囑下人，不許告訴他這事，生怕他心裡彆扭。

謝宏毅從小就是天之驕子，比不上五叔謝慎禮，但較之常人，已是優秀非常。雖然下場晚，但一路過關，只等這次鄉試過了，明年便能下場會試，然後出仕——不承想，竟折在這小小的鄉試裡。他差點一蹶不振，好在，有張明婉小意溫柔的安慰，他慢慢緩了過來。

想到母親許是要擔心不已，他想了想，便走出院子，信步走向鄒氏獨居的院落。

走沒幾步，便遇到兩名灑掃丫鬟，視線躲閃、緊張行禮。

謝宏毅心下彆扭，目不斜視逕自走過去。

再走數步，又遇到平日多有接觸的管事，同樣神情緊張、小心翼翼。

謝宏毅心中隱怒，胡亂應了聲。

行至鄒氏院落裡，看到廊下丫鬟彷彿驚嚇的神情，他的怒意登時無可忍耐，抬腳就踹。

「看到主子不會行禮嗎？」

小丫鬟撲通跪下，忍淚道：「大少爺恕罪，奴婢知錯了。」

謝宏毅重哼一聲，抬腿便要進屋，另一丫鬟下意識要攔，看到旁邊跪著的人，咬牙低下頭。

謝宏毅不曾發現。

這個時間點，鄒氏向來已經午歇起來理事，自然是方便的，再者，他來看自己母親，有何不方便的？所以他逕自往裡走。

「跟我有什麼關係，如今管家不是妳二房嗎？妳跑來問我做甚？」

謝宏毅頓了頓。這是有客？

就聽二房嬸子莫氏的聲音道：「話不是這麼說，當年馨之的各項禮數都是妳經手的，如今我要準備，不得比照著妳的單子來嗎？」

謝宏毅準備退出去的腳步一頓。馨之？馨之的什麼禮？他心中倏然浮現不祥預感。

鄒氏彷彿氣著了，聲音尖利起來。「妳這是什麼意思？比什麼比？合著我兒子的親事就是給妳拿來比的嗎？」

莫氏聲音帶笑。「這不比怎麼行？一個是叔叔，一個是姪子，當叔叔的各項走禮，怎麼著也不能輸給當姪子的，這道理，不用我向妳細說吧？」

什麼叔叔？什麼姪子？

謝宏毅心頭凜然，大步穿過屏風，一把推開過道上的丫鬟，驚問。「嬸子這話是什麼意思？」

屋裡談話的兩人齊齊愣住。

鄒氏一看是他，急忙起身。「哎呀，阿毅你怎麼過來了？我們這是在聊別人家——」

莫氏插嘴。「宏毅不知道嗎？五叔已經跟馨之家裡交換了庚帖，這月二十六就要去下小定了。」

謝宏毅怔住。

鄒氏驚怒回頭。「莫桑茹妳——」

莫氏笑咪咪。「這是好事，有什麼不可說的？五叔這把年紀了，是該找個知冷知熱的，我瞧著馨之就很好，又溫柔又安靜，宜家宜室，配誰都不虧。」說著，還意有所指般斜了眼謝宏毅。

謝宏毅聽若未聞。他滿腦子只有一句，顧家難道不怕千夫所指？

他沒注意，自己把話問出口。

莫氏笑道：「哎喲，馨之可是皇后都欣賞的掌櫃娘子，行得正坐得端的，誰不能嫁？再者，琢玉書院的山長夫婦親自去議親，這誠意足足的，顧家當然不會拒絕啦！」

鄒氏已經顧不得搭理她，快步走向謝宏毅，小心翼翼道：「阿毅，你先回去歇著。」

謝宏毅神色茫然，看著鄒氏，又彷彿沒看到。「她、她怎能嫁給小叔叔呢？」

「怎麼嫁不得？男未婚女未嫁，當然嫁的。」莫氏笑容未收，語氣帶了幾分正經。「宏毅，你也是嬸子打小看著長大的，嬸子就提醒你一句，馨之以後就是你的叔母，見了面，你當執晚輩禮，恭恭敬敬的……方才那話，可不要再說了。你那小叔叔啊……」可不是什麼容人的善茬。

謝宏毅恍惚不已。晚輩禮？馨之當真要成為他的叔母嗎？

鄒氏不滿的尖叫。「妳在我院子裡充什麼長輩，若不是妳過來，我兒怎會知道這事?!」

莫氏詫異。「哎喲，大嫂還打算瞞著他啊？他叔叔的婚宴他總得去吃吧？到時小叔還得給小輩們派紅包呢，妳擱這鬧什麼呢？」

鄒氏語塞。

莫氏挑眉。「喲！難不成宏毅對馨之還餘情未了……倒也無所謂，反正小叔自個兒住西院，平日裡也見不著。」

鄒氏氣急。「妳說什麼？我兒怎麼會對那個不下蛋的賤人有餘情？」

「大嫂慎言，那將來可是妳我妯娌呢，妳一口一個賤人的，多難聽啊……」

兩人吵了起來，謝宏毅卻半點也聽不進去。他恍惚般走出屋子，過往兩年的記憶陡然從塵封中掀開。

一襲嫁衣、頭戴鳳冠的嬌羞，低頭為他布菜勸膳的俏麗，為看書的他換茶的溫柔，窗下垂首繡荷包的風情……

他心口突然泛起酸疼。

九月二十六，謝家派出長長的車隊前往顧家下定，帶回來顧馨之親手繡製的……荷包。

謝慎禮捏著拙劣不堪、幾乎看不出紋樣的荷包，啞然失笑。看來，她說自己不擅針線，確實沒撒謊。

他低下頭，將荷包小心掛到身上。

蒼梧欲言又止。

謝慎禮毫無所覺，起身，道：「走。」

柳大夫人已經找人算好日子，冬月十二，他跟顧馨之便要完婚，他要提前去給幾家親友打個招呼。

片刻後，謝慎禮抵達城東的柳晏書府邸。

休沐在家的柳晏書很是詫異。「什麼風把你這大忙人吹來了？」

謝慎禮拱了拱手，才道：「確實有事。」

柳晏書肅然。「請說。」

謝慎禮神色放鬆，道：「冬月十二我婚宴，你是我多年兄弟，屆時請務必撥冗參與。」

柳晏書點頭。「這是自——等等，冬月十二？」

謝慎禮點頭。「是的。」

柳晏書詫異。「你不是未訂親嗎？我記著，你跟顧家剛交換庚帖——」

「訂親了。」謝慎禮語氣愉悅。「今日過了小定。」輕咳一聲，常年虛攏在身前的右手彷彿不經意般撫了撫腰上懸掛的荷包。「訂親回禮都已收到了。」

柳晏書下意識看過去。那荷包，上面還有幾縷絞在一起的線團，圖樣也看不分明，像是竹子，又像是青蛙……要多難看有多難看。

他瞬間意會過來，哭笑不得。「想不到顧姑娘的繡活這般水準。」

謝慎禮臉色一整。「人無完人，她已是聰慧過人，又擅製衣染布，若是再擅繡活，旁人豈不是要妒忌死？」接著神色放緩。「而且，你看這布料，乃是上好綢緞，絲線用色也青翠喜人，雖然繡工一般，卻能看出很是用心。」

遠在莊子的顧馨之連打兩個噴嚏。

哪裡看出來用心了？柳晏書無語片刻，索性不討論這話題，只問：「今兒不是才剛下定嗎？你現在過來，是不是太早了點？」雖說已經比別人速度快，但……這傢伙的喜帖估計都還沒製好吧？

謝慎禮一本正經。「你是我兄弟，自然要提前說一聲，禮數要到位。」

柳晏書提醒對方。「你先生、師娘，是我大伯、大伯娘，你親事進展如何，我還是能知道的，何須你親自跑這一趟？」

「這怎麼能一樣？我親自前來邀請，方顯誠意。」謝慎禮拱了拱手。「待喜帖製好，我再讓人送過來，接下來我還得去陸家，便不久留了。告辭。」

進門還沒坐下就要走？

柳晏書一臉懵的把人送出去，才扭頭問書僮。「這傢伙是怎麼了？」

書僮猶豫片刻，小心道：「奴才看著，謝先生這趟過來，彷彿像是炫耀？」

柳晏書不明白。擱他這兒顯擺什麼呢？他早就成親有崽，媳婦兒繡活絕對狠甩顧姑娘三條街——罷罷罷，老光棍，得體諒。

親事定下，顧馨之開始整理家裡的財產。

前段時間，她向謝慎禮諮詢相關法律問題，他很是擔心，不光親自過來詢問情況，還給她帶了一套律令書籍。好傢伙，這年頭的書冊都是手抄本，那大大的一箱子，夠唬人的。數量多、律法齊全，確實很實用。這不，她特地翻了下書契的相干內容，找到對應的田宅契。種種描述自不必說，這田宅契大體類似於現代的土地證、房產證。

當初她出嫁，許氏便給她立了這個契，這是有官府認證的個人財產，她以嫁妝帶出去，不管夫家如何，都不能動她的財產。

不過，以她對許氏的了解，這些書契約莫還是謝慎禮的手筆吧……

她若是早知道這些律法，和離的時候，就不用等謝慎禮出手，自己就能把嫁妝全部索要回來了。不過，由此也可以看出，大衍的律法已經很完善了。

透過這個田宅契，她可以將莊子田地、房屋都重新立契，歸到許氏名下，杜絕他日有什麼紛爭。

顧馨之對自己賺錢能力和人品都有信心，但往後會遇到什麼事情，誰也說不準。萬一她有個萬一，這些東西就是許氏安身立命的根本。

許氏聽她分析聽得淚漣漣，抱著她又是一頓痛哭，顧馨之哄了好一會兒才緩過來。

這事，顧馨之已經提過幾回了，她再推辭，便對不起女兒這一番心意。

如是，母女兩人繼續商議——主要是顧馨之安排。她們家產現在還算豐厚，但現銀要留一部分採購布料和染料，還要預留發工資，剩下的，幾乎都要拿去採買嫁妝。

雖說謝慎禮不差那點錢，但人情不是這樣用的。索取有度，有來有往，才是長久的相處之道。

刨除現銀，剩下的莊子鋪子一分為二，鋪子由顧馨之帶走，莊子交給許氏。莊子上的染房、織房、製衣房全都交給許氏繼續打理。

但許氏死活不肯按分成分配，甚至連管事工資都不肯要，說沒有這樣吸女兒血的道理，顧馨之沒法，只得折中，每月給她交租金。許氏看租金不高，算是女兒每月給她點心意，這才作罷。

將所有東西列好，顧馨之拿去官府立契，家裡的財產分配便算妥了。

處理完這些，她順道去了趟鋪子，看看生意。

託皇后娘娘的福，她家鋪子過了那波客似雲來的熱潮後，生意依舊不差，每日都有買布買衣的。這段時日她又加了幾種童裝款式，染的布料顏色鮮豔，圖案逗趣又新穎，如今又跟皇后沾了點關係，許多人就愛來她這裡買童裝，偶爾也有老闆要求訂製。

開業那段時間，許多姑娘夫人在她這兒定的裙裳陸續穿出來赴宴，加上幾大布坊聯合走秀，有些門路的人都知道她才是主力設計師。如此，顧家布具一格的訂製衣服，終於打響了名聲，許多高門女眷都找她訂做兩身，留著參加宴會。

為此，她最近是越發忙碌。

只是，現在不比當年，她有田有糧有鋪子的，自然不會拚死累活的接單子。她交代了李嬸幾人，有要下單的，寫下要求，但每旬她只接兩單，先來先得，多了不接，急單不接。排上隊的，李大錢會提前通知各家，讓客人寫下設計要求。

而接到的單子，李大錢也會送回去莊子，或是她過來鋪子時順手帶回去。

如此以來，她即便忙碌，也控制在一個範圍內。加上縫線、收邊等細緻活兒都有製衣房分擔，她還能抽空研究新品，染製新的布料給鋪子做新衣——嗯？好像這也是活兒？

好吧，她樂在其中。

她甚至比許氏還閒……咳咳。

總之，她今日去官府辦完事，轉道鋪子的時候，李嬸就將這段時間接下的單子遞給她。她現在算得上是京城裡炙手可熱的設計師，平常下單的也大多是高門貴婦。問題是，這京城不缺貴人，也不缺有錢人。她既然定了先到先得的規矩，那就不能看權錢排序。

她自問自己穩得住，但李嬸幾個卻不好說。所以，她每次來看單子，會把接單的幾人都叫到跟前，一起詢問。

這會兒正是午飯時間，鋪子裡暫時沒人，她直接就在鋪子櫃檯邊翻看，若有客人進來，也不會耽擱。

顧馨之仔細翻看了遍單子，確認沒有什麼奇奇怪怪的要求，能做，便問：「這回是哪家的？」

李嫿忙道：「是安親王府與武庫清吏司員外郎大人府上的。」

一高門，一從五品，看不出問題。「後面排隊的名單呢？我看看？」

李嫿忙去將單子取過來，顧馨之仔細看了看。

李嫿本是不識字，這段時日硬是學了些常用字，不過，這單子並非是她手書，而是李大錢寫的。一份名單過兩人手，應當能最大限度的限制賄賂啥的。

反正，目前名單上是看不出有什麼問題，身分高低皆有，順序也毫無規律。

顧馨之佯裝深沈的看了片刻，然後放下單子，點了點其中一個名字，道：「將這家提上來……」又想了想。「不能影響下旬的顧客，這家算加做。」

「誒，這家夫人肯定開心。回頭奴婢就讓大錢去通知。」李嫿好奇。「姑娘，這家有什麼講究嗎？」

「這是柳山長姪子家的夫人，亦是謝先生好友家的夫人。」顧馨之想了想。「若是霜華姊姊來單子，也別排隊，直接送莊子上。」

李嫿懂了。「是。」

顧馨之吩咐完事情，想了想，還是叮囑道：「我們家接單子的規矩算是踩在各位貴人的線上，若是一直這般規矩，旁人也說不上什麼，若是有人壞了規矩，暗自調序、中飽私囊，這鋪子的名聲少不得要砸掉一半。」

見她說正經事，李嬸等人忙肅手傾聽。

顧馨之學著謝慎禮的姿態，神色淡淡道：「我這鋪子招牌就算砸了，以我的手藝，也能混口飯吃。但砸了我招牌的下人，我不會再留，買幾名忠心下人的錢我還是出得起的。」

眾人凜然。

顧馨之點點冊子。「都聽明白了嗎？」

「明白！」

第三十九章

顧馨之這才放鬆神情。「行了，我就提點幾句，都去忙吧。李嬸留下，跟我說說這兩家的情況。」

「是。」

顧馨之再次撿起方才的單子，點著上頭那安親王府名字，問道：「這家是夫人還是姑娘要的？年歲如何、外形如何、要在什麼場合穿，都說說。」

「誒。」接單多回，李嬸已習以為常，一口氣報出來。「是府上的姑娘要的，那姑娘奴婢也見了，約莫十七、八歲，瘦高個兒，皮膚白淨，非常漂亮。」

顧馨之捏著筆在單子旁邊記錄，十七、八，瘦高，膚白，貌美。然後問：「怎麼個漂亮法？秀秀氣氣的，還是豔麗的？」

李嬸道：「就跟水做的似的，眼睛水汪汪，眉毛細細的，說話細聲細氣的，看人一眼，都恨不得給她掏心窩子那種。」

顧馨之懂了，聽著彷彿林黛玉那種。「那就是柔美。」

「對對對，奴婢就是不會形容！」

「無事，大概知道個風格就行。」畢竟衣服是要襯人，而不是讓人去襯衣服。「她要做什麼樣的衣裳？要莊重還是要什麼樣？妳這回單子裡怎麼都沒寫？就寫一個飲宴，我怎麼知道她喜歡什麼類型的？」

李嬸喊冤。「奴婢冤枉。咱家接單子，都是按照您給的列表，逐一填下各項要求的，這位王府姑娘卻不肯填，只說，要一身……」她想了想。「豔壓四座、搶盡風頭的衣裙。」

顧馨之驚了。「小姑娘這麼大口氣啊。」

李嬸回憶了下，點頭。「是呢，奴婢記得真真的。畢竟這樣的要求，奴婢也是頭一回遇上。」

顧馨之點頭又問：「那是。她有說是什麼場合穿嗎？」

李嬸點頭。「有有有，她說是要在喜宴上穿——喔對，她還說，最好要蓋住新娘子的風頭。」

顧馨之咋舌。「看來，這是心上人成親了、新娘不是我的戲碼啊。」

李嬸眨眨眼，噗哧笑了。「對對對，我跟張姊也是這般討論的呢。」

顧馨之失笑。「真是小孩心態。」感慨完，她盯著備註琢磨了下，皺起眉頭。「這可不好辦啊。」

大衍成親，按規矩，是紅男綠女。綠色莊重，不容易襯人，但若是底子好，穿起來卻很是端莊優雅。以這王府貴女的語氣看來，她參加的喜宴，新娘姿容應當不差。

若要壓過去，說難不難，說易不易……若王府貴女的姿容當真跟林黛玉似的，一身白那是最合適的——可惜不行，這不是豔壓，這是去砸場子了。

李嬸見她愁眉不展的，忙問道：「可是做不了？若不然，奴婢讓大錢去推了吧？」

顧馨之掩下單子。「不用，我回去想想。跟我說說第二個的情況。」

「誒，第二個是夫人要的……」

問清楚單子情況後，顧馨之收拾收拾，準備走了。「有事讓人傳話，我先回莊子了。」

李嬸欲言又止。「姑娘……」

「嗯？」

李嬸委婉道：「聽說莊子上多了許多繡活不錯的姊妹，若是有需要，姑娘可以找她們搭把手，萬不可委屈了自己。」

「啊？」

李嬸想了想，又道：「若是不放心她們，也可以交給奴婢或張姊，咱倆絕對信得過，斷不會告訴別人。」

顧馨之一臉懵。「李嬸妳在說什麼啊？」

李嬸詫異。「您不知道？」想了想，又點頭。「也是，您好幾天才進城一趟呢。」說罷，她看看四周，確認沒有外人，才壓低聲音。「那就是外邊都說您開著布坊，針線活卻如此糟糕，怪不得以往要被——咳咳咳，虧得謝先生不嫌棄，天天掛著那只荷包……還有客人來我們鋪子，都讓奴婢幾個勸勸您，讓您別整日到處鑽錢眼裡，安心練練針線什麼的。」

顧馨之氣了。謝慎禮，你死定了！

李嬏猶自義憤填膺的。「真是閒得慌，咱家有下人呢，又不指著姑娘做針線活，一個個嘴碎的。」她壓低聲音。「姑娘，回頭奴婢幫您做幾個荷包，您偷偷送去謝家，讓謝先生換下那個舊的，就說您這段時日練起來的。」

顧馨之皮笑肉不笑。「不用了，我就這手藝，沒必要造假。」

李嬏還待再勸，顧馨之擺手。「行了，沒事我走了。」

不等李嬏回話，她已經風風火火衝向門外馬車，提前到門口候著的水菱嚇了一大跳。

顧馨之「噔噔噔」踏進車裡，砰的一聲落坐，咬牙切齒吩咐。「去謝家西院。」

水菱勸道：「啊？姑娘，按規矩，訂了親，成婚前你倆不能見面啊。」

顧馨之氣呼呼。「還成什麼親？我要去大義滅親！」

當然，顧馨之最後還是沒去成謝家，事情多著呢，沒那工夫。

區區小事，顧馨之氣過了就忘了，轉頭埋進幾個新單子裡，抱著炭條寫寫畫畫。

還沒畫出點頭緒呢，就被許氏抓住，許氏登時怒了。「怎麼還在畫別人的單子？全都往後排，先緊著妳自己的來！」

顧馨之很淡定。「我又不是不做，還有時間呢，著什麼急啊。」

許氏卻著急著慌。「就剩不到兩個月，妳還不著急？繡紋都得去掉一個月了！」

「那就貼布唄，我還想改改色呢——」

許氏氣死，抬手戳顧馨之腦袋。「自己的婚服，怎麼能這般兒戲輕忽？還貼布！想都別想！」想了想，又道：「還有，妳想改什麼色？咱大衍婚服，以綠為重，以綠為尊，妳本就是二嫁，嫁的還是那般人物，多少人盯著妳，妳還想改成什麼色的？」

顧馨之不滿。「我開布坊的，還接訂製單子，自己卻穿得那麼普通，像話嗎？」

許氏氣不打一處來。「妳還記著自己是開布坊的啊，那妳還不要刺繡？沒有刺繡的衣服連那平民百姓都看不起的！」

顧馨之嘟囔。「誰說一定要刺繡才好看……」

許氏拍桌。「不許頂嘴！」

顧馨之縮了縮脖子。「娘您現在好凶啊。」

許氏掃了眼桌上的白紙炭條，還有鋪子裡記錄的單子，上面還有顧馨之手寫的備註。她手一撈，全部拿走。「沒把妳那婚服折騰出來，單子都不許做了！」

顧馨之眼看她娘抱著東西轉身就走，忙去攔。「娘等等，我就快畫完了……」

許氏早已經氣呼呼出門去了，留顧馨之趴在桌上。「啊——」

水菱忍笑。「姑娘您就趕緊動手吧，要是拖著，夫人只會更生氣的。」

顧馨之有氣無力。「我一句能出兩單呢，著什麼急啊……」

「那不是刺繡簡化了嘛。夫人說了，您的婚服，該有的繡紋必須有。」

顧馨之仰天長嘆。

沒辦法，只得先做自己的了。這年代，婚服以端莊為主……端莊……她有想法了。

忙忙碌碌，時間過得飛快。

莊子前兩個月種下的馬鈴薯，也終於可以收了，產量喜人，連里正都被驚動，過來查看。

於顧馨之而言，現在她也不需要盯著馬鈴薯的產出，這些馬鈴薯都是準備留著吃用的。里正跟村人都頗為照顧她們，將來許氏還要在這裡過日子……她索性將馬鈴薯的各種吃法送給他們，尤其是那馬鈴薯粉。

聽說馬鈴薯粉若是曬乾了能放一、兩年，里正高興壞了，轉頭就把這方子廣而告知。

年初的時候，大家都看見顧家收了許多馬鈴薯，還有人看到顧家在削馬鈴薯皮。雖不知怎麼個吃法，但跟著種肯定錯不了，加上朝廷時不時宣傳一二，這不，今年稻子收了後，村裡很多人家除了補種菜苗，或多或少都跟著補種了一茬馬鈴薯。

因此，聽說顧家把馬鈴薯各種方子送給大夥兒，村人都很是感激，拚命往顧家塞東西。東家一籃雞蛋，西家一隻雞，兩三天工夫，就收了許多東西。

雞鴨還好，能扔在莊子裡養著，那一大堆的雞蛋讓張管事頭都大了，趕緊來問怎麼辦。

顧馨之無語。東西還怕多的嗎？

「我下月成親，莊子裡也得擺上十幾桌，請熟悉的鄉親們過來喝酒，這些雞蛋還放不到那會兒嗎？」這會兒都十月底了。

張管事尷尬。「奴才兩日前才去採買了一批雞蛋、鴨蛋回來，怕到時不就手來著。」

顧馨之道：「多了很多？」

張管事道：「很多。」

顧馨之「哦」了聲，大手一揮。「那就送去謝家。」

半天後，收到兩車雞蛋的許遠山也很懵。聽了李大錢的解釋後，他仍有些暈乎，趕緊回去稟報主子。

謝慎禮不解抬頭，問：「有何問題？」

許遠山苦著臉。「從來沒聽說，擺喜酒要用姑娘娘家的東西的，這傳出去，怕是不太好吧？」

「有不許用姑娘娘家東西的規矩嗎？」

「那倒是沒有，但——」

「沒有就行，東西既然送過來了，就收著，交給東院那邊處理。」謝慎禮低下頭，繼續翻閱卷宗，淡淡道：「你要熟悉一下姑娘的行事風格，別沒事大驚小怪的。」

許遠山連忙應是。

如此種種，自不必詳述。

一晃，時間便到了冬月十一，謝家送了催妝的冠帔到顧家。

謝慎禮雖無正職在身，卻有邊疆賺回來的正三品昭勇將軍銜，當然，這是光領俸祿無實權的將軍銜，平日裡幾無用處，這種時候，倒是能讓顧馨之戴上三品的珠翠孔雀冠，霞帔上也是蹙金雲霞孔雀紋，鈒花金墜子。

同時，顧家也派人前往謝家鋪房。

冬月十二，宜嫁娶。

一大早，謝家迎親隊就吹吹打打出了城，直奔顧家莊子。慣例的奏樂催妝、紅封催妝，迎親隊伍才開始過關斬將。

許氏請了徐姨等幾位閨中密友來參宴攔門，這幾家都是將門之後，武力高，但架不住對面文人武者皆有，再不濟還有謝慎禮。一大堆漢子，沒把人攔住多久，就讓人闖了進去。

謝慎禮看到屋中安坐的綠袍姑娘，面上閃過驚豔，往日黑沈如水的眸子此刻亮得發光。他難得的失態，引得眾人哄笑不已，顧馨之也借著團扇遮擋瞪了他一眼。

謝慎禮定了定神，看向主事的全福夫人。

全福夫人見慣不慣，笑呵呵的唱完賀詞、請詞，就引著陪嫁的水菱、香芹攙起顧馨之，一路唱著請詞，將新嫁娘往外帶——按照規矩，這一步當由姑娘的父兄揹著出去，奈何顧家就剩下孤女寡母，大家就順勢改了規矩，改成唱詞請妝。

姑娘出嫁，腳不能踩地，因此地上都鋪了青布。

顧馨之這一起來，大家才發現她身上是拖曳至地的寬大袍服，長長的衣襬上，繡著藍綠相間、色澤鮮豔的孔雀尾羽，鋪在地上，宛如孔雀開屏，大氣壯闊。長長的尾羽延伸至膝下，隱在蹙金雲霞孔雀紋的霞帔之下，隨著新嫁娘的走動，能隱約看到霞帔之下的藍綠絲線。

眾人驚豔於這身婚服的精美，謝慎禮卻只盯著顧馨之，亦步亦趨的跟著出門。

出了房，一行移步大廳。

許氏早已等著。

謝慎禮並顧馨之一起上前，分別給許氏敬了茶，這接親便算結束。

顧馨之拜別紅了眼眶的許氏，登上花轎。謝慎禮翻身上馬，騎行在前，領著自家新娘歸家去。

一路吹吹打打，很快便抵達京城東邊的謝家西院。

撒穀豆，驅鬼神。

新娘下轎，跨馬鞍、草墊和秤，入得新房坐富貴。

負責送嫁的幾家人快飲三杯酒，這邊事情就算了了，得告辭離去。

謝慎禮滿面春風的出去，與客人喝三杯謝酒，方再次進來。彩緞綰成的同心結分別搭在兩人手上，謝慎禮小心翼翼牽著顧馨之走出房門，前往東院家廟祭拜。

拜完家廟，兩人再次回到新房，進行互拜禮。

接著兩人一左一右坐到床上，婦人們手持金錢彩果往新人身上、床上拋撒，謂之撒帳。

這可是實打實的銅錢和果子，就算袍服厚重，兩輪下來，顧馨之也有點扛不住，下意識皺起眉。

謝慎禮一直盯著她呢，見狀，原本柔和的眸光瞬間轉冷，掃向婦人們。幾名婦人打了個激靈，撒東西的手立馬轉了個方向，只往床上撒。

陪著送過來的莊姑姑看在眼裡，心裡都鬆了不少。

撒帳後是合髻，取新郎新娘各一縷髮絲，用緞帶、釵子、木梳等繫在一起。

接著喝交杯酒，飲罷的酒杯連同彩帶一起被扔到床下。負責扔杯的婦人專練的這個，直接扔出一仰一扣的大吉之兆。

所有流程走完，就沒新娘什麼事了。賓客親友齊齊退出，準備到前邊參加酒宴。

謝慎禮沒有立馬退出去，淡定站在新娘一旁，接收眾人善意的嘲笑，面不改色的拱手。

「諸位先行，在下馬上就去。」

顧馨之尷尬地拿扇子擋住臉。

等眾人嘻嘻哈哈出去了，顧馨之還沒放下扇子呢，就見男人彎下腰，低聲道：「我吩咐人給妳準備了吃的，妳在屋裡好好歇著……等我回來。」

顧馨之忍不住笑，掃了眼四周，確定水菱她們幾個都站得挺遠的，才借著團扇遮擋，壓低聲音道：「你確定能等到？別被人灌倒了，留我獨守空閨啊。」

謝慎禮聲音微沈。「晚些妳便知我會不會醉倒了。」

顧馨之詫異。「哎喲，成親了就是不一樣，都敢接話了啊。」

顧馨之說完，登時被謝慎禮精彩的表情逗笑。「好了好了，不逗你了，趕緊去吧。」

謝慎禮終歸還是沒忍住，抬手，輕輕握了握她擺在膝上的柔荑，剛要鬆手，卻察覺掌心一癢——

他愣住，看向團扇後的嬌容。

顧馨之朝他拋了個媚眼，謝慎禮喉結分明又快速的滑動了下，深吸了口氣，才鬆開她，扭頭大步往外走。

顧馨之「哈哈哈」的笑倒在通紅的喜被上，然後被一堆銅錢喜果壓得「哎喲哎喲」的，水菱幾人忙過來攙她。

顧馨之笑容不收。「累死我了，快幫我卸了這頭冠。」得有十斤重了。「去看看有水嗎？沒水讓人備水，我得洗臉。」臉上搽的粉估計也快十斤了。

水菱忙道：「有的有的，夏至姊姊已經跟奴婢說了。」

夏至？顧馨之想起那名曾經照顧過自己的圓臉丫鬟，點頭。「她人呢？」

「說是準備了飯食，她去廚房提，待會兒便回來了。」

「哦，那更衣吧。」

換下厚重的大禮服，洗淨手臉，顧馨之終於鬆快下來。她揉著痠疼的脖子，嫌棄道：

「我這種整天要幹活的都快撐不住，那些貴人們是怎麼撐住的？」
莊姑姑無奈。「姑——夫人，您也是貴人。」
顧馨之擺手。「我算什麼貴人。」煮布、染色，可都是體力活呢。
提起這個，她想起一件事。「方才我好像看到安親王家的姑娘？」
香菱搖頭，她光顧著給自家夫人提裙子了。「奴婢沒注意。」
莊姑姑詫異。「夫人認識她？」
顧馨之搖頭。「不是，我只是接過她家的單子，她那身裙子，我們上月才交單呢。」
剛去收拾浴間的香芹聽到了，道：「方才姑娘跨秤的時候，她正好挨著奴婢，奴婢看那裙子眼熟，還瞄了眼呢。」她感慨。「確實很漂亮，不過，還是姑娘做的裙子漂亮，將她襯得跟天仙似的。」
莊姑姑了然。原來是鋪子裡的客人啊。
「那就是說，我沒看錯。」顧馨之若有所思，喃喃道：「竟然也是桃花債嗎？」
莊姑姑沒聽清，不過不妨礙她道：「天仙又如何，夫人那身孔雀長裙，又華貴又端莊，誰也蓋不過。」她壓低聲音。「在別人的婚宴上穿得花枝招展，不像是帶著善意的，夫人往後要當心。」
「姑姑放心，我心裡有數。」顧馨之彎了彎眉眼嗔怪道：「姑姑，我設計的裙子，考慮了場合呢，怎麼可能花枝招展？妳要相信我的專業好嗎！」

莊姑姑莞爾。「好好好，是奴婢說錯了。」

顧馨之也不是胡亂說的。這種豔壓單，她以前接得多了。剛開始還會傻乎乎幫著顧客硬衝，次數多了，就知道何謂各有千秋、何謂春蘭秋菊。

王府姑娘氣質柔美，點名要參加喜宴，還要豔壓群芳……她設計的是漸變色留仙裙，漂亮又仙氣，絕對是宴席亮點，卻不會搶新娘風頭。新娘子天生就是喜宴的焦點，只要不是犯傻去穿綠色，誰也蓋不過去。

這王府姑娘想找碴，還不好找呢——她那裙子不美嗎？不仙嗎？沒有豔壓群芳嗎？這新娘子是群芳嗎？那是姑娘家、咳，大部分姑娘家一生就一次的光輝時刻，是漂亮衣服能壓住的嗎？

各自美麗就好了嘛，多和諧。

正說著，院子裡突然傳來略微加重的腳步聲。

幾人順勢停下說話，腳步聲靠近，然後是叩門聲。

「夫人，奴婢夏至，廚房新鮮做的熱食，奴婢給您端了些來。」

顧馨之應了聲。「進來吧。」

這夏至姑娘是老熟人了，上回顧馨之發燒暫住清渠閣時，都是夏至及另一名叫白露的丫鬟照顧的。

夏至領著兩名小丫鬟進屋，先朝裡屋微微福了福身，快步到桌邊放下東西後，才趕緊繞過屏風，朝顧馨之跪下。

「奴婢夏至拜見夫人，祝夫人主子新婚大喜，永結同心。」

「有禮了。」顧馨之吩咐水菱。「來，發紅封，給大夥兒沾沾福氣。」

水菱早有準備，趕緊將裝了銀葉子的小荷包分給她們。

「謝夫人。」

「都起來吧。」待三人站定了，顧馨之才起身，朝外間走去。「有什麼吃的？」

她天不亮就被挖起來沐浴上妝，頂著厚重的禮服髮冠，折騰了一天的儀式，滴水未進，早就餓了，這會兒聞到香味，更是餓得心慌。

夏至忙跟上她。「稟夫人，有百合肉粥、小餛飩，還有幾份小菜和點心。」

顧馨之繞過屏風一看，果然擺了滿滿一桌，她詫異。「怎的做了這許多？」她的食量，夏至不是不清楚。

夏至解釋。「今天好日子呢，怎能簡陋？不過，主子說您脾胃虛弱，餓了一整天，得吃點清淡的，明兒再給您上席面。」

顧馨之無言。她真的沒有如此嬌弱。

第四十章

察覺她臉色不對，夏至有些緊張。「夫人，可是不合胃口？奴婢這就去讓廚房──」

顧馨之擺手。「沒有，都合適。」吃不完還能勻給莊姑姑幾人，也不錯。

她坐下來，水菱、香芹連忙上前伺候。夏至三人方才跪了地，怕沾了塵污，沒有上前。

顧馨之太餓，也不多話，囫圇喝了小碗溫熱的粥，緩過些許餓意，才放慢速度。然後發現，屋裡一堆人盯著她吃飯。自家帶過來的莊姑姑三人，夏至三人，合計六人。

即便來到這裡一年，她還是不習慣。但這些人已經習慣了尊卑之分，若是她太客氣，反倒嚇死人。

她有些無奈，掃了眼桌上點心小菜，點了幾樣，朝莊姑姑道：「這些我不愛吃，妳們拿去分了……還有粥，我喝一碗盡夠了，剩下妳們也端去分了。」這一大桌，是把她當豬餵了嗎？

「夏至姑娘用過飯了嗎？」顧馨之轉頭問夏至。

夏至忙福身。「夫人稱奴婢夏至即可。奴婢幾人已經用過了，水菱姑娘盡可放心去。」

顧馨之正是這個意思。

莊姑姑幾人這一年來已經習慣她的風格，見她這般，便不再多言，撿了數樣她不愛吃的點心挪到偏廳。

顧馨之追著她們道：「給我留碗小餛飩就好，剩下也端走。」

另一邊，夏至淨了手回來，捏著筷子給她布菜、挾點心。

顧馨之邊吃邊跟她聊。「白露呢？我以為妳倆一塊兒在主院伺候。」

夏至笑道：「哪能啊，主院平日裡都是蒼梧、青梧幾個伺候的……白露這會兒正跟著管事在前邊清點賀禮，省得旁人疏漏了。」

顧馨之懂了。謝慎禮是打算把這兩人留給她當左臂右膀的，白露去點禮，約莫是以女主人的名義去的。小滿、小雪年紀小些，估計是留給她慢慢培養的了。

既是如此，她順勢問了幾句前面宴席的安排。夏至知道的就答了，不知道的也不瞎說，只道回頭問問管事。

沒多會兒，顧馨之便吃得七、八分飽，將東西留給夏至收拾，她轉進裡屋。床鋪上的銅錢果子都已經收拾乾淨，她打算睡一會兒。

前邊飲宴還要許久，莊姑姑幾人自然不會反對。顧馨之想著這幾人也跟著累了兩天，讓她們下去歇著。

夏至順勢道：「屋裡有奴婢幾個，姑姑放心去歇著吧。」

莊姑姑哪裡肯走？這人生地不熟的，哪有剛進府就丟下姑娘自個兒去歇著的？

顧馨之沒法。她太累了，不想多費口舌，打算回頭給她們放幾天假好好歇著，就不再多說，脫了外衫，無視那紅通通的大紅鴛鴦錦被，爬上床。

前院的喧囂依稀可聞，累極的顧馨之卻恍若未聞，沾枕即睡。莊姑姑輕手輕腳替她掩了床帳，領著水菱等人退到外邊，安靜的等著。

不知過了多久，外頭響起一陣喧譁聲，接著一串腳步聲往屋子這邊走來。

莊姑姑、水菱對視一眼，莊姑姑看了眼夏至幾人，朝水菱點了點頭，水菱意會，拉著香芹出去外間候著。

夏至眼觀鼻、鼻觀心，彷彿渾然未覺。水菱、香芹緊張的走出外間，正好迎上謝慎禮幾人。

穿著大紅新郎服的謝慎禮一身酒氣，被蒼梧、青梧一左一右攙著走進門。

水菱愣了愣，緊張道：「先、老爺這是喝多了嗎？是不是得——」

彷彿醉倒的謝慎禮卻突然直起身，揮開青梧兩人，同時看向水菱。「夫人呢？」

「拜見老爺。」水菱、香芹急忙福身。

水菱有些尷尬的看了眼低著頭的蒼梧兩人，低聲答道：「夫人太累，睡了。」

香芹也很緊張，低著頭不敢吭聲。

謝慎禮不放心。「她用過膳食了？」

水菱忙道：「用過了用過了，夏至姊姊送了很多東西過來。」

謝慎禮這才作罷，扭頭吩咐。「去備水，我要沐浴。」上回他多喝了幾杯被嫌棄，如今他一身酒氣，哪裡敢進去。

水菱有些躊躇，香芹看看左右，咬了咬牙，就要跟上。

蒼梧一把拽住她，低聲道：「哎喲香芹姊姊妳想幹麼？主子這邊不用妳們伺候，妳們要是得空，幫忙去喚一下夏至姑娘，讓她去廚房給主子弄點吃的回來。」

香芹眨眨眼，鬆了口氣。應了聲，趕緊進去找夏至。

謝慎禮梳洗很快，不到半刻鐘，便帶著一身熱氣出來。蒼梧、青梧兩人早就退出去，屋裡僅剩下幾名丫鬟並莊姑姑。

水菱兩人看到謝慎禮鬆鬆繫著的外衫，面紅耳赤的低下頭。

莊姑姑微微皺眉，正要上前，卻見夏至已快手快腳的布好膳食，低眉順眼的退到一邊。

謝慎禮也沒說話，端坐下來，舉筷就吃。

莊姑姑愣了愣，跟著停了下來。

謝慎禮用膳時，動作極為端正規矩。架不住他動作快，加上每一筷子都滿滿的，夏至去廚房端來的一大碗麵條，眨眼工夫就空了。

他接過夏至遞來的帕子擦了擦，再灌下一杯溫茶，淡聲道：「都出去吧，我屋裡不需要人值夜。」

水菱、香芹不知所措，看向莊姑姑。莊姑姑有些尷尬，吶吶道：「半道若是叫水……」

謝慎禮不甚耐煩。「外頭自有幹活的人。」

他本就長得冷，又上過戰場殺過人，那身氣勢，即便一身舒適寢衣也蓋不住。莊姑姑當即白了臉，趕緊帶著水菱她們退出去，連夏至也戰戰兢兢退了出去。

謝慎禮大步走來，沒等她們反應過來，木門輕輕吱呀一聲，闔上，接著「哢噠」一聲落門聲。

幾人面面相覷。

莊姑姑緩過口氣，有些想笑又有些尷尬，扭頭問夏至。「這，真的可以嗎？」

夏至輕聲。「主子向來不用人值夜的。」

莊姑姑欲言又止。「裡頭還有夫人呢。」

夏至似有所悟，點頭。「放心，蒼梧他們會安排人在角房候著的。」

水菱猶豫道：「真不用去伺候嗎？」

莊姑姑笑道：「伺候什麼，折騰一天了，還不睏嗎？趕緊去歇著吧。」

夏至也笑。「幾位剛過來，想必還不熟悉，都隨我來吧。」

「誒，麻煩妳了。」

落了閂的屋裡，其餘燭臺已被吹熄，只餘案上紅燭散著暖光。

虛掩的床帳裡，顧馨之睡得正香，甚至還作夢了。

夢裡一隻擾人的蟲子不停地在她臉上撲騰，擾得她臉上又癢又濕——她瞬間驚醒。

床帳厚實，將光線遮擋得嚴嚴實實的，只從縫隙裡透進來幾縷碎光，依稀能看見一道黑影懸在上方。

「哇靠，鬼啊——唔。」

熟悉的呼吸堵住了她的話。

她愣了愣，放鬆下來，抬手鬆鬆攬住對方脖頸。

謝慎禮頓了頓，更是急切。

半晌，他終於鬆開她，聲音微沈。「怎的這般怕鬼？」先前也有那麼一回，她把自己當成鬼來著。

顧馨之啞然。總不能告訴他，這是恐怖片看多了的後遺症吧。她打了個哈欠問：「良辰美景的，你要跟我討論鬼神嗎？」

顧馨之勾著他脖子往下壓，在他耳邊低語。「我比較想跟你討論，如何做人的問題。」

做人……謝慎禮的呼吸瞬間重了許多，他緩緩拉開兩人中間的錦被，低語道：「好。」

滾燙的熱度貼上來，顧馨之才發現這廝已然脫了衣衫。她忍俊不禁。「這麼著急啊？」鬆開他脖子，轉道往下，好奇的捏了捏——掌下肌肉瞬間繃緊。顧馨之不滿。「讓我捏捏嘛。」

謝慎禮深吸口氣，盡力放鬆。

顧馨之滿意不已，手到處捏捏摸摸，一邊摸一邊驚呼。「哇，看不出來你還真有肌肉。

你不是都已經回京幾年了嗎？還有練嗎？」
「在京中也是每日習武。」謝慎禮聲音低沈，摸索到她寢衣的帶子，輕輕一拽。
「真自律。」顧馨之察覺了，繼續在他身上捏捏摸摸，甚至還壞心眼的動了動腳，嘴裡卻一本正經的繼續聊天。「怪不得你文成武就的。」
謝慎禮氣息微亂，低頭，輕咬了她一口。
顧馨之嗤嗤笑，越發放肆的蹭。「覺不覺得有點熱了？」
「是嗎？」大掌探入，小心翼翼的撫摸著。謝慎禮呼吸急促。「那我幫妳減去些許？」
「嗯……」顧馨之軟軟應了聲，順著他的動作，嫩色寢衣落在帳外，然後是白色長褲。
床帳裡，顧馨之猶自勾著他聊天。「你喜歡我喊你什麼？夫君？算了，還是喊名字吧。嗯……叫慎禮？禮哥？」顧馨之彷彿想到什麼，笑道：「要不，還是叫五哥哥——啊！」
謝慎禮急忙停下，啞聲問：「弄疼妳了？」
顧馨之嗔道：「我就是嚇一跳。」抬腿圈上去。「快點，這樣你受得了嗎？」
謝慎禮受不了。厚厚的床帳掩去所有光景，只從虛攏的縫隙裡傳出幾聲對話。
「唔，你輕點。」
謝慎禮喃喃。「抱歉。」
「啊，啊——嗚嗚嗚。」

所以說，人不作死，就不會死。

顧馨之扶著腰爬起來的時候，只恨不能穿越時空，把幾個月前的自己打死。

泡了大半個時辰的熱水，她感覺自己才緩過勁來。換了套裙襬繡了大片牡丹的正紅色衣裳，她扶著水菱緩緩走出浴間。

醒來就不見人影的謝慎禮正坐在廳裡，目光灼灼的看著她。

顧馨之頓時怒不可遏，鬆開水菱，撲過去，劈頭蓋臉就是一頓捶。「你這道貌岸然的偽君子！給爺死！」

謝慎禮皮粗肉厚，疼是不疼，只是嚇了一跳。猿臂一伸，將人攬住往腿上帶。顧馨之現下腰痠腳軟，順勢就坐下去。

水菱尷尬不已，想了想，退到門口處，與夏至、白露站到一起。

廳裡，謝慎禮頗為無奈道：「妳一個姑娘家的，什麼爺不爺的。」

顧馨之掐住他臉頰往外扯。「別扯開話題，我昨晚讓你停怎麼不停，知不知道你折騰了多久？我腰都快斷了！」

謝慎禮輕咳一聲。「抱歉，沒忍住。」

顧馨之使勁掐他。「你這是憋多久了？拿我撒火呢？」

謝慎禮抓下她搗亂的手，想了想，扶在她腰側的大掌挪向後邊，輕輕按摩。「我幫妳按按。」

顧馨之這才緩下臉，指揮道：「用點力，左邊，下去點，對，啊！」好瘦啊。她軟下腰，靠到謝慎禮肩上，舒服的輕嘆。謝慎禮聽得頭皮發麻，手下不自覺用力。

「啊！」顧馨之吃痛挺腰，順勢給他一捶。「你幹麼——」察覺到某物的甦醒，她挑了挑眉，瞟了眼門口處的丫鬟，扶著男人肩膀湊過去，低笑。「哎喲，這就忍不住了？」

謝慎禮深吸口氣。「別動，待會兒還得奉茶見禮。」

顧馨之一臉無辜。「我沒動啊，分明是你在動呢！」本來在按摩的大掌，都摸到別處去了。

謝慎禮僵住，急忙收回手，咳道：「快起來，該用膳了。」

顧馨之笑倒，謝慎禮尷尬又無奈，手臂卻一直虛攬著她，生怕她摔了。

顧馨之笑夠了，扶著他肩膀起身，起的時候還壞心眼的扭了下腰。謝慎禮倒吸口涼氣，差點沒忍住把這妖精摁在桌上。

顧馨之已經施施然挪到旁邊落坐，掃了眼桌上，捏起勺子，打算給自己盛碗粥。

寬厚大掌扶住她的手。「我來。」

顧馨之也不矯情，鬆開勺子，道：「我只要半碗，別盛太滿了。」

謝慎禮沒說話，唰唰兩勺，直接將碗裝滿，擱到她面前，溫聲道：「這碗小。」言外之意，半碗太少了。

「我還要吃別的呢。」滿滿一桌，就給她喝粥嗎？

謝慎禮順勢再給她挾了兩塊糕點。「嗯，都吃。」

顧馨之懶得理他，低頭開吃，謝慎禮見狀，才轉去給自己盛粥。

在門口張望的水菱鬆了口氣，朝拉住自己的夏至點了點頭。

顧馨之昨日一整天就吃了一頓，接著又運動了大半宿，這會兒餓得慌，就顧不上說話。謝慎禮習慣了安靜用膳，更是不語。兩人成親後第一頓早飯，便這般安安靜靜的用完了。

用罷早膳，顧馨之喝了口茶，問：「現在過去東院嗎？」

「嗯。」謝慎禮頓了頓，道：「要派的東西都準備好了嗎？」

顧馨之點頭。「按你說的備好了。」

謝慎禮狀若解釋。「我們去東院給兄嫂見禮，就順道一起發了，省得小輩們又跟著我們跑一趟。」

顧馨之斜睨他，笑吟吟的。「跟我說這些幹麼？我都聽你的。」

謝慎禮放茶的動作一頓，抬眸看她。「當真？」

顧馨之做了個鬼臉。「想得美。」

謝慎禮莞爾。「調皮。」起身，伸手。「時間差不多了，走吧。」

顧馨之扶上去，順著他的力道起身，略整了整裙襬，確認沒有問題了，才看向謝慎禮。

他今日也應景的穿了身暗紅長袍，上面繡的是常見的多寶紋，老氣得要命。顧馨之嫌棄不已。「往日都是誰給你準備衣物的？」

謝慎禮不解。「遠山準備的，有問題嗎？」他低頭看了眼。「我瞧著挺好的，穩重。」

顧馨之扭頭就走。謝慎禮無奈，長腿一跨，便到了她身邊，與她並肩前行。

莊姑姑等人已經等在外頭，每人手裡都抱著個匣子，連蒼梧、青梧手裡都不例外。

主僕一行走出西院，從正門進入東院。

東院這邊的大管事早已等在門口，看到他們，忙不迭跪下行大禮。「給五爺、五夫人道喜，祝五爺、五夫人百年好合、早生貴子。」

謝慎禮嗯了聲。「起吧。」看向顧馨之。

顧馨之笑咪咪。「錢管事這般大禮，倒把我嚇一跳了。」

那大管事姓錢，聽到顧馨之這話，剛要爬起來的他撲通又跪下了。「五夫人大度，往日是小的、小的……」小的如何，他沒敢說。

說有眼不識泰山吧，彷彿在諷刺這位新夫人，本事一流，能甩掉姪子攀上家主。說狗眼看人低吧，也不太對味……怎麼著都不對。

他只得小心翼翼偷覷兩位主子的神情。

新夫人笑咪咪不說，五爺卻一直看著新夫人，也不知道是個什麼意思。

顧馨之沒興趣為難他，只擺手。「我們爺叫你起來呢，起吧。」

「誒。」錢管事立馬爬起來，哈著腰。「大夫人他們都等著呢，兩位裡邊請。」

顧馨之看向謝慎禮，他率先邁步，一行人再度往前。穿廊過院，很快來到待客的大堂。

謝家人已經等在此處，擠擠攘攘的塞了一屋子。

顧馨之隨著謝慎禮踏進屋，面對眾人複雜的目光，她大大方方的福了福身，正要說話，就聽見身邊人開口——

「大嫂、二哥……四哥、四嫂，我們沒有來晚吧？」

那一長串的稱呼，聽得顧馨之嘴角抽抽的。

大嫂鄒氏陰陽怪氣。「哪能啊，我們早早等著而已，沒想到小叔當真踩著點來。」

老二謝慎重皺眉。「好了，人來了就好了。開始吧。」

顧馨之垂眸。嗤，這話接的，聽起來彷彿是在為他們解圍，細琢磨，好像又是怪他們來晚了。

那廂，屋裡的下人已經端來茶水。

按照大衍習俗，她作為新婦，要給長輩敬茶，長輩會給她送見面禮。當然，因為謝慎禮的父母長輩已然不在，對於平輩，他們夫妻倆只需要站著行禮遞茶，倒是輕省。

反過來，她也要喝小輩們敬的茶，再送見面禮。莊姑姑她們手裡拎著的，就是她準備給小輩們的見面禮。

看到茶水到位，謝慎禮抬起手，虛扶著顧馨之胳膊，帶著她行至鄒氏跟前。

眾人都盯著他倆呢。他這動作一出，所有人都知道，顧家姑娘——喔不，這位新夫人，有他護著。

眾人的神色更為複雜了，下意識都看向大房，尤其是大房的長子、顧馨之的前夫，謝宏毅。

謝宏毅卻一直低著頭，看不清神色。

鄒氏察覺眾人目光，臉色鐵青。

此時丫鬟送上茶，謝慎禮、顧馨之各自端起一杯，送到鄒氏眼前，躬身行禮。「大嫂，請喝茶。」

鄒氏坐直身體，先接過謝慎禮的茶抿了口，放下，再伸手——卻在半道停下來，慢條斯理道：「馨之啊，咱倆婆媳一場——喔，瞧我這腦子。妳往後跟著小叔，可不要再那般任性妄為，好好過日子。」

謝慎禮沈下臉，便要說話，旁邊人卻用胳膊撞了他一下。

他頓了頓，看向顧馨之。

顧馨之直起腰，看著鄒氏，笑道：「大嫂還是這麼喜歡說教啊。」說著，順手將茶杯擱回丫鬟托盤上。

不過是個大嫂，在她面前充什麼長輩？她不接，自己更不稀罕。

鄒氏臉色大變，眾小輩們更是倒吸了口涼氣。

第四十一章

謝慎禮眸底閃過笑意，微微放鬆身體，側首看著她發作。

顧馨之施施然站著，對著鄒氏語重心長道：「大嫂，做人啊，該放鬆就放鬆，妳看妳整日操心這個那個的，老得多快啊。方才我見著妳都嚇了一跳，怎麼彷彿比上回還多了幾條皺紋？不知道的，還以為大嫂都奔五十了。」

不知是誰，噗地笑出聲。

鄒氏臉都黑了。「妳說誰老了？」

顧馨之輕呼一聲，虛掩住嘴，一臉做作道：「瞧我，真不會說話，哪有當面說人老的！抱歉啊，大嫂，不小心說實話了。」

鄒氏漲紅了臉，氣得直喘粗氣，貼身丫鬟嚇到了，趕緊給她順氣。

顧馨之笑容不變。「哎喲，大嫂不舒服啊？妳們幾個還不嘖，還以為有多大戰鬥力呢。趕緊把人扶下去。要請大夫嗎？我認識幾個，平日我莊子裡佃戶頭疼腦熱，都治得不錯呢，要不要給大嫂介紹一下？」

這是說，村裡走村竄戶的赤腳大夫，適合她？鄒氏差點沒氣暈過去，抖著手指著她。「妳、妳……」妳了半天不知道說啥。

顧馨之福了福身，歉然道：「大嫂身體不適，就不陪妳多聊了，二哥他們還等著呢。」轉身，扶上謝慎禮胳膊，嬌滴滴道：「五哥，我們走吧。」

謝慎禮神色柔和，反握住她。「好。」

眾人都算是與顧馨之相識兩年，今兒彷彿才認識她一般，驚詫的看著她。

也不知是不是因為這一齣，接下來的敬茶格外順利，莫氏幾人全都爽快接茶送禮，嘴裡也都是吉祥話。

顧馨之收了幾份大禮，心情好了許多。跟著謝慎禮坐到老四夫婦一旁，準備開始派禮。

第一個上前的，自當是謝家長房長孫，也即是顧馨之的前夫，謝宏毅。

聽到管事婆子傳喚，謝宏毅腳步凝滯，緩緩走出人群。這種場合，妾侍張明婉是不夠資格出現的，故而，他是獨自出列。

周遭分明都是熟悉的親人，但這些熟悉的視線刺過來，卻讓他如坐針氈。

他緩緩行至顧馨之面前，一丫鬟迅速擺上蒲團，另一丫鬟端著茶盤站在他身側。

謝宏毅卻愣怔的看著顧馨之。

曾經的顧馨之，是什麼樣的？印象中，她似乎喜歡紮繁瑣的髮髻、來來去去都是那幾根釵子髮簪，面上帶著恬淡溫柔的笑容……

如今的顧馨之，梳著最簡單的墮馬髻，頭上僅有三兩釵簪，卻美目飛揚，顧盼流光，眼角眉梢透著幾許風情，豔得讓人挪不開眼睛——

他看得有點久了，眾人的目光開始變得詭異。

顧馨之皺眉。「怎──」

「宏毅。」謝慎禮卻突然開口，神色微冷的盯著謝宏毅。「給你五嬸敬茶。」

五嬸二字，重音。

顧馨之詫異扭頭，看到他面上神色，若有所悟。她家老幹部這是吃味了，不想讓她與謝宏毅說話？往日倒是看不出來……她暗樂，乖乖閉上嘴。

謝宏毅瞬間回神。他有些難堪，頓了片刻，撳袍，緩緩跪下，接過丫鬟遞上來的茶，澀聲道：「姪子宏毅，祝五叔、五……嬸，百年好合，早……生貴子……」字字如刃，一刀一刀戳向心口。

謝慎禮稍稍緩了神色，順手接過他的茶，遞給顧馨之。

顧馨之無語。接杯茶都不行了？她瞟了某人一眼，接過茶抿了口，放下，老氣橫秋道：「嗯，往後好好做人……姑姑，給大姪子送禮。」

莊姑姑笑咪咪遞上一個荷包。

謝宏毅被刺得生疼，捏緊拳頭，半晌才接下來，低不可聞道：「謝五嬸。」

顧馨之還未說話呢，就聽謝慎禮淡淡道：「聽不見，大聲點。」

好衝的味兒啊……

謝慎禮積威甚重，別說謝宏毅，連他上面的幾位嫡兄都不太敢當面反駁。

他這一句話出來，所有人臉色都很是詭異，鄒氏想說話，旁邊的莫氏眼疾手快，一把捂住她的嘴，同時耳語了兩句。鄒氏臉青了又白，終於還是閉了嘴。

那廂，謝宏毅也漲紅了臉，跪在那裡半天，終於還是低著頭道：「謝五嬸。」聲音依舊小，這回好歹周圍人都聽見了。

謝慎禮這才作罷。「嗯，下一個。」

謝宏毅頂著難堪起身，眼睛卻忍不住去看顧馨之，卻發現她對自己的難堪視若無睹，甚至還笑吟吟的看著她那位新婚夫婿。

謝宏毅心下大痛，略有些踉蹌的離開。

排行第二的謝宏章連忙上前。

接下來的敬茶便順暢多了，沒多會兒，四房大大小小十幾號小輩全都敬完茶。

謝慎禮率先站起來，回身，伸手。

顧馨之對上男人平靜的神情，很是無奈，只得把手遞給他。謝慎禮拉起她卻沒有鬆手，牽著她走向謝慎重。

「二哥。」他語氣平淡，自然得彷彿在閒話家常。「七叔公那邊，勞你轉告一聲，他家孫子打傷的那人死了，府衙也許會重判，讓他們家有所準備。」

謝慎重皺眉。「這點小事，怎麼拖到這會兒還沒辦妥？」

打死人，還是小事……謝慎禮眼中閃過譏諷，語氣卻很平淡。「二哥說笑了，我退下來將近半年，人走茶涼，哪還有什麼權力？」

謝慎重頗為不滿。「你這麼些年經營，難不成一點關係都討不上？」

謝慎禮神色淡淡。「二哥，我此刻並不是跟你討論我的人情關係，你若是不想轉達，我自讓人去知會一聲。」

當著一堆小輩的面被下了臉，謝慎重臉色有點難看。

「事情說完，小弟該告辭了。」謝慎禮說罷，不等回應，牽著顧馨之便轉身離開。

鄒氏這會兒已經緩過氣來，見他們踏出屋子，帶著氣跟謝慎重道：「二弟，你就由得他這般放肆？一個庶出的雜種，住著偌大一片西跨院，還整日在這邊指指點點的……你這脾氣也太好了吧？」

小輩們一聽這話，恨不得把腦袋都縮回去。

莫氏看看左右，打圓場道：「大嫂妳這是氣過頭了吧，怎能這般說話呢？一家人不說兩家話，五弟住大院子，都是他自己掙回來的，咱也沒什麼可羨慕的。」

鄒氏大怒。「妳說的這什麼風涼話，方才沒看二弟被下臉嗎？妳身為他枕邊人，怎麼反倒替那野種說話？」

謝慎重聞言，跟著瞪向莫氏。「不會說話就別說話！」

莫氏頓時紅了眼眶，硬是忍住，委屈道：「大嫂在五弟媳那邊受了氣，一口一個雜種，拿咱爹當什麼呢……小輩們都看著呢。」

謝慎重反應過來，也跟著皺眉。

鄒氏厲聲道：「一個不給長嫂敬茶的二嫁婦！我用得著受她的氣嗎?!」

莫氏沒理她，只看著謝慎重。謝慎重環視眾人，道：「都結束了，還站這裡幹什麼？」

眾晚輩頓時鳥獸四散。

謝慎重轉向鄒氏，提醒道：「大嫂還是當注意點，五弟怎麼說也是昭勇將軍，看他今兒這樣，早晚要給那丫頭要個誥命回來，妳總歸是要敬著她的。」

鄒氏大痛，捶胸頓足。「都怪我那死鬼，去得那般早，丟下我們母子幾人受人欺負！連個二嫁的小丫頭都踩在我們頭上——」

「娘！」謝宏毅黑著臉過來拽她。「不要再說了。」

「兒子啊！」鄒氏抓住他的手。「你受苦了啊！」

謝宏毅如今哪有心情聽她哭嚎，草草朝謝慎重夫婦行了個禮，用力拽著她離開。

莫氏暗鬆了口氣，看向謝慎重。「爺，七叔公那邊當如何是好？」

謝慎重板下臉。「妳一個婦道人家，外邊的事情不要多管……有這工夫就多管著宏勇，前幾天他是不是又跟別人打架了？妳每天在家都做些什麼?!」

莫氏委屈。「宏勇都多大了，我哪裡管得動……我還管著一大家子呢——」

「也沒見妳管出個好歹，天天跟我要這個要那個的，家裡是窮得揭不開鍋了嗎？」謝慎重一臉不耐。「大嫂管著的時候，怎麼不見這般多事？」

莫氏也壓不住脾氣了。「要不是大嫂折騰出一堆的爛攤子，我至於這麼難做嗎？合著我給家裡填窟窿還不行，就得將家底掏空了才算完是吧？」

謝慎重臉都黑了。「妳嚷什麼呢，還像個夫人的樣子嗎？我看妳連蘭漪都不如！」蘭漪是他這幾年愛寵的嬌妾。說罷他甩袖離開。

莫氏跌坐回椅子，眼淚湧了出來。

謝宏勇拉著妹妹走過來。「娘……」

莫氏擦掉眼淚，若無其事般抬頭。「怎麼還沒回去？待會兒不是還要去上棋課嗎？」

謝宏勇擰眉。「娘您忘了，這兩日休息。」

「哦，瞧我，都記混了。」

「娘，家裡的事亂糟糟的，您何必攬到自己身上？大伯娘喜歡管，就交給她管啊！」

莫氏怔了怔，笑道：「我兒長大了，都知道心疼娘了。這家裡亂七八糟的，你爹又這般糊塗。你還好，怎麼著也是男丁，吃不了虧。但若兒如今還不到十二，我若是不撐著，等若兒長大，怕是連點像樣的嫁妝都湊不齊。」莫氏苦笑，摸了摸女兒的腦袋。

謝宏勇愣了愣，重哼道：「怕什麼，有我呢，我給妹妹掙嫁妝。」

小姑娘似懂非懂。「大不了我不嫁人了！」

莫氏連忙呸呸呸。「胡說八道，哪有不嫁人的道理！」

謝宏勇皺眉。「反正您別管大房那邊了，每回壓著他們，您都得挨爹的訓。」

「我也不想管。」莫氏嘆氣，她看看左右，確認其他人都走了，只留下他們母子三人並幾名貼身丫鬟，便壓低聲音。「我管了，你爹頂多說兩句，我不痛不癢的；若是不管，你小叔叔才……」

謝宏勇抿緊嘴。「爹每回罵您，您都要難過好久的。」

莫氏愣了愣，壓下眼角熱意，搖頭道：「無事，娘習慣了……」她站起身。「你倆既然得空，跟娘一起去清點禮單，學學怎麼送禮。」

謝宏勇瞬間垮下臉。「我不——」

莫氏瞪過去。「不許嫌煩，你不學，將來還怎麼給你妹妹掙嫁妝？」

花開兩朵，各表一枝。

謝慎禮兩人回到西跨院，顧馨之她正想說回去歇會兒，就被謝慎禮拉到一間屋子前。

顧馨之提著裙襬跨進屋，隨口問：「過來這裡幹麼？」

「這裡往日閒置當雜物間，上兩月讓人收拾出來，準備給妳當書房，妳看看合用否。」

顧馨之愣了愣，扭頭打量這屋子。今日多雲，天有些陰，屋裡卻很亮堂。除了因為窗、門全敞開，還因為牆上刷得白白的，連地板也是鋪了淺灰石磚。

顧馨之忙鬆開他，往牆邊走了兩步，摸了摸，驚訝道：「你也找人刷了石灰？」

謝慎禮眸色溫柔。「嗯，我上回看妳那鋪子頗為亮堂，特地找人打聽了妳那法子，再著人改良了一二……」察覺她臉色有異，忙停下來問：「是不是不方便告訴人？」
顧馨之啼笑皆非。「不是，我是沒想到你還找人改良。」
謝慎禮點頭。「第一遍是按妳那法子刷的，太粗糙了，刷痕重，看著不甚美觀。」
「你這算是完美主義嗎？」
「完美主義何解？」
顧馨之啞然，擺手。「不重要。」
她開始打量屋子擺設。屋子寬敞明亮，一面牆打了高高的書架，甚至擺滿了書冊。書架相對之處擺著寬大書桌和扶手椅，椅後牆面留白，往後方便懸掛字畫之類的。兩邊牆角還擺了缸睡蓮。
顧馨之驚呼。「這時候還有蓮？」
「注意著點，也是能養。」謝慎禮頓了頓，語帶遺憾道：「下月估計就不行了。妳若是喜歡，得等明年開春。」
「我就是感慨一下，你家裡的花匠好厲害啊。」
謝慎禮皺眉，糾正道：「咱家。往後可不要說錯了。」
顧馨之「哦」了聲，扭頭去看書架。「你放了什麼書在這裡？」
「我看妳看書極雜，便各種都放了些，若是不喜歡或看完了，妳自去前邊書房翻找。」
「哦。」顧馨之看看左右。「這書房單給我用的？」

「嗯。」謝慎禮指了指書架那面牆。「隔壁還有一屋，刷了牆，別的都沒佈置，妳可以用來裁製衣裳。」

顧馨之驚喜。「還有專門的屋子給我製衣？」

謝慎禮隨口道：「為何不？妳不是喜歡嗎？」

顧馨之嘿嘿笑。「我是喜歡。但我以為你這麼老古板，能讓我出門就不錯了，沒想到你還給我準備屋子。」

謝慎禮神色凝滯。「老古板？」

「口誤，口誤！」顧馨之乾笑，急忙轉移話題。「你原先就一個人，怎麼買這麼大的宅子？」

謝慎禮輕敲了下她腦門，暫且放過她那一句「口誤」，慢慢答道：「怕吵。」

萬惡的有錢人，就因為怕吵！

「東院那邊為何由得你占了這麼大院子？不是還沒分家嗎？」

謝慎禮語氣淡淡道：「老頭子死的時候，我特地弄出來的。」

老頭子？是指他那死掉數年的爹？顧馨之咋舌。「他怎麼會願意？」

謝慎禮輕撫她鬢髮，道：「當時我剛得封昭勇將軍，他希望我庇護謝家。」

打謝老太爺被罷黜，謝家好些年沒有起來，他會提這般要求，也是正常。顧馨之了然。

「然後你順勢換了這分產的條件？」

謝慎禮沒有細說。「最後談到這個條件。」

顧馨之只豎起拇指。「很不錯。」這就是前人種樹，後人乘涼了吧，她現在不用跟謝家那一大家子住在一起，就是愉快。

謝慎禮看著她。「不覺得我太過不孝？」

顧馨之擺手。「孝不孝也要看對象的──等一下，你、咱娘的牌位也在祠堂裡嗎？要不要去拜一下、上炷香什麼的？」

謝慎禮眸底閃過溫柔。「別擔心，在的。我身為家主，若是連母親的牌位都放不進去，那這家主不當也罷了。」

顧馨之拉過他的手，安慰地捏了捏。「若是往後不管他們了，咱就把娘的牌位帶出來，自己供個祠堂！自己開宗立派！」

謝慎禮反握住她。「好。」

「還有，我們要不要過去給柳山長敬杯茶？」怎麼說他們都真的對謝慎禮很不錯。

謝慎禮動作一頓，當真開始思考，半晌，搖頭。「等妳回門後。」他解釋。「按規矩，得等妳回門後才能出門，否則不太吉利。」

顧馨之道：「行吧。」

謝慎禮捏著她柔荑，接上方才的話題，繼續道：「正院裡暫且只隔出這兩間，若是不夠用，妳自己再去挑。」反正偌大的西跨院，就住了他倆。

「嗯嗯。」

「家裡的人事，往後都交給妳。這兩日先歇著，等妳回門後，遠山會把帳冊禮單什麼的都轉給妳，往後人情走禮，不需過東院那邊。」

「不能繼續交給許管事嗎？我看往日他管得挺好的。」當然，她也不知道管成啥樣，她就是嫌麻煩。

謝慎禮不贊同。「妳若是忙，多找幾個幫手，但名義上妳得管著。」頓了頓，他道：「遠山做事還行，但送禮這方面，遠不如妳。」

顧馨之斜睨他。「你怎麼知道？你送過嗎？」

謝慎禮提醒她。「我親自收過妳送的，那不帶桶的兩尾魚……記憶深刻。」

顧馨之無語。「你記這些幹麼？」

謝慎禮眸中閃過笑意。「約莫是第一次遇到這般斤斤計較的姑娘家？」

顧馨之氣憤，掙開他的大掌，摸進他袍子裡揪他皮肉。「你說誰斤斤計較呢？」

十一月的天，穿得都厚，她要揪人，自然得摸進外袍裡頭，揪完了又覺得手感好好，忍不住摸了摸。

謝慎禮僵了僵，下意識握住她手腕。這種力道，他是不疼，就是……他掃向門外。隨侍的青梧、水菱幾人皆候在廊下，剛好與書桌前的他倆隔著半堵牆。

他剛鬆口氣，便聽到顧馨之低笑出聲，他有些無奈。「別鬧，大庭——」

袍服下的手指突然動了，謝慎禮未完的話頓時卡住。

顧馨之手指緩緩劃下，還掐著嗓子嬌滴滴說話。「五哥哥，你說，誰斤斤計較啊？」

謝慎禮的喉結不自覺滑了下，氣息微亂。「別，我只是開玩笑……」

顧馨之越發靠近，幾乎要貼在他身上，借著袍服遮掩繼續吃他豆腐。「哎呀，五哥哥有錢有權，確實看不上我那兩尾魚，可憐我一鄉下姑娘，連個桶也不捨得——」

謝慎禮把她摁進懷裡，俯首堵住她。

顧馨之唇角勾起，合上眼，袍服下的手臂也環上那健壯腰身，謝慎禮忍不住加大了幾分力道。

顧馨之吃痛，貓兒似的輕哼出聲。

謝慎禮回神，發現她唇角破了，頓時有些懊惱。「抱歉，我——」

顧馨之趁他開口溜了進去。

謝慎禮不忍了。

這一下，宛如狂風驟臨、暴雨驟落，攻得顧馨之差點喘不過氣。待她回神，她已躺倒在書桌上，當然，衣衫還是完好的。

她的新婚夫君正閉著眼往後退。

顧馨之低笑，勾住他脖子不讓他退開，同時湊過去，輕輕呼氣。「謝先生，這才成親第二天，你就不行了嗎？」

謝慎禮閉了閉眼，聲音沙啞。「乖，別鬧，這裡是書房。」

顧馨之勾腳盤上去，蹭了蹭。「那它怎麼辦？」

謝慎禮原本撐在桌上的手瞬間掐住她的腰。

「啊，好疼啊，五哥哥。」顧馨之委屈巴巴。「昨夜裡你都把我掐出好幾個印子了，你現在又掐……」

謝慎禮深吸了兩口氣，聲音不穩道：「抱歉，我——」

顧馨之咬著他耳朵，軟軟道：「五哥哥給我親親，親親就不疼了。」

「別——」謝慎禮脖頸上的青筋都出來了，可見忍得多辛苦。

顧馨之繼續蠕動嬌呼。「五哥哥。」

「砰」的一聲輕響，謝慎禮放棄般捶了下書桌，紅著眼開始扯她衣帶。

顧馨之唇角勾起，迅速鬆開腳，啪啪兩下，用力拍開他的手。趁他愣怔，她哧溜一下，從側邊滑走。

謝慎禮直起腰欲抓，顧馨之已飛快跑到門邊，扶著門框回頭，笑得狡黠又得意。「五哥哥，我這邊還有好多事呢，下回再來啊。」完了還不忘拋了個媚眼。「愛你喲。」

不等謝慎禮說話，裙襬翻飛，那一身紅衣的美人已飛奔出門，只留下銀鈴般笑聲。

謝慎禮直覺這哪裡是娶了個媳婦，這分明是娶了隻妖精！

第四十二章

顧馨之也不算撒謊，她是真有事。此刻許遠山正在正房的暖廳裡給她彙報情況。

「一對汝窯花瓶，一套喜鵲登梅茶具……總共八十六件，都已經收進內庫了。」許遠山念完，合上單子，看看左右，恭敬的遞向莊姑姑。

莊姑姑福了福身，接過來，放到顧馨之面前。

顧馨之沒看，只是問話。「這些人家怎麼都往這邊送禮？我記著以往走禮，都是往東院那邊送的。」

謝家沒有分家，昨天吃酒的親友，隨的禮也大都是交給東院。但這批是直接送到西院。她昨天聽說白露去盯著，今兒許遠山就送了過來，故而她要問一問。

許遠山笑著解釋。「這幾家都是跟主子交好的，都知道主子跟東院那邊名義是一家，實則是兩家。往日主子一直單過，家裡沒個主事的女主人，大家自然不好往這邊送。如今主子都大婚了，這禮單，送到這裡就合適了。」

顧馨之明白了。

許遠山接著又道：「雖說主子讓奴才過兩日再把帳本送過來……奴才想著，早送晚送都是送，今兒就順道一塊兒送過來，夫人什麼時候得空了，就看看。」

顧馨之也看到外頭幾名抱著箱子的僕從，想了想，點頭。「行。夏至，把這些帳冊都放到書房裡。」

「是。」

許遠山見狀，放下一顆心來。

顧馨之看了看天色，道：「這會兒時間還早，勞許管事把大夥兒都叫來，我認認臉。」

許遠山愣了愣，忙道：「誒，奴才馬上去安排。」頓了下，又小心翼翼道：「夫人，主子那邊的侍從，也要喊過來嗎？」

顧馨之問：「你是說蒼梧他們嗎？」

「對對對。」許遠山賠著笑。「護衛們都是主子自己管著的，奴才只幫著安排他們的衣食住行。」

顧馨之詫異。「蒼梧他們不是伺候的僕從嗎？」

許遠山道：「蒼梧他們都是主子從北邊帶回來的，算是護衛。只是主子不愛讓人伺候，蒼梧幾個就把一些簡單的活兒撿起來。」

顧馨之更詫異了。「先生不喜歡旁人伺候？」

許遠山被她的稱呼愣了下，才道：「是的。」

顧馨之若有所思。「知道了，既然護衛是他管著的，那就不用過來了。」

許遠山誒了聲。「那奴才這就去安排。」

許遠山離開後，顧馨之看向水菱幾人。

水菱、香芹跟著陪嫁，但許氏覺得她倆年紀差不多了，恰好手裡有錢，又去買了兩個小姑娘。一個十二、一個十三，早早就被家裡發賣，當了幾年奴僕，怯生生、瘦巴巴的，手上都是冬天凍出來的凍瘡。

顧馨之看了不忍，便嚥下拒絕的話，將人收了。在她這裡，還能吃飽穿暖、不遭打罵，若是退回去，說不定要被賣到什麼骯髒地方。

小姑娘原來在家鄉一個叫二丫、一個叫醜妞，原主家改的是菊花、蘭花，顧馨之想著來到顧家也算是新生，問過兩人意見後，分別給改成甜杏、蜜桃。

目前這兩人就跟著水菱、香芹學些伺候的活兒和習字。

除了這四個近身伺候的，另還有幾房粗使跑腿的，都是一家老小跟著過來，年紀大的能看門，年輕力壯的能幹活，小的養幾年也能跑腿了。

至於莊姑姑，只是過來幫襯一二，過兩日就要回莊子的。

她這邊的人暫時是沒什麼問題，現在的問題是夏至幾個。

也不知是不是許遠山的主意，這主院塞了很多丫鬟進來。屋外灑掃的不說，光進屋伺候的就有四個，夏至、白露，和兩個小一點的小滿、小雪。加上她自己帶的，都有八個了。

她身邊就那麼點活兒，哪裡用得上八個丫鬟？

她想了想，問：「往日妳們都在何處當差？」

夏至、白露是聰明人，一聽這話，立馬跪了下來，小滿、小雪當即跟著跪下來。

夏至先磕了個頭，然後苦笑。「不敢欺瞞夫人，奴婢幾個進府幾年，只有四月那會兒，照顧了您幾日。」

顧馨之略有些無奈，玩笑般道：「先生的性子，還會養閒人呢？」

夏至嚇了一跳。「不不，奴婢不是這個意思。奴婢幾個一直都是在各院輪轉，幫著打掃收拾，製衣縫線，哪兒忙，奴婢幾個就過去搭把手。」

白露也跟著道：「若是有客人帶了女眷來訪，亦是奴婢幾個接待。」

小滿、小雪跪在後頭不敢吭聲。

顧馨之擺手。「別緊張，就是想知道妳們擅長什麼，看看怎麼安排。」

幾人微微鬆了口氣。

夏至答道：「奴婢幾個都識字，會拳腳，白露擅算學，奴婢擅刺繡，小滿廚藝還不錯，小雪箭法很好。」

顧馨之伸手。「等等，等等，妳們幾個為什麼會拳腳功夫？」

夏至茫然。「啊，奴婢幾個都是北地人，以前都是在武將家裡伺候的，主子當初要人的時候，要求就是身手要好。」

顧馨之看向最小的小雪。「妳今年幾歲？學拳腳箭法多久了？」

小雪忙答道：「稟夫人，奴婢今年十四，八歲開始學拳腳，十歲學箭法。」

顧馨之若有所思。「這樣啊。」

夏至小心翼翼的問：「夫人，您不喜歡丫鬟會拳腳嗎？」

「那不會，就是覺得有點屈才了。」

夏至連忙道：「奴婢幾個學得多，才能好好的伺候夫人，出門在外，還能當護衛……求夫人看在奴婢幾個曾盡心伺候過您的分上，不要趕奴婢幾個。」

顧馨之哭笑不得。「我何曾說要趕妳們走了？都起來說話，我這兒不興磕頭。」多來幾次她怕折壽。

「是。」

顧馨之沒辦法，掃視一圈，琢磨了會兒，才開始安排。「我屋裡也沒什麼活兒，就打掃收拾、斟茶遞水，妳們幾個看著排——」

「排什麼？」高大身影踏步進來。

顧馨之微詫，起身迎他。「你怎麼回來了？」她意有所指的瞄了眼某處，揶揄道：「我還以為你要忙一會兒呢。」

謝慎禮掩唇輕咳一聲，轉向夏至等人，板著臉質問。「怎的沒有人在外頭守著？這在家裡便罷了，若是在外頭，有人衝撞了夫人怎麼辦？」

他那氣勢，幾個丫鬟婢女哪裡忍得住，屋裡頓時唰唰跪了一地，連莊姑姑都沒穩住。

顧馨之推了他一把。「做什麼來我這裡嚇人，是我把她們叫進來的，你有什麼意見？」

謝慎禮緩下神色。「方才彷彿聽說妳要安排活計？若是不夠人，讓遠山再去買幾個，他挑人還行。」

顧馨之無奈。「還買？我這兒都勞動力過剩。」

謝慎禮略一想便明白她的意思，不以為意道：「咱家養得起。妳不是整日喊忙嗎？瑣碎事交給她們，輕省些。」

「那你也忙，怎麼不見你把瑣碎事交給下人？」

「這不一樣。」

顧馨之瞪他。「哪裡不一樣？」

「我不需要。」

「我也不需要。」

謝慎禮無奈，抬手點了點她眉心。「聽話，若是覺得煩，就讓她們自己安排。」

顧馨之撇嘴。「我這不是在想嘛，要不是你來打岔，我早安排好了。」

謝慎禮啞然。

夏至幾人嚇得臉都白了，想勸又不敢。

顧馨之正聊得開心呢，眼角餘光掃到丫鬟們驚嚇的神情，登時無語。她輕推了下他胳膊。「好了，你有事先去忙，回頭我自己看著安排。」

謝慎禮道：「不著急，遠山說妳要認認臉，我把蒼梧他們帶過來了。」

他在的話，自己確實更省事。

正說話，許遠山也回來了，許是在外頭看到蒼梧他們，他看到謝慎禮並沒有太大驚訝，只稟道：「主子，夫人，大夥兒已經到齊了。」

顧馨之點頭。「煩勞你了。」

許遠山拱手。「夫人客氣，這是奴才的分內事。」

顧馨之遂不再多言，率先抬腳出門。謝慎禮單手負於身後，慢條斯理跟上。

他們所在的正院是西跨院裡最大的院落，謝慎禮之前一個人獨居，加上喜靜，整個西跨院五進院子，也不過幾十號奴僕，加上謝慎禮的護衛隊，站在院子裡，滿滿當當的。

顧馨之還未看清楚有多少人、怎麼個站隊，這些人就齊刷刷跪下，震聲高喊——

「主子萬福，夫人萬福。」

聲音洪亮整齊，彷彿事先演練過一般，顧馨之被嚇了一跳，下意識停步。結實胳膊在她後腰處輕攔了下，托著她往前。

顧馨之頓了頓，繼續前行，直至站定在廊上。她巡視一圈，微微揚聲。「起來吧。」

「謝夫人。」

眾人又是齊聲應謝、起身，看起來……彷彿兵士？

顧馨之若有所思，扭頭看向那端手肅立的謝慎禮，他回以疑惑眼神。

顧馨之暗嘖了聲，收回目光，道：「我初來乍到，萬事不知……」

她只是簡單說了幾句，便讓各處管事上前自我介紹，還要簡單說說各自手裡的活兒。管事之下，是各處的奴僕。

顧馨之剛聽了兩句，便發現謝慎禮扭頭朝後邊的夏至吩咐了幾句。她也沒管，繼續聽著。

過了會兒，夏至搬來一把扶手椅過來，擺在她身後，小聲請她落坐。

顧馨之下意識看向謝慎禮，他以為她是在詢問，伸手示意。「坐。」

算了，這傢伙都不計較，自己計較什麼……她後腰還泛疼，有椅子不坐是傻瓜。這般想著，顧馨之便一屁股坐了下去。

剛坐下，小滿不知從何處鑽出來，在她手邊擺了張小几，然後是白露送上茶水。

謝慎禮繼續站在一旁，一手負於身後，一手虛攏端在身前，依舊是那副嚴肅端正模樣。而舒舒服服坐在廊下、端著茶的顧馨之，則被襯托得……很是囂張跋扈的樣子。

顧馨之彷彿看到底下有個小管事偷偷抹了把汗，也算是另類的下馬威了？

只是走個過場，幾十號人挨個兒說上幾句，也不過半個時辰。大夥兒散去後，顧馨之留下廚房管事吩咐了幾句，便起身，準備回房。

謝慎禮亦步亦趨跟上來。

顧馨之一邊走，一邊問他。「你好閒喔……是打算給自己放幾天假嗎？」

「無甚急事。」謝慎禮嗯了聲，隨她走入正房。

顧馨之不解。「沒就沒唄，你跟著我幹麼？我還要去——」

砰的一聲輕響，正房大門被拍上，夏至、水菱等人通通被擋在外頭。

屋內光線陡然暗下，高大身影籠在前邊，顧馨之下意識後退。「你、你關門幹麼？」

謝慎禮沈黑雙眸緊緊攫住她，一邊往前走，一邊拉衣帶，聲音平靜。「應夫人的書房之邀。」

這傢伙。顧馨之笑呸了句。「我是說下回，沒說等下——喂喂我等會兒還要唔——」

半晌，謝慎禮聲音低沈道：「夫人表了愛意，為夫怎能沒有半分表示呢？」

顧馨之氣喘吁吁。「你放屁，有你這樣表示——唔！」

裂帛聲響。

顧馨之聽到了，氣得捶他。「我這身衣服才第一次穿上身！」

謝慎禮氣息不穩。「回頭再給妳做幾箱。」

顧馨之氣結。「重點是這裡嗎？」

「嗯，無所謂……」謝慎禮將人摁到牆上，攻城掠地。

顧馨之悶哼出聲，伸爪撓他。「有你這——啊——急的——嗎？」這混蛋，袍服都沒脫呢！

謝慎禮埋頭苦幹，聲音含糊。「慢了妳就跑了。」

顧馨之想罵人來著，可惜已經顧不上了。高處風光無限好，若能少些顛簸就更美了……

事後顧馨之也沒遮掩，大大方方的讓謝慎禮出去端水。

開玩笑，關門大半天，中途她還沒忍住叫了幾聲，怎麼也瞞不了正房裡的丫鬟們，叫盆水擦擦有什麼問題？反正角房那邊肯定備著水，否則怎麼燒水泡茶？

當然，洗澡是不要想了，她還要臉，不想全府都知道他們白日宣淫。

光著上身的謝慎禮端了盆水進來，沾濕帕子，擰乾，行至床邊，掀起帳簾，探身進去。

顧馨之捲著被子往裡一滾。「我自己來。」

謝慎禮緩了那股勁，又恢復了平日的沈靜。他抓著帕子，溫和道：「妳累著了，我幫妳吧。」

顧馨之哼哼。「我怕你忍不住。」

謝慎禮竟還真的認真想了想，然後將帕子遞給她。「我亦有同感。」

聽聽，這是人話嗎？顧馨之一把搶過帕子，瞪他。「出去。」

殊不知她方經了韻事，眼角眉梢盡是風情，這一瞪，宛如給剛熄火猶帶餘溫的鍋裡倒了把油。謝慎禮的喉結滑了下，一把握住她搶帕子的手，禮貌的問道：「要不，晚點再擦？」

顧馨之腳鑽出被子踹他。「美不死你，出去，我要起來吃東西！」

謝慎禮握住那白皙小腿，聲音沙啞。「妳不是吩咐廚房今日吃鍋嗎？不著急——」剩下的話被軟枕砸了回去。

顧馨之齜牙。「信不信我讓你禁慾一個月？」

謝慎禮輕笑了下。「好吧，謹遵夫人令。」話雖如此，帶著微繭的指腹依舊戀戀不捨的摩挲著那白皙肌膚。

顧馨之翻了個白眼，踹他。「還不撒手？」

謝慎禮臉帶惋惜的退出帳子。

顧馨之重哼一聲，拽好床帳，才從被窩裡滾出來，拿帕子——

「等等。」謝慎禮探手進來。「帕子應該涼了，換一塊。」

顧馨之磨磨蹭蹭擦好身體、換了衣服，已經過了飯點。

因昨日擺宴，家裡多了許多的菜肉，天冷倒是不怕放，但顧馨之想著材料多，適合燙火鍋，就定了這個。她在自家莊子習慣了定菜色，許氏都聽之任之，到了這裡，她一時半刻還沒改過來。

待下人將小炭爐、小湯鍋等端上來，顧馨之才想起問上一句。「你不討厭吃鍋吧？」

謝慎禮慢條斯理挽袖，聞言道：「放心，我不挑食。」

「那平日三餐、下午茶、消夜，我拿主意咯？」

謝慎禮動作一頓，神色詭異的看著她。「妳一天吃這麼多？」皺眉掃向她胸腹。「吃哪兒去了？」

顧馨之白他一眼。「我就這麼個意思，萬一哪天想吃了呢？」

謝慎禮從善如流。「妳定就好。」

水菱、香芹將各種切盤擺盤漂亮的碟子擺到一旁的几上。

顧馨之詫異。「擺那麼遠幹麼？放桌上啊。」掃過去一眼，頓了頓。「怎麼這麼多……把肉類先放上來吧。」

水菱偷覷了眼謝慎禮，囁嚅道：「夫人，這好像不合規矩……」

顧馨之扭頭瞪向謝慎禮，問：「這你家規矩？」

謝慎禮皺眉。「我們家。」

顧馨之連連點頭。「嗯嗯，我錯了，我們家。」然後笑咪咪繼續問：「所以，這是我們家的規矩嗎？」

謝慎禮從她笑容中看出幾分威脅，非常識時務。「往後聽妳的。」

顧馨之滿意不已，朝水菱幾人道：「聽到了嗎？端過來……算了算了，這裡不用伺候，妳們該幹麼就幹麼去。」

水菱、香芹躊躇，謝慎禮淡淡掃過去一眼，水菱悚然，立馬帶著香芹行禮退出去。

謝慎禮等人走遠了，轉回來，道：「這兩丫鬟壓不住事，在家還好，出門還是帶夏至、白露她們吧。」

顧馨之正挽起袖子要去端盤子，隨口問道：「你不是不用丫鬟嗎？怎麼想到買夏至她們回來？」

謝慎禮頓了頓，緩緩道：「這兩個丫鬟本就是買給妳的，妳娘不要，我才扔在府裡。」

「這樣子啊。」顧馨之端起一盤牛肉，唰唰倒下一半，然後轉頭看他。「你要吃什麼？我一起放了。」

謝慎禮眼睜睜看著她豪放的倒下一半牛肉，濺起數滴湯水，立馬托住她手中盤子，道：「我來。」

顧馨之詫異。「你也要吃牛肉？我放了一半了，不夠待會兒再加啊。」

「夠了。」謝慎禮將盤子擱到桌上，然後扶著她坐好。

顧馨之不滿了。「你幹麼？我還沒放夠呢。」

「我來。」

顧馨之眨了眨眼，從善如流，將挾肉的筷子塞他手裡。「喏，再放點丸子和菌菇，每種丸子都要啊。」

謝慎禮遲疑了。這加下去，鍋子要滿了。

顧馨之猶在催促。「快點啊。」

罷了。謝慎禮無奈，捏著筷子慢慢往鍋裡加食材。

「快點快點，好餓啊。」

謝慎禮邊加邊掃視四周，朝一旁小几指了指。「先吃別的填填肚子。」

「不，我要先吃肉。」顧馨之煞有介事。「吃火鍋先吃肉，是對火鍋最基本的尊重。」

「妳哪來這般多的大道理？」

顧馨之老氣橫秋。「這叫生活經驗，你不懂。」

年長她多歲的謝慎禮無言。

等他下好東西，鍋裡已經滿得快要溢出來。爐子裡燃著小火，估摸著還要一會兒才能吃。

顧馨之將方才的話題拉回來。「你當時怎麼想著給我買丫鬟？」

謝慎禮猶豫了下，避開某些話題，道：「東院那邊幾房鬥得厲害，我並不是要把妳丟進去受搓磨。」

「沒差。」顧馨之沒注意，只白了他一眼。「話說，二叔——咳，二哥被你拿捏住什麼把柄了嗎？他怎麼這麼聽話？要替你跑腿？」

謝慎禮含糊不清道：「他與七叔公一起做些生意。」

顧馨之以手托腮。「不太合法的？」

謝慎禮莞爾，老實道：「對。」

顧馨之嘖嘖兩聲。「姓謝的真沒幾個好人——哦，你不算。」

「嗯。」謝慎禮也不在意，見鍋子中的水開始滾了，拿起勺子，慢慢攪動，省得那一鍋滿滿的東西溢出來。

顧馨之端著碗，一邊盯著鍋子，一邊問：「這麼大個爛攤子，你幹麼一直管著？你跟你爹交換了什麼條件？」

謝慎禮避而不談，看肉片滾熟了，給她挾了幾筷子，溫聲道：「不是說餓了嗎？」

顧馨之也沒想刨根問底，見他不答，便順著他的話說：「餓死了，我自己來，你吃你的就行。」

謝慎禮嗯了聲，又給她舀了幾個丸子，才開始給自己盛。

兩人大汗淋漓的運動了一場，確實都餓，鍋子裡滿滿的肉片丸子，兩人分著吃完了，才算緩過勁來，開始慢慢下東西，邊吃邊聊。

當然，大部分時間都是顧馨之說，謝慎禮應聲。

顧馨之主要是問一問家裡的情況，比如府裡每季裁衣幾身、各處薪銀多少、每月員工吃用約莫多少銀子。謝慎禮是一問三不知。

顧馨之死魚眼看向某人。「你這些年是怎麼活下來的？」

第四十三章

謝慎禮掩唇輕咳。「自有遠山他們安排……他有些地方也不太懂，便請教夏至她們，如今妳在，往後便交給妳了。」

顧馨之懂了。「所以，回頭我按自己的方式來，不用問你了？」

「家裡自然都聽妳的。」

「這話我記著了，先生可得言出必行喔。」

「嗯。」

兩人慢悠悠涮菜涮肉，一頓午飯吃了大半個時辰。

顧馨之確認他沒有午覺的習慣後，直接把人攆出正院，幹什麼都好，反正不許一起進屋。謝慎禮滿臉無奈的離開，顧馨之在一眾丫鬟驚懼緊張的目光中，關上門，好生睡了個午覺。

第三天便是回門的日子。

兩人一早回了趟莊子，陪許氏吃了頓午飯，又去柳家陪柳山長夫婦吃了頓晚飯，這新婚便算過去了。

接下來的日子，兩人都窩在家裡忙活。

謝慎禮在忙什麼，顧馨之不知道，也沒管，她忙著翻家裡的帳冊。

謝慎禮說把家裡事情交給她，還真不是說虛的。不說花錢如流水的家裡，光是那盈虧不一的鋪子、莊子，不到一年的帳冊就塞了幾大箱——這年頭的記帳，可都是文字，一本看下來，眼睛都花了。

顧馨之是不想管的，但府裡的情況，謝慎禮都一問三不知，那鋪子裡，估摸也是差不多了。雖說這些奴才都是簽了身契的，但賣主的奴才，也不是沒有。旁邊還有幾房虎視眈眈、恨不得把謝慎禮啃下幾塊肉的「家人」。

謝慎禮這般信任她，將全副身家都交過來……顧馨之沒法，只得硬著頭皮上了。

她是新上任，卻沒必要馬上就去踩點。先看帳冊，能知道各大鋪子的盈虧情況，銀錢、貨物的流轉，還有人員情況，心裡有數了，再去看店，不至於被人矇騙了去。

因此，她一連半個月都窩在新家裡看帳，還用自己的方式將各鋪子的各類資料整理成表格，等整理完畢，每家鋪子的盈虧、進出、各種波動一目了然。

然後便發現了點問題。說大不大，說小不小的……顧馨之猶豫了片刻，捏著表格，去找謝慎禮商量。

她這半個月不光看帳，每天還會抽空逛逛府裡各處，看看屋子院子有什麼缺漏、要不要修繕，還要看看大夥兒的工作環境、居住環境，將來好調整優化……獨獨沒到過前院。

成親那天，到處張燈結綵的，也看不真切，如今一看，除了挨著牆栽了幾株樹木，廊下罹著太平缸，別的都沒了，單調得一如謝慎禮那老古板。

後邊好歹還有個小花園，雖然花木都枯萎了。她現在對謝慎禮的生活態度很是絕望，都不知道這人平日究竟是怎麼過日子的……她掃視著四處景況，心裡泛著嘀咕。

前院雖大，走上片刻，也到了。

今日是青梧當值，看到她過來，臉現詫異，急急迎上來行禮。「夫人大安。」

「免了免了。先生在嗎？」

雖然成親了，她還是習慣稱謝慎禮為先生，他不勉強她改口，她就心安理得的繼續，下人們也都習慣了。

故而青梧臉色不變，只恭敬道：「在的在的。只是先生們也在，恐不太方便，請夫人稍等片刻，奴才進去問一問。」他口中的先生，是謝慎禮養的幕僚。

顧馨之也不懂謝慎禮一個無業遊民為啥要養幕僚，不過想到他年紀輕輕就能官至太傅，想法自是比她清楚長遠，便沒有多言，只每天安排好諸位幕僚的衣食住行。

聽青梧這般說，她恍然回神，道：「若是不方便就算了，飯點我再跟他說吧。」是她著急了，謝慎禮每日三餐都回正院跟她一塊兒用，哪用得著找過來。「我先回去了，你別告訴他我來過——」

「怎麼了？」低沈嗓音由遠而近。

幾人回頭，便看到謝慎禮走下臺階、兩袖生風的快步過來。

顧馨之眨了眨眼，看向他身後的書房……是從窗戶看到這邊的動靜？

未等她說話，謝慎禮已到了跟前，上下打量她，問：「出了什麼事嗎？」

陪著顧馨之過來的香芹、夏至福了福身。

顧馨之晃了晃手裡一遝紙，道：「小事，沒想到你這邊也忙，回頭我再找你談吧。」

「不礙事。」謝慎禮搖頭，接過她手裡紙張，低頭開始翻看。

謝慎禮翻了幾頁，一臉茫然的抬頭。「這……畫的是什麼？」上面寫著盡歡酒樓，他知道，是他名下的酒樓，但其他的，全是條條框框，還有幾條波浪線……他竟半點也看不懂。

顧馨之登時笑了，帶著幾分得意道：「看不懂了吧。你不勻點時間出來，我沒法給你解釋清楚啊，等你有空再說吧。」

謝慎禮疊好紙張，遞回給她。「不用，直接說結果吧。」

既然是寫著酒樓名稱，那估摸著就是酒樓出了問題，不算什麼大事。

顧馨之眨眨眼。「不得先了解一下情況，看看我查得對不對嗎？」

謝慎禮莞爾，摸摸她腦袋。「沒事，妳說。」

「哦，行吧。」顧馨之也不矯情，三言兩語將事情交代了遍。

聽完，謝慎禮神色不變，只轉頭問青梧。「聽清楚了嗎？」

青梧肅手。「聽清楚了。」

謝慎禮頷首，神情淡淡。「每人二十棍，先把話挖出來。」

「是！」

等等，打誰？酒樓的人嗎？都不查一下的嗎?!

顧馨之忙按住他胳膊，小聲道：「怎麼就打了呢？問一問再說比較好吧？」

「無事。」謝慎禮反握住她的手，朝青梧道：「去吧。」

顧馨之著急，顧不上照顧他面子，疾聲道：「等會兒，你們打算用什麼棍子？會不會打出人命？」

青梧遲疑。

謝慎禮輕攔她後腰，帶著她轉身往外走。「放心，都是皮粗肉厚的大男人，打幾下死不了。」

「我才不信，你看看你方才啥臉色。」顧馨之被迫往前走，連忙扭頭喊話。「青梧，打的時候輕一點，別把人打殘了，小懲大誡啊！」

青梧看到自家主子背在後邊的手擺了下，拱手。「夫人放心。」

顧馨之稍微放心些，轉回來，問：「你帶我去哪兒？先生們不是還在書房裡等著嗎？」

「無妨，方才我已經讓他們去歇息了。我原來在前院住著，那邊有現成的東西，去那邊說話暖和些。」

踏入年關，外頭冷風呼嘯，她一路行來，鼻尖都凍紅了，哪能繼續站在外頭說話。

「哪有這麼矯情的。」顧馨之嘟囔，眉眼卻彎了起來。

謝慎禮眸色溫和。「嗯，我怕冷。」

顧馨之白他一眼。「德行。」

幾句話工夫，兩人就轉出書房，拐進謝慎禮在前院的住處。

顧馨之好奇的四處張望。依舊是兩邊栽樹、庭院鋪石板、屋前太平缸，一眼看到底的簡單，完全不像一套豪宅該有的配置。

顧馨之不解至極。「你不是在這院子住了幾年嗎？怎的沒點人氣？」

「何謂人氣？」

「就是生活氣息啊……你這院子也太冷清了吧，看起來啥都沒有。」

「缺了什麼？」謝慎禮邊問，邊把她帶進屋裡。

大半個月不曾住人，屋裡也透著清冷，但比外頭冷風呼嘯好多了。

顧馨之呼了口氣，搓了搓差點凍僵的臉，才道：「這院子空蕩蕩的，你好歹加幾盆盆栽嘛。」

「嗯，妳看著安排便是了。」謝慎禮引她落坐，隨口道：「煩勞夫人給為夫講解一下這些圖案。」

顧馨之得意。「這可是大學問，你得交束脩！」

謝慎禮啞然，然後道：「但我的銀錢都交給夫人打理了，夫人這話，讓為夫不知如何是好了。」

行，她輸了。「紙筆有嗎？」

「有。」謝慎禮走進左側廂房，再出來，手裡抱著筆墨紙硯，竟也不顯狼狽。

夏至欲要上前幫忙，謝慎禮淡淡掃過去，她一頓，連忙福身退後。

香芹不明所以，上前。「老爺，奴婢來吧。」

謝慎禮閃身避開。「不用……妳們兩個去泡壺茶，角房那邊應該有爐子。」

香芹有些傻眼。這是要她們去燒水泡茶？這得燒到什麼時候？

夏至忙拽了她一下，福身應諾，把人拉走了。

謝慎禮沒管她們，行至桌邊，將東西放下。

顧馨之看在眼裡，忍不住問：「你不喜歡丫鬟伺候？」

謝慎禮嗯了聲，鋪開紙張，擺好硯臺，開始磨墨。「第一張圖，寫的是月度採購和月度消耗，那兩條曲線，是代表這兩個數值嗎？」

顧馨之瞬間被帶開注意力。「誒，你不是才看了一眼嗎？」

「總共不過幾個字。」謝慎禮提筆蘸墨，快速將曲線畫出來。「是這樣嗎？」

顧馨之低頭看去。確實是畫了兩條曲線，但……

她接過筆，補上X軸、Y軸，畫了幾個儘量均勻的點。「這樣才算正確的圖示。」

「為何要這樣？」

顧馨之就開始給他解釋，當然，她沒用X、Y，只用橫豎表示。「橫軸表示時間、豎軸表示變數，交叉的點就是……」

謝慎禮一點就通。「所以，這兩條曲線對比下來，便可以看出酒樓那邊，每個月的進出差額巨大。」

「嗯。」顧馨之翻出另一張表格。「還有這個，我方才跟你說的，人員波動問題。二樓的跑堂更換得特別快，幾乎一、兩個月就換一遍，一樓大堂近一年都沒變。」

這年頭，找活計可不像現代那樣方便，尋常人一份工作能做一輩子，甚至還子承父業、親友推薦。區區一個小酒樓，換人這般頻繁，很奇怪啊。

謝慎禮盯著這張怪異的圖，上書：各鋪勞工人員波動情況。文字下方，用橫平豎直的線框出許多小格子，每個小格子裡都填了字。橫向第一行列著月分，豎向第一列寫的各鋪子名稱。

其餘格子，大都填的是「無」，偶爾有幾個「增一、減一」出現，只有盡歡酒樓那行，每月都是「換三」、「換四」等。

謝慎禮略微一掃，便看明白。「這樣確實明晰。」接著又翻出一張。「這張又如何解釋？」

顧馨之解釋。「這是庫存波動曲線。」

將所有的稿紙都翻完，謝慎禮若有所思。「這樣看，著實方便。」

顧馨之得意。「是吧，一目了然，都不用聽下面人廢話。」

謝慎禮看著她。「這是妳想出來的法子?」

顧馨之頓了下,乾笑。「哪能啊,這是前人的智慧,我只是學習運用。」

謝慎禮點頭。「夫人博覽群書,在下自愧弗如。只是不知道這般大智慧,是出自哪位先生或名篇?可否讓為夫拜讀一二?」

顧馨之迅速收拾東西。「哎呀,這麼久的事情,我也不記得在哪兒看來的了……我該回去忙了。」

謝慎禮眸帶戲謔。「快要午膳了,夫人還要回去忙活什麼?」

顧馨之呸他。「你那一堆爛攤子要是能打理好,我至於這麼忙嗎?」收好稿紙,她立馬往外走,邊走邊回頭。「盡歡樓那邊悠著點啊,別太狠了,問出結果了跟我說一聲。」

謝慎禮慢悠悠跟上。「好。」

顧馨之警惕。「你跟著我幹麼?」

「香芹她們還未回來,我送妳回去。」

顧馨之喔了聲,擺手。「就那麼兩步路,還是自己家,送什麼送……我走了!」說著,抱著稿子一溜煙往外跑。

謝慎禮無奈不已,加快腳步跟上去,在顧馨之嫌棄的眼神中,把人送回正院,才返回書房。

書房裡,幕僚們已歇了一會兒,正坐著閒聊,看到他回來,齊齊起身行禮。

謝慎禮擺手，慢聲道：「方才的事暫且擱置，諸位先生先來看看幾樣東西。」

眾幕僚詫異，謝慎禮也不急著解釋，翻出紙張鋪開。有那有眼色的幕僚立馬上前，幫著擺硯磨墨。

謝慎禮回憶片刻，提筆開畫，仔細講解。

半個時辰後，謝慎禮停下解說。

「這些圖表，當真方便，一目了然！」

「簡單明瞭，還容易上手。」

「很是不錯，不知是何人巧思？」

「能想出這般法子，必是能人，主子不妨將人招攬過來。」

「對對，人才啊，不能放過。」

謝慎禮難得露出幾分笑意。「招攬就不必了——」

「主子，能有這般巧思的人物，絕不可輕待！」

「主子，請三思！」

「主子——」

謝慎禮擺手。「別亂猜，這是我夫人理帳用的法子。」

見眾人驚訝，謝慎禮臉帶謙遜。「內子確實高才，但著實太忙了，怕是不願意過來幫忙我。」

眾幕僚覺得被曬了一臉恩愛。

謝慎禮收起神色，嚴肅道：「我提這些，並不是要炫耀我夫人的才智，我只是想問問，這些法子，是否適用於各部，甚至推及各府？」

幕僚們皆低頭思索，謝慎禮也不著急，坐在那兒安靜的等著。

青梧、蒼梧帶出來的下人給他換了盞茶水，安靜的退到一邊。

謝慎禮端起茶，抿了兩口。

有一幕僚組織了下語言，拱手道：「不才認為，這等圖表法，確實適合各處奏事，但，茲事體大，不可操之過急。」

「鄙人亦有同感。鄙人建議，主子可以挑選一部試用。」

「我原也有這樣的想法，但方才我突然想到，夫人對我的評價。」

眾人愕然。為何又提起夫人？

謝慎禮繼續。「她認為我五穀不分、不辨菽麥，還沒有生活常識。」

有幕僚趕緊打圓場。「主子日理萬機，哪有工夫處理這等小事。」

「對對，生活小事自有婦人打理，哪裡能跟國家大事相提並論。」

「不過是婦人之見。」

骨節分明的指節敲了敲桌，謝慎禮微微不悅。「我並沒有責怪夫人之意，反之，我認為她言之有理。」

「以往處理朝事，我只擅長謀略、人心，在民生之事上幾乎插不上話。諸位先生也曾說了，我能當皇上的謀臣和利刃，對嗎？」

眾人點頭。

「但人心易變，謀略終歸不是正道，民生，方是根本。」

眾人默然。

「我這邊拖了半年，已是拖無可拖，年後應當要定下來。我現在有個想法，請諸位先生幫忙參詳一二……」

書房裡發生的事情，顧馨之自然無從得知。

打發走了謝慎禮，她還得繼續研究各鋪子的情況、草擬一些發展策略。及至謝慎禮回來用午膳，她腦子還沒轉過來。

謝慎禮已經習慣她用膳時會叨叨自己忙活的東西，一邊聽著，一邊慢條斯理給她挾菜。

「那雲來雖然賺得多，但買東西沒個方向，總是挑著那些貴重的，路上損耗不說，也容易壓貨……」

謝慎禮給她挾了塊肉片。「有何解決辦法嗎？」

「還沒想好，得去鋪子看看再說。」

「嗯。」

「但是鋪子裡幾支商隊，怎麼都順順利利的？我聽人說好幾條道都會遇上劫匪的……鋪子請的什麼人？還是找了哪家鏢局合作？」

謝慎禮隨口。「沒有，都是自己人。」

「這麼厲害？」

「嗯，都是以前上過戰場的兵丁，跟著我混口飯吃。」

顧馨之想到鋪子裡長長的名單，驚了。「全都是？」

「也全不是。」謝慎禮又給她挾了塊肉。「掌櫃、帳房是另外找的。」

顧馨之白了他一眼，想起什麼，忙問道：「其他鋪子也是？」

「那倒不是。」

還好還好。顧馨之拍拍胸口。「這人數要是上來了，被人告發一個私養兵丁，咱家就完了。」

「夫人忘了我書房裡的刑律了嗎？」

顧馨之吐槽。「誰知道你是擺著好看，還是真看了。」

邊說邊聊，就用得久了些。正當時，青梧回來了。看到他們正用膳，他頓了頓，飛快後退。

顧馨之眼尖，立馬將他喊住。

「青梧？是不是盡歡樓那邊問完話了？人怎樣，都還好吧？」

青梧尷尬轉身，拱手道：「稟夫人，您放心，奴才盯著呢，人都好好的。」絕對沒丟性命。他偷覷了眼面容沈靜的主子，連忙又補了句。「都不是什麼硬茬，打兩下就全招了。」

顧馨之鬆口氣。「那就好……問出是什麼情況嗎？」

「誒，就是掌櫃的貪幾個銀錢，咱家鋪子薪俸高，有人塞錢給他，他就換一個，回頭又把人弄走，賺幾個賄賂錢。奴才已經打了他一頓，沒收了他的私財，把人攆走了。」

顧馨之驚嘆。「這麼快啊。」

「嘿嘿，不過是小事……就是鋪子這會兒正關著，得等夫人重新安排人手呢。」

顧馨之點頭。「行，我知道了……你忙活了一上午還沒用飯，趕緊去用吧。」

「謝夫人體恤，奴才這就去。」青梧看了眼謝慎禮，躬身退了出去。

謝慎禮伸掌，將猶自望著外頭的顧馨之的頭給轉回來。「好了，既然無甚大事，就好好吃飯。」

顧馨之拍開他的手，嘀咕。「這麼快解決的嗎？人都給遣走了，我還想問問情況呢。」

謝慎禮不以為意。「妳操心這些做甚，做不好遣走就是了，咱家不差人。」

「真是地主發言。」顧馨之嫌棄。「萬一人家有什麼苦衷呢？」

謝慎禮神色淡然。「任何苦衷都不是作奸犯科的理由。」

「也是。行吧，人都攆走了，我得趕緊找個合用的擺上去，不能關門，這麼大的酒樓，關一天損失多少錢啊！」

想到這裡，顧馨之著急不已，加快速度扒完飯，將碗一放。「我吃好了。」挾著菜準備放她碗裡的謝慎禮僵著。

顧馨之接過香芹遞來的帕子擦了擦嘴，端起茶灌了兩口。「好了，你慢慢吃，我先去忙了。」

未等謝慎禮說話，他的夫人便提起裙襬，大步流星出門去。謝慎禮啞然，掃了眼桌上飯食，放下筷子，淡淡道：「收了吧。」

留守的夏至膽戰心驚。「是。」

謝慎禮接過帕子慢條斯理擦拭，放下，語氣平靜。「平日夫人事忙，該盯著盯著，別讓夫人累著了。」

「是。」

第四十四章

謝慎禮起身，離開屋子，踱著步子出了正院，走向前院。

青梧已經候在前院門口，看到他，撲通跪下。「奴才知錯，請主子責罰。」

謝慎禮端著手垂眸看他。「我平日如何說的？」

大冷天，青梧生生冒出一頭的汗。「外邊的齷齪事，不要在夫人跟前說道。」

謝慎禮嗯了聲，語氣淡淡。「方才你圓過去了，再罰你反倒讓她生疑，這回就算了。」

青梧忙磕頭。「是，謝主子。」

「起來。」謝慎禮端手繼續往前。「說說情況。」

「是。」青梧爬起來，快步跟上，壓低聲音稟道：「奴才將盡歡樓的人審了一遍，掌櫃確實是貪墨，但收受的卻是京城各家的銀錢，金額巨大。」

謝慎禮停步。「都是二層的人，是為打探消息？」

「是，還有……」青梧再次壓低聲音。「下料。」

謝慎禮冷笑。「好啊，我好好一家酒樓，倒成了他們的舞臺了……怪道夫人要說我不通俗務呢。」

青梧壓低腦袋不敢吭聲。

謝慎禮收起笑，問：「下料的有哪家？成了嗎？」

青梧低聲稟了幾家。

「倒是小瞧了他們。」謝慎禮甩袖。「行了，這事我知道了，把那幾個人料理乾淨。」

「是。」

酒樓雖然出了問題，營業額卻一直不低。如今關門停業，顧馨之心疼得不行，旁的事情都先放一放，急急開始尋找合適人選。

她優先考慮府裡的人，但府裡人手不算多，挪誰出去都覺得不太就手。其他的人她還都不熟悉，翻完名冊，她開始發愁。

正當時，送東西去莊子的李大錢回來了，還給她帶了些許氏著人醃製的酸菜、菜乾。

顧馨之欣喜，忙把李大錢叫進來問話，確認自家娘親在莊子裡每日都很充實，沒有自怨自艾、哭哭啼啼的，就放心了。

正要叫他下去忙活，她突然想起一事。「等等，大錢，我現在不在莊子，你是不是閒得很？」

李大錢往日都是替她來回送貨查帳，京城莊子兩頭跑，如今她就在城裡，有事要吩咐鋪子的人，隨便找個人都能跑腿。

李大錢眼睛一亮，立馬開始哭訴。「夫人可算想起奴才了，奴才這一個月，就跑了兩趟莊子，都閒得跟馬房的人搶活幹了。」

顧馨之暗暗好笑。「好了好了，這不是要給你安排嘛。」

李大錢立馬收起那副作態，老實等著她說話。

「老爺手裡有間酒樓，掌櫃犯了錯，被老爺攆了，我想讓你去接手。」

李大錢倒吸了口涼氣。「夫、夫人讓奴才去接管酒樓？」

「啊？不行嗎？」

李大錢又驚又喜，連連磕頭。「奴才定不負夫人所託！」

顧馨之擺手。「等等，我話沒說完。」

李大錢立馬閉嘴，眼巴巴地看著她。

「我知道你以前管過鋪子，不過酒樓的經營不太一樣。我讓你去，是看中你能說會道、會來事，平日裡也機靈懂事。我這才剛進門，就把你調過去管老爺的鋪子，是老爺給臉，你要是做得不好便罷了，要是偷奸耍滑、貪圖小利，別怪我不留情面。」

李大錢喜得見牙不見眼，一迭連聲道：「奴才一定好好幹，一定不給夫人丟人！要是奴才貪了偷了，就讓奴才天打雷劈、不得好死！」

「就看你表現了。」顧馨之頓了頓。「你先去酒樓摸摸底，裝潢、布局、菜色什麼的，不拘什麼，有想法儘管提，缺幾個人，也趕緊補上，府裡找也行，去買幾個也行，你先列個章程出來。」

「是，奴才這就去。」

打發走李大錢，顧馨之就開始著手規劃。

謝慎禮這酒樓也是半道盤下來的，開了幾年，裡頭陳設什麼的應該都舊了，乾脆趁這段時間停業整修吧。唔……這麼說，還是得找時間去看看。

先不管了，等李大錢看完再說，事情多著呢。

顧馨之將事情扔到一邊，轉而翻起家裡帳冊。

年關將近，很多商販年前要歸家，她得趕緊囤好年貨，還要提前給府裡上下裁製新衣。這幾日閒逛，也發現了好幾處要修繕的地方，也得趕緊處理了……好忙啊！

顧馨之忙起來就把酒樓的事丟到腦後，李大錢做事細心又周全，她還是挺放心的。

這不，一天不到，李大錢就來求見她了。

顧馨之詫異。「這麼快啊。」

反正她現在想起什麼事就會見一下管事，衣著打扮基本都能見客，也不用怎麼收拾，直接讓人把他喊進來。

卻不想，李大錢進門就跪下，一副驚懼交加的模樣跪趴在地上。「夫、夫人！」

顧馨之嚇了一跳。

這時代雖有跪禮，但平日多是作揖拱手，重大場合、犯錯等，才會行跪禮。她這種不愛別人跪拜的，更是少有讓人下跪的時候。李大錢跟了她快一年，不會不知道。

「發生什麼事了？」她急忙問，腦子裡快速運轉，是她那布坊出問題了？還是莊子出事了？

李大錢有些哆嗦。「那、那酒樓……」大冷天的，他額頭冒著一層細汗，聲音壓低，小心翼翼問道：「夫人，真能作主嗎？奴才接手，沒問題嗎？」

著急著慌的，就問這問題？顧馨之沒好氣。「幹麼？你夫人我還作不了主嗎？」

李大錢連忙擺手。「不是不是，奴才不是這個意思。」他支支吾吾。「奴才這不是嚇著了嘛……」

顧馨之不解。「什麼嚇著了？不是讓你去酒樓摸底，看看哪裡需要改進的嗎？」

李大錢彷彿想起什麼，打了個哆嗦。「奴才……不敢摸。」

顧馨之無語。「說什麼傻話？做不了就別做，趁早回莊子種地去。」

連一旁的香芹也笑話他。「李大哥你行不行啊？」

白露皺眉看了她一眼。

李大錢哭喪著臉。「夫人，香芹姊姊，奴才怕死啊。」

顧馨之有些不耐煩。「讓你去看個酒樓，哪來的死啊活的，又不是讓你跟著老爺去上戰場——」腦中閃過些什麼，她停下話，頓了片刻，才問：「你的意思是，酒樓出了什麼事，嚇著你了？」

李大錢連連磕頭。「不是奴才膽小，實在是……」

顧馨之極力鎮定。「什麼事？」

「昨天上午，青梧小哥帶著人去酒樓，您知道吧？」

顧馨之點頭。「我知道。」

香芹插嘴。「當時我們都在呢，老爺親自吩咐的。夫人也吩咐了，讓青梧小哥悠著點，別把人打太狠了。」

李大錢張了張嘴。

顧馨之皺眉。「究竟什麼情況？」

李大錢抹了把汗，磕磕巴巴道：「聽說青梧小哥領著人，挨桌把客人請走，然後、然後關起門，把、把酒樓裡從上到下都、都抓起來，就在後院，杖責！」

顧馨之搭在几上的手微微顫了顫。她乾巴巴道：「對啊，他們管著酒樓，貪墨了好些銀子，青梧是要去罰他們，打幾棍子，應該……還好吧……」

「不是……」李大錢嚥了口口水，哆哆嗦嗦的。「打死了好幾個，從掌櫃到跑堂，甚至連廚房都死了好幾個！」他臉色發白。「沒死的，也有幾個被打斷腿、割了舌頭發賣了！」

顧馨之大驚失色。

旁邊的香芹倒吸了口涼氣，一直安靜不多話的白露也哆嗦了下。

李大錢繼續道：「就、就在那後院裡打的，昨天奴才過去的時候，還、還看到血跡……奴才、奴才當時以為是殺雞來著。這、這是犯了什麼事？奴才打聽的時候嚇都嚇死了……」

顧馨之愣愣聽著。

李大錢語帶哭音。「夫人，這鋪子咱還能接嗎？」

顧馨之回神，下意識道：「接。」

李大錢緊張不已。「不、不會出事嗎？奴才怕死啊！」

顧馨之反問。「你會偷奸耍滑、貪墨受賄嗎？」

李大錢哭喪著臉。「這、這……人總會有偷懶的時候嘛，不至於這麼、這麼……」可怕啊。

顧馨之慢慢緩過來，道：「偷懶當然不至於，他們犯了別的事……反正你規規矩矩的，就算虧本了，也不至於把你打死，沒事擔心這些做甚。」

李大錢餘悸猶存。「當、當真嗎？真的沒事嗎？」

「死不了，有你夫人在前頭頂著呢。」

李大錢噎住。「那怎麼能一樣呢……」

「有什麼不一樣，你的主子是我，又不是謝慎禮。」顧馨之有些咬牙切齒。「要死也是我先死，關你什麼事？」

李大錢聽出她的怒意，不敢吱聲了。

顧馨之繼續問：「他總不能把人全打死了吧？你這是從哪兒打聽來的？」

李大錢吶吶。「還有幾個老人在呢，就挨了幾棍，這會兒還歇著呢。」

這麼說，是真的？顧馨之怒氣攻心，唰地站起來。「不行，我還要打開門做生意呢，給我搞這麼一齣……我要自己去看看情況！

「走，我們去看看，若是真有這事、若是真有這事……」顧馨之沒說下去，提裙就要出門。

香芹一把抓住她。「夫人，那、那昨兒才死了人，不能去！那多嚇人啊！」

白露臉色一變，迅速拍開她，斥道：「撒手！夫人是妳能拽的嗎？」

香芹吃痛，哎喲一聲，委屈的看著她，又看向顧馨之。「奴婢、奴婢不是故意的。」

顧馨之自然是無所謂，她擺擺手。「沒事，沒拽著我。」

白露猶豫了下，小聲道：「老爺若是看見了，怕是會不喜。」

香芹打了個哆嗦。

顧馨之扭頭。「不管他！走了。」

白露趕緊道：「夫人稍等，外頭冷，奴婢去取件披風、灌個湯婆子——」

顧馨之皺眉。「湯婆子不用了，帶件披風，妳們也去加件衣服。」

「是。」

李大錢候在旁邊，又想勸，又擔心自己抗不住那酒樓，左右為難之際，白露兩人已經飛快幫顧馨之穿好披風，準備出門了。

李大錢遂嚥下到嘴的話，趕緊跟上去。

一行匆匆往外走。

顧馨之出門，自然是要坐車。

白露準備披風時，就著小丫鬟去找管事安排了，等她們抵達門口，馬車已經在外頭候著了。駕車的還是老熟人長松，顧馨之打了聲招呼，提起裙襬，踩上車凳。

「馨之？」有幾分耳熟的聲音從後邊傳來。「妳要出門？」

顧馨之扭頭，就看到十數步外的謝宏毅。

他面色有些蒼白，身披大氅，身後跟著抱著書冊的書僮，再看東院門口，亦停著一輛馬車，看起來彷彿也是要出門。

顧馨之心裡記掛著幾條人命，又實在煩他，遂敷衍道：「嗯，你也出門啊，那拜——再見。」

謝宏毅眼睛微亮。「好，回頭再見……妳要去哪兒啊？要不要我送妳？」

顧馨之站在車凳上，敲了敲謝慎禮出行常坐的、結實的、寬大的馬車，淡淡道：「我有車有僕，就不煩勞姪兒相送了……我這邊忙，先行告辭了。」

說罷，也不等回應，扭頭鑽進車裡。

謝宏毅被她那聲「姪兒」刺得頓了頓，神色慢慢沈鬱下來。

書僮不忍，小聲勸道：「少爺，該走了。」

謝宏毅有些神不守舍。「啊，我知道。」他下意識探手，摸了摸腰間懸掛的荷包，喃喃道：「清風有意難留我，明月無心自照人啊……」

顧馨之帶著人直奔盡歡酒樓，坐落在繁華路段的酒樓如今正門窗緊閉。

李大錢敲了半天門，才有一胖乎乎的中年人過來應門，謹慎的只開了道縫。

李大錢看到來人，詫異道：「你是？」

那中年人透過門縫打量他一眼，再看他身後馬車，發現車頭懸掛著兩塊木牌，一塊是「謝」字，一塊是「西」字，當即拉開門，笑容可掬問道：「可是夫人派來的管事？」

李大錢拱手。「是，夫人也在車上。」

「哎喲！」那中年人大驚，立馬跳起來，迎出門。

車裡，看到酒樓開了門，顧馨之便鑽出馬車，踩著車凳落地。

那中年人趕了個正著，也不敢抬頭看，深深鞠躬行禮。「奴才拜見夫人。」

顧馨之愣了下，問：「你是……酒樓管事？」

那中年人連忙道：「不是不是，奴才是許管事從府裡調過來的，暫時過來這邊管廚房，夫人若是用著順手，奴才就厚著臉皮留下了。」

是廚子啊。顧馨之問：「那酒樓原來的廚房管事呢？」

中年人為難。「奴才也不知道，奴才過來的時候，一個人都沒有呢，酒樓的鎖匙都是許管事給的。」

李大錢聽著不對。「邱管事他們呢？上午我過來還見著他們呢。」
中年人一臉茫然。「奴才不知道啊。」
顧馨之瞇了瞇眼，問：「酒樓裡現在就你一個嗎？」
中年人答道：「沒有沒有，還有四個半大小子，都是奴才一併從府裡帶過來的，若是酒樓開門，還能幫著洗洗切切的。」
言下之意，沒有旁人了。
顧馨之抬頭，看向頭頂半新不舊的酒樓牌匾，冷笑了下。「動作可真快啊。」
中年人不明所以，李大錢則不敢細想。
香芹卻不解，問：「夫人，您說什麼呢？」
「沒事。」顧馨之甩袖。「走，既然來了，進去看看，需要收拾的地方，今兒一併定下來吧。」
幾人應道：「是。」
酒樓開了幾年，天天客來客往，又是湯菜又是酒水，自然乾淨不到哪裡去。尤其昨兒是臨時停業，桌面碗筷倒是收拾乾淨了，但地面還未清理，還帶著許多油污。除此之外，牆面有各種污痕，連桌椅、牆上菜牌都有各種磨損。
二樓廂房倒是好些，畢竟招待的多是達官貴人，乾淨許多。
顧馨之逛了一遍，心裡有數了。

再轉到後廚，府裡過來的幾名小夥子正在收拾打掃，看著還算乾淨。

顧馨之看著沒什麼問題，揮手讓他們繼續忙活，她則穿過廚房，走向後院。菜啊、肉啊都在後院料理，陪著的中年廚子沒有多想，亦步亦趨的跟著。

後面知道情況的幾人卻都神色緊張起來，白露臉色有點發白，卻緊緊跟著顧馨之，香芹遲疑了下，落後了兩步。

顧馨之看到什麼都會隨口吩咐一二，雖然以她的習慣，後續會再列一份章程，但現在記下來，回頭再看章程，做事才不容易出差錯。故而李大錢是半點不敢分心，一直緊跟著顧馨之。

但此刻穿過廚房，進入後院，他也膽顫，下意識便往那些血跡曾存在的地方掃視。

顧馨之也在看。

但後廚這片地已被打掃得乾乾淨淨，這會兒酒樓沒開業，既沒有殺雞宰魚，也沒有清洗蔬菜瓜果，跟尋常小院也無甚區別。

反正顧馨之是沒看出來。

想著後廚這些被飛速調過來的廚子和雜役，她又忍不住冷笑。「行了，看得差不多了，回去吧。」

身後幾人頓時鬆了口氣。

香芹更是急著過來挽她胳膊。「夫人，奴婢扶您，咱快點回去吧！」聽說死過人呢，多晦氣啊！

顧馨之自無不可，轉身往外走。

她們出們的時候已經過午，在酒樓待的時間也不短，這會兒，日頭已經西斜。

白露有點緊張，將顧馨之攙上馬車後，飛快收起車凳，低聲吩咐駕車的長松。「稍微快一點，趕緊回府。」

顧馨之聽到了，等她鑽進來，隨口問：「怎麼了？府裡有事嗎？」

白露頓了頓，低聲道：「快申時了。」

顧馨之不懂。「申時怎麼啦？」

白露看了她一眼，見她是真沒反應過來，才連忙解釋。「老爺這段時間都是申時回院用膳的，奴婢擔心主子等久了。」

顧馨之恍悟。「我倒是沒注意，往常都是他回來了，我才讓人傳膳來著。」

廚房注意還正常，但到了飯點，廚房肯定都是提前備好材料，等正院一傳令，立馬就能下鍋……但白露她不過是屋裡伺候的。

想到這時代令人厭惡的妾侍制度，她略帶審視地看向白露，笑道：「妳倒是細心。」

白露沒察覺，兀自說著。「嗯，自從夫人進門，老爺每日都準點回院用膳，奴婢昨兒還聽許管事嘀咕，說老爺胖了些呢。」

「有嗎？」顧馨之想到養病那段日子，笑道：「以前你們也這麼說。」

白露微笑。「可見老爺重視夫人。」頓了頓，她有些緊張。「奴婢僭越了，但老爺很重視時間、規矩，不喜歡旁人拖延耽擱，奴婢是擔心……」

顧馨之不以為意。「這不是有事嘛，晚到一會兒也是正常。」她瞇了瞇眼。「他不至於為這個罰妳們吧？」

白露彷彿想起什麼，抿了抿唇，低聲道：「老爺向來賞罰分明。」

顧馨之來氣了。「他也沒定下規矩是幾點開飯，我晚到一會兒，他還敢罰我不成？就算規定了，誰還沒個忙碌的時候？」她揚聲。「長松，拐道長樂街，我要去逛會兒街、買買東西！」

車外的長松應道：「是。」

白露欲言又止。

「放心，往日如何我不管，如今妳們伺候我就是我說了算！他想罰，我看他敢不敢！」

顧馨之又問：「往日要是耽擱他時間，他通常怎麼罰？」

白露小心翼翼。「得看有沒有耽擱主子的事情，倘若沒有，大都是罰去幹些粗使活兒。若是耽擱了……」她打了個寒顫。「都得挨板子。」

顧馨之想到酒樓那些人命，也跟著打了個寒顫，香芹更是嚇得臉都白了。

白露卻湊上來。「夫人可是冷了？」同時伸手，想要摸摸她露在袖外的手背。

顧馨之搖頭。「不是。」

白露鬆了口氣。

顧馨之暗吸口氣又問：「以前府裡打板子的時候多嗎？也……也打死人？」

「沒有沒有，府裡大都是老爺從北地帶回來的，忠心耿耿的，哪裡會做那等賣主求榮的事情……」白露縮了縮手。「但奴婢剛來的時候，確實打死過好些……聽說都是剛建西院的時候，東院那邊送來的奴僕。」

東院那邊啊……

顧馨之一直以為謝慎禮是那種規規矩矩的老幹部、讀書人，卻不想，這人做事管人，這般……雷霆手段。

她不認為謝慎禮是濫殺無辜的人，但她有些不能接受。往日她便覺得府裡的丫鬟對謝慎禮懼怕得過分，如今方知緣由。

她捏了捏眉心，嘆道：「算了，懶得折騰了，回去吧。」

白露面露喜意，應了聲是，立馬掀簾去轉告長松。

這般繞了一些，等他們回到府裡，已接近申時末，天際飄滿了紅霞。

顧馨之打發走了李大錢，讓他回去整理一下酒樓待改進的項目、做預算表。

李大錢領命離去，顧馨之這才轉身進院。

白露有點緊張，卻沒有催促，只亦步亦趨地跟著她，時不時看看日頭。

顧馨之知道她在估算時間，她心中嘆息，順勢加快腳步。

第四十五章

一行人快步穿過二門，進入正院。隔著院子，能看到屋裡燃了燈。白露彷彿哆嗦了下。

顧馨之心想不至於吧？謝慎禮也不是殺人狂魔啊。

屋前光影晃動，有人走了出來。背著光，顯得身影格外高大魁梧。正是謝慎禮。

他迎上來，拉起顧馨之的手，確認是溫熱的，才緩下臉，溫聲問：「去哪兒了？怎的如此晚歸？」

顧馨之仰頭看他，問道：「你規定了幾時才能回來？」

聽她語氣實在算不上好，謝慎禮愣了下。「沒有，為何這般說？」

顧馨之輕哼，抽出手，扭頭往屋裡走。

謝慎禮皺了皺眉，掃向白露、香芹，兩人縮了縮腦袋，不敢吭聲。

顧馨之走了兩步，沒聽到腳步聲，扭頭回來，就看到這廝正在恐嚇自家丫鬟。她登時氣不打一處來，扠腰質問。「謝先生，你對我丫鬟有什麼意見嗎？」

「沒有。」謝慎禮往前走兩步，看著身高不及自己肩膀的嬌小夫人，頗為不解。「妳怎麼了？」

顧馨之沒搭理他，朝白露兩人吩咐。「去跟廚房說一聲，可以上膳了。」說完，她再次轉身，快步進屋。

謝慎禮忙跟著進屋。

白露鬆了口氣，忙拽著香芹退出去。老爺在這裡，屋裡頭肯定有伺候的人，無須她們操心主子的事情。

夏至、水菱確實在屋裡。看到顧馨之，兩人福了福身，一個上前為她解披風，一個已經準備好溫熱的毛巾，給她擦手。

待她收拾好落坐，端起茶水抿了口，一直坐在一旁等著的謝慎禮再次開口，神情有些嚴肅。「馨之，是不是在外頭遇到了什麼麻煩？」

顧馨之喝茶的動作頓了頓，她放下茶盞，道：「確實有點麻煩——」

外頭陡然傳來急促腳步聲。

顧馨之收了聲，跟著謝慎禮一起望向外頭。

夏至已快步到門邊查看，聽得低低幾句說話聲，夏至轉回來道：「老爺、夫人，蒼梧有急事稟報。」

謝慎禮神色不變，起身。「我去看看——」

顧馨之拽住他袖襬，朝夏至道：「讓他進來回事。」接著轉頭，皮笑肉不笑的看著謝慎禮。「先生不介意讓我也聽聽吧？」

「自然不介意。」謝慎禮說著，緩緩落坐。

夏至縮了縮腦袋，輕手輕腳出去傳喚。

沒多會兒，蒼梧快步進屋，拱手行禮。「主子、夫人大安。」

顧馨之很淡定。「出了什麼事嗎？」

蒼梧偷覷了眼謝慎禮，後者面容沈靜，並沒有任何話語，他只得稟道：「東院的四爺，跟戶部侍郎小舅子的外室、咳咳，來往，被人發現了，下晌被人打了一頓，這會兒東院那邊正鬧得不可開交。主子、夫人，這事……」

謝慎禮面沈如水。

顧馨之不敢置信。「你說，四哥跟誰攀扯上干係？」這攀扯上干係，可不是字面意思，而是……通姦。

蒼梧沒敢隱瞞。「戶部侍郎小舅子的外室……其實也算不得什麼小舅子，是戶部侍郎一妾侍的娘家兄弟。」

這關係可遠的。

顧馨之轉向謝慎禮，問：「先生，這該怎麼處理？」也是打板子嗎？這可是他四哥，杖斃不了，打幾板子，以儆效尤？

謝慎禮嘆了口氣，道：「四哥真是……讓遠山備兩份厚禮，給黃大人和那位兄弟送去，態度好些，替四哥好好道個歉。」

顧馨之懷疑自己是不是聽錯了？

謝慎禮又開口了。「四哥……當真糊塗，做出這等蠢事。」他吩咐蒼梧。「你親自去，把四哥押進祠堂，跪上一天，誰也不許探視陪護，讓他在列祖列宗面前好生反省反省。」

蒼梧領命而去。

就這樣？

不是，他管下人那股雷厲風行的勁兒呢？不是不合規矩、耽誤事就要杖責嗎？不是賣主就要杖斃嗎？怎麼東院那邊偷吃到別人家的外室那兒了，就跪一天祠堂？

謝慎禮是改名謝聖母了嗎？

顧馨之假笑。「先生真是，不應該先問問四哥傷得怎樣，萬一斷骨傷筋的，跪上一天，豈不是要糟？」

謝慎禮頓了頓，好像有些懊惱。「是我疏忽了，我這便讓人去看看。」

見他真的召人去東院那邊詢問，顧馨之翻了個白眼。

也不知是幸還是不幸，謝家老四只是挨了一頓打，除了皮肉傷，並無大礙。

謝慎禮鬆了口氣，宛若解釋般朝顧馨之道：「幸好四哥無甚大礙，希望他跪一夜，能知道潔身自好吧。」

顧馨之想罵人。

正當時，晚膳送上來了。

她每日理事時，都會把第二日的菜單擬好，讓廚房可以提前採買、準備食材。今天的晚膳亦然，冬日天冷，吃燉鍋最美。

顧馨之一下午在外頭吹冷風，又過了往常用晚膳的點，這會兒確實有那麼點飢寒交迫，看到冒著熱氣的菜飯，自然食指大動——天大地大，吃飯最大，什麼事都吃了飯再說。

她現在不太待見謝慎禮，加上餓，便埋頭苦吃。

謝慎禮一邊給她挾菜，一邊溫聲叮囑。「慢些，當心不好消化。」

顧馨之掃他一眼，不吭聲，繼續埋頭吃。

謝慎禮眉目微斂，掩去眸中閃過的厲芒，繼續用膳，還不忘給她挾上兩筷子。

少了顧馨之的閒聊，晚膳很快用完了。屋裡少有的安靜，連夏至幾人都察覺出不妥，收拾東西都下意識放輕手腳，生怕驚擾了兩位主子。

謝慎禮面容沈靜，慢條斯理的品著茶，彷彿手裡端著什麼極品好茶，但他的視線卻越過茶盞，落在旁邊嬌俏夫人身上，一瞬不移。

顧馨之正端著茶發呆，半點都沒發現。

收拾好東西的夏至一轉身，就看到主子那黑沈沈的盯視，生生打了個激靈。

水菱發現了，小聲問道：「怎麼了？」

夏至嚇了一跳，連忙輕「噓」了聲，然後搖搖頭。

雖然兩人都將動靜壓得極低，奈何屋裡安靜，顧馨之聽到了，回過神來，看看左右道：「怎麼都不吭聲呢？」

謝慎禮放下茶盞，淡聲開口。「夫人今日出去，可是遇到什麼事？為何回來便一副神不守舍的樣子？」

顧馨之啞然，不滿道：「我哪裡神不守舍？我這叫思考問題，我是處於沈思狀態，你不要隨便給我扣帽子。」

還能跟他撒潑，應當不是什麼大問題。謝慎禮微微放鬆些，溫聲道：「那夫人是在思考何等大事，把為夫棄之不顧？」

顧馨之沒好氣。「我是不讓你吃飯還是不給你穿衣了？哪裡棄你不顧了？」

謝慎禮道：「夫人今日回來，既沒有問為夫今日可有忙碌，也沒有問為夫今日書房炭火是否足夠、有無開窗透氣，更沒有問為夫明日想吃什麼——」

「等一下。」顧馨之打斷他。「我平時有這麼囉嗦嗎？」

謝慎禮正色。「這怎麼能算囉嗦呢？這是夫人對為夫的拳拳盛意。」

「好好說話，不要一口一個為夫的。」

謝慎禮微微皺眉。「我是妳夫君，為何不能自稱為夫？」

顧馨之假笑了下，站起來朝他福了福身，溫溫柔柔地道：「妾身明白了，妾身往後也會規規矩矩、客客氣氣的，望夫君多多體諒。」

顧馨之抽出帕子，甩了下，掐起嗓子。「或者，夫君喜歡妾身用哪種語調與您說話呢，這般嬌滴滴的，夫君愛不愛啊？妾身都可以喔。」

顧馨之將帕子甩到他臉上，矯揉造作道：「夫君，你說句話啊，妾身等著呢。」

謝慎禮握住她甩動的手腕，視線掃向目瞪口呆的婢女。

夏至打了個激靈，立馬拉住水菱退出去，還貼心的關上門。

顧馨之聽到動靜回頭。「誒？妳們怎——你幹麼？」還不忘掐著嗓子。

謝慎禮將人按坐在自己腿上，攬住她，無奈道：「別這樣，好好說話。」

顧馨之輕哼一聲，掐他胳膊。「是誰先文謅謅，一口一個為夫的？」

謝慎禮好脾氣。「我往後改掉。」

顧馨之這才作罷。

謝慎禮問她。「妳今日出去是不是遇到什麼麻煩？說出來，我幫妳參詳參詳。」

顧馨之遲疑。

謝慎禮語氣低柔。「妳我夫妻本一體，有事我也躲不過去，何不擺出來，兩人商量著應付？」

顧馨之主要是沒過自己那關。

謝慎禮輕撫她後背，若有所思。「是不是與我有關？若是的話，更要與我說道。」

這話是對的。顧馨之躊躇片刻，軟了下來。「那我說，你改改？」

話還沒說呢，就給他蓋棺論定了？謝慎禮哭笑不得。「妳說說，為夫、咳，我做錯了什麼？」

顧馨之想了想，扶著他的肩膀，小聲道：「人命是寶貴的，若是奴僕做錯了什麼，發賣便是了，不要打死人行嗎？」

謝慎禮頓了頓，語氣不變。「為何這般說？」

顧馨之裝了半天溫柔小意，這會兒壓不住了，反手揪住他衣襟，機關槍似的噴道：「你裝什麼死呢？當面一套背後一套做得很溜啊！當著我面說會注意著點，轉頭就把人打死？人做了什麼傷天害理的事情，要給你賠命？你當你還是那個威風凜凜的西北大將軍呢？」

被噴了一臉口水的謝慎禮沈默。

顧馨之揪住他衣襟的手晃了晃。「說話啊，你不是很牛的嗎？這會兒敢做不敢認了？」

謝慎禮攏住衣襟上的爪子，握在手心，問：「妳今兒去盡歡樓了？」

顧馨之掙脫不開，另一手用力戳他肩膀。「怎麼？你那酒樓不是交給我了嗎？還是你只需我擔著名頭，這樣你可以在背地裡燒殺搶掠、作奸犯科，以後出事了，直接拿我頂罪？」

越說越荒謬了。謝慎禮皺眉。「妳都在胡思亂想些什麼？」

「那你瞞著我做什麼？我都已經開始考慮往後要怎麼和離跑路了！」

「胡說八道！」謝慎禮板起臉斥道。

顧馨之半點不懼他，還去掐他臉。「那你自己老實交代！」

謝慎禮圈住她胳膊，不讓她亂折騰，無奈道：「我是怕嚇著妳。」

顧馨之沒好氣。「已經晚了。」

謝慎禮似有些內疚，撫了撫她後背，低聲道：「本不想讓妳知道的。」

「少來，現在，坦白從寬，抗拒從嚴。」

謝慎禮猶遲疑，顧馨之睇眼睨他，他謝慎禮當即開口。「此事說來，是我疏忽……」

他三言兩語，將事情解釋了一遍。

他畢竟在京中經營不久，這酒樓是他半道盤下來的，是看在這酒樓位於繁華地段，能生錢——這是幕僚告訴他的，他對經濟之事確實不太懂。

也因此，他把酒樓盤下來後，就買了些擅經營的奴僕去打理，平日也會找擅做帳的奴僕盯著帳冊，幾年下來，確實賺了不少。

卻不想，他這般甩手掌櫃的做法，卻讓那酒樓管事滋生了不少心思。貪墨還是小事，最重要的是，收受外人的銀錢，任由各種勢力安插人手，在酒樓裡做了許多下作事，或毀人清白、或傷人性命。

他語焉不詳，顧馨之卻不傻，自然猜了個七七八八。她震驚。「直接在咱家酒樓裡？」

謝慎禮神色淡淡。「再有熊心豹子膽的，也不敢在天子腳下公然犯事，再者，若是都在酒樓裡犯事，酒樓也開不下去。約莫是做了些手腳，讓人離開後，神不知鬼不覺的中招。」

顧馨之依然不敢相信。「真有這麼囂張？」

謝慎禮微微垂眸，掩去眼中冷意，聲調不變道：「光是一個酒樓管事，家中就搜出四千多兩白銀……沒記錯的話，夫人的家底，尚且不足四千吧。」

說事就說事，拿她家底比較是幾個意思？喔不對，重點不在這裡。「四千多兩……他這幾年是害了多少人啊——會不會連累我們？」

謝慎禮輕撫她背部。「放心，這事算過去了。」

顧馨之想到那些被打死的人，打了個激靈。「不能把人賣得遠遠的，非要打死嗎？」

「他們犯的事，足以讓他們砍頭無數次。若只是將其發賣，如何對得起那些無辜受害的人？」

顧馨之一時答不上。

謝慎禮問她。「或者，妳是想移交官府徹查？」他似有些為難。「即便我曾官居太傅，亦無法保證自家能順利從此事脫身……夫人可是覺得為夫太過殘忍？」

顧馨之嘆息。「有那麼一點，今天差點沒把我嚇死……」

謝慎禮輕撫上她後頸，緩緩壓下。「夫人受驚了。這次是我錯了，請夫人莫要責怪。」

顧馨之托住他臉頰，低頭啾啾兩下。「我相信你的人品，雖然嚇了一跳，但我猜測肯定有內情……我更生氣的是，這種事，你怎麼能瞞著我呢？」

想到什麼，她用力揉動這廝的帥臉，忿忿道：「要不是我動作快，加上手下人給力，我估計要被瞞得死死的吧？你這傢伙，再有下回，咱們就分居一個月！」

「不會的。」下回他肯定會處置得更為周全。

顧馨之哪裡知道他心中所想，說完事情，她準備跳下地。

謝慎禮卻摟著她不放，薄薄的唇湊上那凝脂般的頸側，喃喃道：「夜色漸濃，夫人，該安歇了……」

成親以來，兩人日日廝磨，顧馨之哪裡忍得住這般撩撥，輕哼一聲，軟下腰，雙手順勢圈上他脖子。

燭光柔暖，情熱漸酣。

顧馨之陡然想起一事，神思瞬間回籠，一把抓住某人探進衣內惹火的大掌。

謝慎禮氣息不穩，抬頭看她。「怎麼了？」聲音沙啞低沈，透著濃濃的男性氣息。

顧馨之這會兒卻沒工夫欣賞，含春帶水的杏眸瞪過去，怒道：「你搜刮了盡歡樓那些奴才的家底，塞到哪裡去了？怎麼沒交給我?!」

一個人就四千多兩，幾個人少說大幾千……哪裡去了？

謝慎禮頭疼。「夫人，這事不重要——」

顧馨之一巴掌糊到他臉上。「這事很重要！你竟敢偷藏私房錢。反了你！你是不是想睡書房？」

這種時候，謝慎禮如何有心情與她討論銀錢的問題？以往怎麼沒發現，自家夫人這般愛財。

謝慎禮再是能忍，也不是聖人，當即把這貪財的傢伙摁下去。

過程如何，自不必詳述。

總之，顧馨之能爬起來的時候，已是第二天了。

聽說謝慎禮著人送來一大箱銀子，她便知那些贓款回來了，匆匆梳洗一番，趕緊出來查看。

畢竟是贓款，那些個人家自然要用現銀。夏至她們看到這麼多銀子，都嚇了一跳，顧馨之也沒多解釋，讓她們點了數，記入府庫帳冊。

總共有五千三百多兩，還不算那幫刁奴這幾年花掉的。

別說點數的夏至幾人，連顧馨之都忍不住咋舌。尋常人家一輩子都賺不到這個錢，也不知做了多少傷天害理的事情。

她暗自感慨，讓人將銀子收起來。

——未完，待續，請看文創風1179《老古板的小嬌妻》3（完）

筆上談心，紙裡存情／清棠

2021年2月出版

書中自有圓如玉

看著書上突然浮現的墨字，憑空出現，又慢慢消失，
雖說子不語怪力亂神，他仍是被這陡然出現的異相給驚住，
奇怪的是，除了他以外，旁人竟完全看不見，
日復一日，那歪七扭八的墨字就沒停過，簡直陰魂不散，
所以說，他這是碰上什麼妖魔鬼怪了嗎？

文創風 923 1

媽呀，她這是大白天的活見鬼了嗎？
好好地在自家書房抄縣誌，宣紙上卻突然浮現「你是何方妖孽」幾個字，
沒搞錯吧？她才想問問對方究竟是妖是鬼咧！
鼓起勇氣細問之下才知道，原來這人已經看她抄了半月有餘的縣誌，
倘若這話是真的，那這傢伙比她還慘啊，畢竟她每天從早抄到晚，字還醜！
問題來了，他們兩個普通「人」之間，為什麼會出現這種筆墨相通的狀況？
難道……是穿越大神特地贈送給她祝圓的金手指小禮物？
但所有的紙張、書本甚至連字畫上都能浮現字，她還怎麼讀書、練字啊？

文創風 924 2

祝圓此生的心願不大，只希望能當個米蟲，悠閒地過上滋潤的日子就好，
可她身為一名縣令的女兒，卻還要操心家裡銀錢不夠用是怎樣？
原來爹爹為官清廉，做不來搜刮民脂民膏的事，自然沒油水可撈，
雖然娘親跟她再三保證，他們不至於會挨餓受凍的，
因為京城主宅那邊會送些錢過來，再不濟她娘手上也還有嫁妝呢，
但她聽完只覺得震驚啊，她爹堂堂縣令竟還在啃老？甚至還可能要吃軟飯？
再者，她家手頭這麼緊了，卻還養著一批下人，光飯錢就是一大開銷，
這樣下去不成，既然無法節流，當務之急她得想辦法掙些錢貼補才行啊！

文創風 925 3

祝圓賺到了人生的第一桶金，成功讓爹娘對她的經商能力刮目相看，
與此同時，跟那個神祕筆友的交流也依然持續進行中，
雖然還是不知這人的來歷，但能肯定對方是個男的，並且家世相當不錯，
這還得從兩人聊到朝廷不給力、害得老百姓這麼窮苦一事說起，
正所謂「要致富，先修路」，但朝廷修的路，那能叫路嗎？
晴天是灰塵漫天，雨天又泥濘不堪，當然啥經濟也發展不起來啊！
於是她指點了水泥這條明路，結果他真弄出來築堤、造路，來頭還能小嗎？
話說，水泥是她提的主意，他應該不會這麼小氣，不讓她抽成吧？

文創風 926 4 完

來錢的事祝圓都不吝跟她親愛的筆友三皇子分享，畢竟她撐不起這麼大的攤子，
直接跟謝崢說多好，事成之後他還會分她錢呢，她這是無本生意，穩賺不賠啊！
既然兩人關係這麼好，那應該能託他調查一下家裡幫她相看的幾個對象吧？
模樣啥的都是其次，會不會喝花酒、有無侍妾、人品好不好才重要，
結果好了，他說這個愛喝花酒、那個有通房了，總之就沒一個配得上她的！
要不，請他幫忙介紹一個良配？他倒也爽快，一口就應了她，
可到了相親之日，說好的對象卻成了他自個兒！這是詐騙兼自肥吧？
再者，她想嫁的是家中人口簡單的，但他根本身處全天下最複雜的家庭啊！

文創風
1178

老古板的小嬌妻 2

國家圖書館出版品預行編目資料

老古板的小嬌妻 / 清棠著. --
初版. -- 臺北市 : 狗屋出版社有限公司, 2023.07
冊 ; 公分. --（文創風 ; 1177-1179）
ISBN 978-986-509-439-3（第2冊 : 平裝）. --

857.7　　112008677

著作者　清棠
編輯　黃暄尹
校對　黃薇霓
發行所　狗屋出版社有限公司
地址　台北市104中山區龍江路71巷15號1樓
電話　02-2776-5889～0
發行字號　局版台業字845號
法律顧問　蕭雄淋律師
總經銷　知遠文化事業有限公司
電話　02-2664-8800
初版　2023年7月
國際書碼　ISBN-13　978-986-509-439-3

本著作物由北京晉江原創網絡科技有限公司授權出版

定價280元
狗屋劃撥帳號：19001626
網址：love.doghouse.com.tw　E-mail：love@doghouse.com.tw